Nele Jantzen
Warnemünder Frühling

Über die Autorin
In Mitteldeutschland geboren, wuchs Nele Jantzen an der Ostseeküste auf, wo sie noch heute lebt. Dort fand sie die Inspiration für ihre Romanreihe »Warnemünder Jahreszeiten«.

Nele Jantzen

Warnemünder

Frühling

Bibliografische Information der Deutschen
Nationalbibliothek: Die Deutsche Nationalbibliothek
verzeichnet diese Publikation in der Deutschen
Nationalbibliografie; detaillierte bibliografische Daten sind
im Internet über dnb.dnb.de abrufbar.

Herstellung und Verlag:
BoD – Books on Demand, Norderstedt

Einbandgestaltung und Layout:
Copyright © by Nele Jantzen
unter Verwendung von Motiven
© https://www.shutterstock.com/de, Bildinhaber: Natalia
Siiatovskaia
© https://www.shutterstock.com/de, Bildinhaber: Sina
Ettmer Photography
© https://www.shutterstock.com/de, Bildinhaber: SZBDesign

ISBN: 9783753402901

*D*er Anblick der sich herabsenkenden Nacht von Bord der Fähre aus war faszinierend. Im Osten hatte sich der Himmel dunkel verfärbt. Schleierwolken, von der sinkenden Sonne rot angestrahlt, lockerten das dunkle Blau des Firmamentes auf. Je weiter Rike den Blick nach Westen schweifen ließ, umso schöner wurde das Farbenspiel. Der Himmel sah beinahe türkisfarben bis hellblau und weiß aus, an einigen Stellen mit rosig goldenem Schimmer, und die Wolken waren ein Gemisch aus weißen und orangeroten Streifen.

»Ist das nicht toll?«, rief sie begeistert aus und sah zu Marie, die neben ihr an der Reling stand und versonnen den Blick auf Warnemünde gerichtet hielt.

»Ja, einfach großartig, oder was sagst du dazu, mein Schatz?«

Johannes zuckte mit den Schultern. »Ja, sieht klasse aus.«

»Wow, was für ein Emotionsfeuerwerk!«, lachte seine Frau und stieß Rike grinsend in die Seite. »Gott soll zwar ein Mann sein, aber wenn meiner die Erde erschaffen hätte ... Ich weiß ja nicht. Für Romantik wäre da sicher kein Platz gewesen.«

Rike lachte. Dann wurde sie wieder ernst. »Schade, dass Henning das nicht sehen kann.« So kurz vor der Hochzeit und den Flitterwochen hatte er in der Kanzlei alle Hände voll zu tun.

Johannes beugte sich über die Reling und grinste zu ihr hinüber. »Erhoffst du dir etwa von meinem kleinen Bruder Unterstützung? Der ist genauso ein Romantikkrüppel wie ich.«

»Das denkst auch nur du!«, erwiderte Frederike wissend und schnitt ihm ein Gesicht. »Er kann, wenn er will.«

»Genau wie Johannes«, verriet Marie, »doch meistens will er einfach nicht.« Sie legte den Arm um die Schulter ihres Mannes und gab ihm einen Kuss auf die gebräunte Wange. Die Überfahrt und der Tag in Kopenhagen hatten bei ihm ihre Spuren hinterlassen.

Warnemünde schien in Flammen zu stehen. Der Leuchtturm und das Hotel Neptun reckten sich in den farbenfrohen Himmel. Die beiden Leuchtfeuer wiesen den Weg in den Breitling hinein. Als sich die Fähre auf Höhe der Westmole befand, tauchte die Sonne wie ein glühender Feuerball in die Ostsee ein. Das Wasser schimmerte golden bis rot. Der Himmel darüber schien zu brennen. Eine einsame, in geschwungenem Bogen geschlierte Wolke leuchtete golden vor dem tiefroten Horizont.

»Ich gehe rein«, sagte Marie. »Wir sind bald da, und mir ist inzwischen hundekalt.« Sie schlang die Arme um den Oberkörper und sah fragend zwischen Johannes und Rike hin und her. »Kommt ihr beiden mit?«

»Ja, klar.« Johannes nahm sie in den Arm. »Komm, mein kleiner Frostköddel!« Er grinste von einem Ohr zum anderen.

Rike schloss sich ihnen an. Es war frisch geworden, seit sich die Sonne im Sinken befand. Trotzdem war die Luft wunderbar klar und salzig, wie sie es mochte.

Es waren kaum noch Passagiere an Deck. Eine Frau

überholte sie zügigen Schritts, wobei sie auf ihr Smartphone starrte. Dabei kriegte sie nicht ganz die Kurve und rannte Johannes über den Haufen. Johannes war fast einen Kopf größer und um einiges schwerer als sie, sodass sie förmlich gegen eine Mauer prallte und über ihre eigenen Beine stolperte. Bevor sie das Gleichgewicht verlor und zu Boden stürzte, griff er geistesgegenwärtig nach ihrem Arm und hielt sie fest.

»Nicht so stürmisch!«, lachte er und verhalf ihr zu einem sicheren Stand.

»Entschuldigung!« Sie sah zu ihm auf, und ihre Augen weiteten sich erstaunt. »Henning, bist du das?« Sie musterte ihn und schüttelte dann den Kopf. »Nein, Johannes Hansen, habe ich recht?«

Verwundert tauschten Marie und Rike einen Blick. Wer war die Frau? Woher kannte sie die Hansen-Zwillinge? Und sie musste sie kennen, anderenfalls hätte sie die beiden nicht zu unterscheiden vermocht.

»Vroni? Veronika Beese?« Johannes klang ebenfalls überrascht.

Sie nickte und rückte sich die verrutschte Brille auf der Nase zurecht.

»Wo kommst du denn her?«

»Aus Skandinavien. Die letzten zwei Monate habe ich in Dänemark verbracht.« Sie sah zu Rike und Marie und nickte ihnen zu. »Veronika Beese, aber das wisst ihr inzwischen schon.« Sie reichte ihnen die Hand.

»Frederike Müller«, stellte sich Rike vor.

»Marie Hansen, Johannes' Frau.«

»Ach, du bist verheiratet?« Vroni sah zu Johannes auf. »Wie geht es deinem Bruder? Ist er auch unter der Haube?«

»Fast«, erwiderte Johannes. »Wohin bist du damals überhaupt abgehauen? Henning war am Boden zerstört, vor allem, weil du ihn, ohne ein Wort zu sagen, einfach verlassen hast.«

Rike horchte auf. Hatte sie hier eine von Hennings Verflossenen vor sich?

»Ich war damals auf einem Selbstfindungstrip«, erklärte Vroni. »Ich musste einfach weg und bin kurz entschlossen nach Neuseeland aufgebrochen. Dort habe ich ein Jahr lang gelebt, bin anschließend nach Australien, Indonesien und Indien getrampt und von dort dann nach Europa zurückgekehrt.«

»Getrampt?«, fragte Rike verstört. Hatte sie sich mit erhobenem Daumen auf die Mole gestellt? Diese Frau schien noch einen Zahn chaotischer zu sein als ihre beste Freundin Sanne.

Vroni nickte. »Warum nicht. Es muss nicht immer ein Auto oder ein Flieger sein. Auch ein Esels- oder Ochsenkarren, manchmal sogar ein klappriger Fischerkahn können hilfreich sein.« Sie lachte. »Es war eine tolle Zeit.«

»Und hast du dich gefunden?«, grinste Johannes.

Sie schnitt ihm ein Gesicht. »Ich weiß, dass kaum jemand es versteht, aber ich habe den Ruf gehört und bin ihm gefolgt.«

»Dem Ruf!« Rike verkniff sich ein Grinsen.

»Und nun bist du nach Deutschland zurückgekehrt«, überging Marie den Einwurf ihrer Beinahschwägerin. Dabei hatte sie Mühe, klar und verständlich zu sprechen. Vor Kälte schlugen ihr die Zähne aufeinander.

»Gehen wir rein«, sagte Johannes, dem das nicht entging. »Wir müssen zu unserem Auto. Die Fähre legt gleich an.« Er sah zu Vroni. »Bist du zu Fuß unterwegs?«

Sie bejahte.

»Dann komm mit. Wir haben noch einen freien

Platz im Auto und nehmen dich mit. Wohin musst du denn?«

Sie zuckte mit den Schultern. »Ich muss mir heute Abend noch eine preiswerte Bleibe suchen.« Sie sah auf die Uhr. »Wird schwierig werden um diese Uhrzeit. Ansonsten schlafe ich irgendwo auf 'ner Bank. Das Wetter ist ja ganz schön.«

Rike glaubte, sich verhört zu haben. Was für einen Lebensstil führte Vroni nur? Eine Nacht auf einer Parkbank würde ihr Todesängste bescheren. Zudem wäre sie am Morgen sicher erfroren.

»Du kannst doch nicht auf 'ner Bank übernachten!«, sprach Marie Rikes Bedenken aus.

»Das finde ich aber auch«, gab Johannes seiner Frau recht. »Wie lange willst du denn bleiben?«

»Keine Ahnung. Vom Prinzip bin ich auf dem Weg nach Hamburg. Ich wollte aber zum Schluss meiner Reise noch die Ostseeküste kennenlernen. Ich lege mich da nicht so fest. Wenn es mir irgendwo gefällt, bleibe ich gern auch etwas länger.« Sie grinste vergnügt.

Johannes nahm mit Marie Augenkontakt auf. Diese hob unschlüssig die Schultern. Dann flog sein Blick zu Rike. »Wie wäre es, wenn du sie mit zu euch nach Hause nimmst? Wir können sie schlecht im Meerblick unterbringen. Die Zimmer sind alle vermietet. Euer Gästezimmer ist jedoch noch frei.«

Entgeistert erwiderte Rike seinen Blick. »Echt jetzt, Johannes, ich soll eine Exfreundin von Henning bei uns einquartieren?« Es war ihr egal, dass Vroni alles mitbekam.

»Ach, du bist seine Freundin?« Vroni bekam große Augen und fasste sich. »Keine Bange, dann verstehe ich es«, winkte sie ab, »obwohl es inzwischen mehr als vier Jahre her ist, dass wir zusammen waren. Ich schätze, sämtliche Flammen sind erloschen, zumindest bei mir. Da glimmt überhaupt nix mehr. Du musst also nicht befürchten, dass ich mich an Henning ranmachen will.« Sie gluckste vergnügt.

Der will dich auch nicht mehr haben, jetzt, wo er mich heiraten wird.

Abschätzend nahm Rike Vroni von Kopf bis Fuß Maß.

Typtechnisch hatte sich Henning mit ihr deutlich verbessert. Vroni trug den Lodder-Flodderlook bestehend aus langem weitem Rock, darüber Strickpullover und Jacke, natürlich alles drei Nummern zu groß, obwohl sie das figürlich nicht nötig hatte. Sie war augenscheinlich schlank, hatte ein hübsches Gesicht und beeindruckend lange Rastalocken, die sie zusammengebunden auf dem Oberkopf trug. Hoffentlich waren sie kein Hort für diverses Ungeziefer aus Übersee. Irgendwie erinnerte Vroni an eine Dreadlocks tragende Studentin mit Ökohintergrund. Wäre es wärmer gewesen, hätte sie sicher Gesundheitslatschen an den Füßen gehabt. Nun waren es ausgetretene Mokassins. Sie schien aber sympathisch zu sein.

Rike spürte den bittenden Blick von Johannes auf sich ruhen und fühlte sich von einem Moment auf den anderen in die Pflicht genommen, eine heimatlose Weltreisende bei sich aufzunehmen, um nicht als schlechter Mensch dazustehen. Doch was würde Henning dazu sagen, wenn sie mit seiner Exflamme auf der Matte stand?

»Gib dir einen Ruck, Rike, bitte!«, bat Johannes. Er beugte sich ihr zu und legte ihr die Hand auf die Schulter. »Es ist doch nur für eine Nacht. Mein Bruder wird wegen ihr sicher nicht die Hochzeit absagen.«

Nun musste auch Rike grinsen. Soweit käme es

noch, dass sie sich von einer wie Vroni den Bräutigam ausspannen ließe.

»Wenn er meckert, schiebe ich dir die Schuld in die Schuhe!«, drohte sie Johannes lachend, und an Vroni gewandt: »Okay, dann schläfst du heute Nacht bei uns auf der Couch.«

»Wirklich jetzt?« Vroni strahlte übers ganze Gesicht. »Danke, Rike, ist ja nur für ein oder zwei Nächte. Ich würde mir gerne noch Warnemünde ansehen, bevor ich weiterziehe, wenn's euch nicht stört.«

Rike winkte ab. »Ist schon gut. Auf eine Nacht mehr kommt es nicht an.«

All ihre anfänglichen Sorgen schoss sie in den Wind. Vroni machte einen harmlosen Eindruck, und der Treue von Henning war sie sich sicher.

*D*ie Bremsen quietschten leise, als das Auto in der Alexandrinenstraße zum Stehen kam.

»Danke für den schönen Tag, bis morgen!«, verabschiedete sich Rike und öffnete die Autotür.

Als sie den Blick die Fassade ihres Hauses hinaufgleiten ließ, waren alle Fenster dunkel. Der Blick auf die Uhr sagte ihr, es war kurz vor halb zwölf. Henning lag sicher schon im Bett und schlief.

Sie trat zum Heck des Wagens und öffnete den Kofferraum, um ihm ihren Rucksack sowie das Gepäck von Vroni zu entnehmen. Der Wagen ging deutlich in die Höhe, als Vronis Koffer sowie ihr Rucksack und die Taschen auf dem Gehweg standen. Ihre gesamte Habe befand sich in diesem Gepäck.

»Kommt gut zur Stoltera!«, rief sie Johannes und Marie durch das geöffnete Wagenfenster zu und klopfte auf das Dach des Autos. Dabei erhaschte sie einen Blick auf ein Pärchen, das zu dieser späten Stunde händchenhaltend die Straße entlangspazierte und ihr zuwinkte. Als sie genauer hinsah, erkannte sie Opa Willi und Ruth.

»Was machen die beiden denn jetzt noch auf der Straße?«, murmelte Rike schmunzelnd vor sich hin und hob die Hand, um zurückzuwinken. Dann schnappte sie sich Vronis Taschen und ging zum Haus.

»Ob Henning noch wach ist?«, fragte Vroni hinter ihr keuchend. Sie schleppte den Rucksack auf dem Rücken und hievte mit beiden Händen den Überseekoffer auf das Eingangspodest. Ihr stand der Schweiß auf der Stirn.

»Davon gehe ich nicht aus«, antwortete Rike und schloss die Tür auf. »Wir sollten uns also leise verhalten, um ihn nicht zu wecken. Er muss morgen früh wieder in die Kanzlei.«

»Seit wann wohnt ihr eigentlich in Warnemünde?«

»Seit einem Dreivierteljahr, und jetzt psst!« Rike trat ins Haus.

Vroni folgte ihr und blieb mit dem Koffer im Türrahmen hängen. Ihre Vorwärtsbewegung, die durch das Gepäckstück urplötzlich abgebremst wurde, ließ sie nach vorne gegen Rike stolpern, die sich gerade noch abfangen konnte. Vroni hatte weniger Glück. Sie verlor das Gleichgewicht und landete bäuchlings auf dem Boden. Krachend fiel ihr der Koffer aus der Hand und schlitterte ein kurzes Stück über die Fliesen.

Wenn Henning jetzt nicht aus dem Bett gefallen ist, wann dann?, dachte Rike und schenkte Vroni einen unwilligen Blick.

»Hopsala!«, lachte Vroni und rappelte sich wieder auf die Füße, wobei sie sich die linke Hüfte rieb. »Hast du dir wehgetan?«

»Wieso ich? Das sollte ich wohl eher dich fragen. Du bist gestürzt.« Rike warf einen prüfenden Blick die Treppe hinauf ins Obergeschoss, wo sich das Schlafzimmer befand. Nichts regte sich dort.

»Och nö, geht schon. Wird sicher nur ein blauer Fleck.« Vroni wies kichernd auf Hüfte und Knie. Dann schien ihr einzufallen, dass es im Haus jemanden gab, der bereits schlief. Schuldbewusst senkte sie die Stimme. »Sorry, ich sollte leiser sein.«

Wenn's dafür nicht schon zu spät ist!, dachte Rike.

Sie wollte vermeiden, dass Henning den Überraschungsgast bereits heute Abend zu Gesicht bekam. Irgendwie musste sie ihm schonend beibringen, dass seine Verflossene auf Wunsch seines Bruders auf der Couch genächtigt hat.

Doch dafür war es zu spät.

Das Licht ging auf der Treppe an, und verschlafen kam Henning die Stufen heruntergeschlurft.

»Was ist denn hier für 'n Krach?«, gähnte er und stutzte, als er Veronika bemerkte, die neben Rike im Flur stand und mit einem freudigen Grinsen zu ihm aufsah. »Vroni Beese? Bist du das?« Er kniff die Augen zusammen und öffnete sie wieder. Dann fuhr er sich mit der flachen Hand über das Gesicht, um den Schlaf zu vertreiben, der ihm die Sinne zu umnebeln schien.

»Hallo Henni, ja, du träumst das nicht! Ich bin's wirklich!« Sie drängte sich an Rike vorbei, um ihrem früheren Freund um den Hals zu fallen und ihn zu drücken. »Ich bin wieder zurück!« Sie küsste ihn auf beide Wangen, während Rike erstaunt der Mund offen stand.

Was ging hier denn ab?

Mit einer dermaßen innigen Begrüßung hatte sie nach all der Zeit nicht gerechnet. Allerdings scheinbar auch Henning nicht. Er war komplett überrumpelt und musterte sie, als wäre sie eine Fata Morgana. Warum aber legte er diesem scheinbar physikalischen Phänomen seine Arme um die Schultern und sah sie verzückt an?

Frederike wurde stutzig.

»Wo hast du gesteckt?«, fragte er Vroni und drückte sie erneut an seine Brust. »Ich war vor Sorge fast krank, als du von einem Tag auf den anderen verschwunden warst.«

Rike spitzte die Ohren. Johannes hatte so etwas bereits angedeutet, doch sie hatte keine Lust, sich deshalb die Nacht um die Ohren zu schlagen. »Wollen wir das nicht morgen erörtern?«, fragte sie. »Lasst uns ins Bett gehen. Morgen ist auch noch ein Tag.«

Sie sah Henning eindringlich an, der über ihren Vorschlag wenig begeistert zu sein schien. Doch ihn mit seiner Exflamme alleine zu lassen, mochte sie nun auch wieder nicht. Nach dieser innigen Begrüßung läuteten bei ihr mit einem Mal sämtliche Alarmglocken.

»Du hast recht, Frederike!« Vroni löste sich aus Hennings Armen und wandte sich ihr zu. »Es ist schon spät. Henning muss morgen zur Arbeit, und ich bräuchte ebenfalls eine Mütze voll Schlaf.«

»Ich nicht«, lachte Henning und strahlte sie an. »Bin inzwischen hellwach und habe so viele Fragen an dich!« Er griff nach Vronis Hand und zog sie in Richtung Küche. »Trinkst du noch immer deinen Tee vegan?«

»Vegan?« Verwirrt riss Rike die Augen auf und folgte den beiden gezwungenermaßen.

»Ja, mit Hafer- oder Sojamilch«, erklärte Henning ihr über die Schulter hinweg und bot im Anschluss Veronika einen Platz am Küchentisch an.

»Wenn ich die Möglichkeit erhalte, ja, doch ich bestehe nicht mehr wie damals darauf«, warf Vroni ein und blieb stehen. »Eigentlich trinke ich ihn inzwischen eher so wie die meisten Menschen. Wenn man irgendwo in der Pampa ist, werden die Ansprüche heruntergeschraubt, und man ist froh, wenn man überhaupt was zwischen die Kiemen bekommt.«

»Aber zu Kluntjes sagst du sicher nicht Nein?« Henning griff nach dem Wasserkocher, um ihn zu füllen.

»Wegen der Kalorien verzichte ich inzwischen lieber darauf«, verriet Vroni. Sie fuhr sich demonstrativ über ihren flachen Bauch und zwinkerte ihm zu.

»Typisch Frau!«, meinte er kopfschüttelnd und füllte Wasser ein.

»Was ist Kluntjes?«, stellte Rike die wahrscheinlich nächste saudumme Frage, nachdem sie nicht einmal gewusst hatte, worum es sich bei veganem Tee handelte.

»Kandiszucker«, half Henning ihr auf die Sprünge. »Trinkst du auch eine Tasse mit?« Er reckte den Hals und sah Rike fragend an.

»Jetzt noch Tee? Ich würde lieber ins Bett gehen«, erwiderte sie, nickte aber. Sie war es nicht, die morgen früh aufstehen musste, und wenn sie schon dem Erinnerungsaustausch zwischen Henning und seiner Verflossenen lauschen musste, brauchte auch sie etwas Warmes im Bauch.

»Du musst nicht aufbleiben, Mausi. Leg dich schlafen, wenn du müde bist. Ich bin inzwischen putzmunter und krieg sicher eh kein Auge zu, bevor ich nicht erfahren habe, wo meine Vroni die letzten vier Jahre gewesen ist.«

Meine Vroni?, dachte Rike bestürzt und spürte, wie ihre Mundwinkel nach unten sanken.

Henning bekam davon nichts mit. Wie auch? Er schenkte seiner Exflamme einen schmachtenden Blick, bevor er ihn wieder zu ihr schweifen ließ. »Wir können auch ohne dich klönen, oder etwa nicht?« Diese Frage war wieder an Vroni gerichtet, die verlegen seinem Blick auswich. Zumindest sie schien mitzubekommen, dass sein Verhalten etwas fehlgesteuert war.

»Vielleicht sollten wir das wirklich auf morgen verschieben«, sprang sie Rike zur Seite. »Ich schlafe nämlich auch gleich im Stehen ein.«

Enttäuscht ließ Henning den Arm sinken, der noch immer den gefüllten Wasserkocher hielt. »Echt jetzt?«

Er schüttete den Inhalt zurück ins Abwaschbecken. »Wenn ihr meint, dann gehen wir eben ins Bett.«

»Ja, ist besser so«, erwiderte Vroni. »Ich mache euch eh schon Arbeit.« Sie schenkte Rike einen freundlichen Blick.

»Morgen Abend bist du aber noch da, wenn ich aus der Kanzlei nach Hause komme?«

Sie nickte, wenn auch verunsichert. »Wenn ich darf und euch nicht störe, bleibe ich gern noch ein oder zwei Tage hier.«

»Du störst nicht!«, versicherte ihr Henning im Brustton der Überzeugung. »Und Platz zum Schlafen ist für dich da.«

Schön, dachte Rike grimmig. Du hast sie ja auch nicht den ganzen Tag auf dem Hals. Als hätte ich so kurz vor der Hochzeit nichts Besseres zu tun!

Sie ging ins Wohnzimmer und räumte die Kuschelkissen vom langen Schenkel der Couch, breitete eine Decke auf der Sitzfläche aus und legte eine zweite zum Zudecken hinzu. Heute Nacht würde sich Vroni mit dem Sofa begnügen müssen.

»Glaubst du, das war eine tolle Idee von dir, die Ex deines Bruders bei ihm und Rike einzuquartieren?«, fragte Marie, als sich das Auto in Bewegung gesetzt hatte. »Begeistert schien sie mir nicht zu sein.«

»Unsinn!«, befand Johannes. »Was ist daran denn so schlimm? Du hast Vroni gehört. Es ist vier Jahre her, was ich übrigens bestätigen kann. Da glimmt nix mehr.«

»Dein Wort in Gottes Gehörgang!«, antwortete Marie. »Dennoch, so kurz vor der Hochzeit war es nicht notwendig, ihn mit seiner Exfreundin zu konfrontieren. Versetz dich doch mal in Rikes Lage! Wie würdest du dich fühlen, wenn plötzlich ein ehemaliger Freund von mir bei uns einziehen würde?«

»Meine Güte, Marie! Veronika zieht bei ihnen nicht ein. Sie übernachtet dort nur für ein oder zwei Nächte. Da passiert schon nichts. Mein Bruder ist eine treue Seele – so wie ich.« Er drehte ihr den Kopf zu und grinste verschmitzt von einem Ohr zum anderen. Für ihn war das Thema damit vom Tisch.

Henning lag noch lange wach, während Rike, kaum dass sie sich zugedeckt hatte, bereits tief und fest schlief.

Wie sollte er mit dieser Situation umgehen?

Vroni war vor mehr als vier Jahren von einem Tag auf den anderen wortlos aus seinem Leben verschwunden. Von ihren Eltern hatte er nur erfahren, dass sie ihre Koffer gepackt und abgehauen sei. Warum, das wussten sie ebenfalls nicht, doch für ihn war an jenem Tag eine Welt zusammengebrochen.

Und nun tauchte sie hier einfach auf und stellte sein Leben auf den Kopf, und dass dies geschehen würde, darüber war sich Henning klar. Er merkte jetzt schon, wie das Wiedersehen mit ihr sein Herz und seine Gefühlswelt durcheinanderbrachte. In acht Tagen wollte er Frederike heiraten, und spürte, wie in seinem Herzen die kalte Glut einer verflossenen großen Liebe erneut zu glühen begann.

Das war nicht gut und durfte nicht geschehen! Doch wie sollte er sich gegen seine Gefühle wehren?

Seufzend rollte er sich auf die Seite und versuchte, Schlaf zu finden.

*H*enning brauchte am Folgetag fast eine halbe Stunde, bevor er aus den Federn kroch. Anstatt nach dem Weckerklingeln sofort aufzustehen, kuschelte er sich an Rikes Rücken und umschlang ihren Leib mit seinem Arm.

»Magst du noch nicht?«, fragte sie nach einigen Minuten seufzend, als er keine Anstalten machte, aus dem Bett zu steigen, und unterdrückte ein Gähnen.

»Nein, es ist so schön neben dir. Ich brauche das heute Morgen.«

Sie spürte seinen warmen Atem in ihrem Genick und lächelte verzückt. »Finde ich auch!« Der Gedanke daran, dass sie bald verheiratet waren, beschwingte sie. Vom Prinzip her würde sich an ihrem Leben nichts ändern. Sie wohnten bereits seit einem Dreivierteljahr zusammen, nur dass noch zwei Namen am Klingelschild und am Briefkasten standen. Nach dem Hochzeitstag wäre das vorbei.

Rike schmunzelte glücklich.

Endlich wäre sie ihren Allerweltsnamen los. Müller – das war kein Name, sondern ein Sammelbegriff! Hansen hingegen klang so norddeutsch, auch wenn ihre Wurzeln nicht an der Küste lagen – obwohl, in gewisser Weise schon.

Ihre Großeltern waren waschechte Nordlichter. Sie hatten ihr gesamtes Leben an der Ostsee verbracht. Selbst ihre Mutter war in Warnemünde geboren und nur der Liebe wegen ihrem Vater nach Berlin gefolgt. Und nun hatte sie ihren Schnuckiputz im vergangenen Sommer an der Ostsee kennen- und lieben gelernt und lebte mit ihm zusammen.

Rike erinnerte sich noch ganz genau an jenen Moment am Neujahrsnachmittag, als er plötzlich aus dem Sessel aufgestanden und vor ihr in die Knie gegangen war. Er hielt ein Schmuckkästchen in der Hand und hatte sie gefragt, ob sie ihn heiraten wolle. Vor Glück hatte sie fast kein Wort herausbekommen. Ihre Kehle war wie zugeschnürt gewesen und ihre Augen mit Tränen des Glücks gefüllt. Dann hatte er ihr anvertraut, dass er ihr seinen Heiratsantrag bereits am Silvesterabend hatte machen wollen, doch er hatte den Ring zu Hause vergessen.

Vielleicht war es so auch besser, dachte sie und rollte sich zu ihm auf die andere Seite. Die Vorstellung, in Gegenwart aller Gäste des Meerblick gefragt zu werden, wäre ihr sicher peinlich gewesen. Einzig für Sanne sowie Opa Willi und Ruthchen hätte es sie gefreut, wenn sie diesen Moment mitbekommen hätten.

»Wie lange warst du eigentlich mit Vroni zusammen?«, verscheuchte sie die wunderbare Erinnerung und sah ihm fragend in seine blauen Augen.

»Fast drei Jahre. Wir sind in dieselbe Klasse gegangen, aber das habe ich dir doch schon mal erzählt.«

»Hm«, bemerkte Rike nur, denn sie konnte sich nicht an die genauen Details entsinnen, wollte aber nicht zugeben, dass sie ihm damals nicht richtig zugehört hatte.

Ihr war es egal, mit wem Henning wie lange zusammen gewesen war. Das gehörte der Vergangenheit an und war keineswegs von Belang. Sie hatte sich weder die Namen ihrer Vorgängerinnen gemerkt noch deren

Reihenfolge. Sie wusste nur, es hatte vor ihr nur eine gegeben, in die er unsterblich verliebt gewesen war.

War es Vroni?

»Erst ein paar Jahre später hat es zwischen uns gefunkt«, hörte sie Henning sagen und konzentrierte sich wieder auf ihn. »Wir haben uns in einer Reiseagentur wiedergetroffen.«

In einer Reiseagentur?, durchfuhr es sie.

Bei diesem Wort klingelte etwas bei ihr. Es war aber nur ein leises Bimbam, mehr auch nicht. Oder war Vroni die Tusse, die ihm hinterhergelaufen war?

Niemals! Dann hätten sie sich nicht so innig begrüßt und Henning sie nicht dermaßen angeschmachtet. Immerhin hatte er gegen diese Stalkerin eine Verfügung erwirkt, um sie auf Abstand zu halten. Daran hätte sich auch sein Bruder erinnert.

Rike begann sich zu ärgern.

Ich hätte besser aufpassen sollen. Vielleicht würde sie heute Abend mehr erfahren, wenn Vroni und Henning Erinnerungen austauschten. Diesmal wäre sie aufmerksamer. Trotzdem fragte sie sich inzwischen, ob es klug gewesen war, Hennings Ex wie ein heimatloses Kätzchen mit nach Hause zu nehmen, wo sie ihren Verflossenen wiedertraf.

Sie rollte sich auf den Rücken. »Und irgendwann ist sie dann klammheimlich abgehauen.«

»Du weißt davon?«

»Na klar! Du hast sie doch gestern danach befragt. Zudem erwähnte es dein Bruder.«

»Dieser Schwätzer! Ich muss aber zugeben, dass es stimmt. Eines Tages war sie fort, ohne ein Wort zu sagen. Das war hart, denn ich habe sie geliebt, sogar sehr.«

Rike kräuselte die Stirn und sah zu ihm auf. »Du wolltest sie aber nicht heiraten, oder?«

Anstatt einer Antwort nahm er sie in die Arme und zog sie wieder an seinen Körper. Bevor sein Mund zärtlich ihre Lippen verschloss, hauchte er: »Ich liebe nur dich!« Dann gingen seine Hände auf Entdeckungstour, während sie sich leidenschaftlich küssten.

Wohlig stöhnte Rike, als er ihr sanft über den Rücken und von dort über den Hintern strich, sodass sie ihre Frage vergaß und stattdessen seine zärtlichen Berührungen genoss.

Warum musste er jetzt in die Kanzlei? Viel lieber hätte sie mit ihm geschmust und sich dem Liebesspiel hingegeben. Da das leider nicht ging, erzählte sie ihm, dass Vroni weit herumgekommen sei.

»Und was hat sie dann auf der Dänemarkfähre gemacht?« Henning küsste sie auf die Nasenspitze, und Rike rekelte sich wohlig wie eine Katze, die gerade von der süßen Milch schleckte.

»Du weißt doch, alle Wege führ'n nach Rom«, lachte sie und kuschelte sich an seine Brust. »Sie hat wohl die letzten zwei Monate in Dänemark verbracht, aber das wird sie uns sicher heute Abend alles erzählen.« Sie schlang den Arm um Hennings Hals und tätschelte ihm das Genick. »Empfindest du noch was für sie?«

»Ob ich noch was für sie empfinde?« Sein Lachen klang verkrampft. »Wie kommst du darauf?«

»Weil du mir gerade gestanden hast, wie sehr du sie mochtest. Dann ist sie spurlos aus deinem Leben verschwunden. Da könnte es schon passieren, dass die Liebe nun neu entfacht.«

Henning wich ihrem Blick aus, den sie zu ihm gehoben hatte, und seufzte.

Autsch! Das war Antwort genug und tat Rike weh. Warum habe ich mich breitschlagen lassen und Vroni mit nach Hause gebracht?, ärgerte sie sich.

Henning gab ihr einen Kuss auf die Stirn. »Keine Angst, Frederike, wie ich sagte, mein Herz schlägt nur noch für dich.«

»Dann bin ich ja beruhigt.«

Doch war sie das tatsächlich? Sein Zögern und das Seufzen weckten in ihr Zweifel, doch sie konnte Vroni jetzt unmöglich vor die Tür setzen. So herzlos war sie nicht.

Ich werde wachsam sein und sowohl sie als auch ihn im Auge behalten.

Sie reckte sich und stibitzte sich von seinen Lippen einen weiteren Kuss. Dann schmiegte sie sich an seine Brust. Er roch so gut, so männlich. Am liebsten hätte sie ihn auf der Stelle vernascht, doch die Uhr tickte unerbittlich weiter. Es wurde Zeit, dass er aufstand und sich fürs Büro fertigmachte.

»Ich schätze, ich muss langsam hoch«, seufzte er, als hätte sie ihren Gedanken laut ausgesprochen. Die roten Leuchtziffern des Radioweckers gemahnten ihn an seine Pflicht.

»Aber bitte *gaaanz* langsam!«, bat sie grinsend und liebkoste mit ihren Lippen seine Brust. »Du kannst auch ruhig noch ein wenig bleiben, Schatz. Immerhin bist du der Chef der Kanzlei und genießt somit das Recht zu erscheinen, wann du willst.«

Henning grinste. »Tja, ich bin der Chef, allerdings jener, der am nächsten Samstag heiraten und im Anschluss flittern will.« Er küsste sie auf den Scheitel.

Rike zog einen Schmollmund. »Dann rufe doch Johannes an. Er soll dich vertreten.«

Henning lachte auf. »Mein Bruder wird mir sicher ein paar Takte erzählen. Der hat ebenfalls frei.«

»Na gut, wenn's denn sein muss!« Sie sah zu ihm auf, und ihre Lippen fanden sich. Sofort breitete sich ein wohliges Prickeln in ihrem Körper aus. Schade, dass ihn die Arbeit rief!

Schweren Herzens gab sie ihn aus ihren Armen frei und rollte sich auf den Rücken.

Als er aufstand und leise die Schlafzimmertür hinter sich schloss, sah Rike ihm hinterher. Dann drehte sie sich seufzend auf die andere Seite und blickte zum Fenster hinauf, hinter dessen Jalousie der Tag begann. Es war kurz vor sechs Uhr, viel zu früh, um aufzustehen.

Um halb acht quälte sich Rike aus dem Bett. Ihr taten vom Vortag die Füße weh, denn ihre Exkursion durch Kopenhagen war recht ausgedehnt gewesen. Sie ging ins Bad und stellte sich unter die Dusche. Am Abend war sie gleich ins Bett gegangen.

Eine halbe Stunde später trat sie erfrischt ins Erdgeschoß und lauschte. Alles war ruhig. Vroni schlief wohl noch. Auf Zehenspitzen schlich sie in die Stube, um ihr Telefon zu holen, das sie am Abend zuvor auf dem Couchtisch vergessen hatte. Dann verließ sie den Raum und schloss die Tür hinter sich.

»Ich bin wach«, vernahm sie ein schlaftrunkenes Murmeln auf der anderen Seite der Tür. »Machst du mir einen Kaffee, bitte? Ich stehe jetzt auf.«

Verwundert öffnete Rike die Tür und lugte ins Zimmer hinein.

Mit verwuscheltem Schopf quälte sich Vroni in die Sitzposition und ließ die Beine baumeln. Ihre Zehennägel waren blau lackiert, zumindest zwei von ihnen. Bei den restlichen acht war der Lack bereits fast vollständig abgeblättert.

Als sie Rikes Blick bemerkte, streckte sie die Füße vor und lachte. »Ich hatte keinen Nagellackentferner zur Hand.« Sie strich sich eine widerspenstige Dreadlock hinter das Ohr und gähnte. »Zuletzt war ich in Indien in einer Hotelanlage angestellt. Dort waren keine Socken nötig. Also hab ich mir die Nägel lackiert. Als der Küchenchef dann vor zwei Monaten wegen einer dringenden Familienangelegenheit nach Dänemark zurückmusste, hat er mich in seiner gecharterten Maschine mitgenommen.«

»Der Küchenchef hat sich einen Flieger gechartert!« Rike glaubte, sich verhört zu haben, aber Vronis Nicken bestätigte ihre Worte.

»Finn Lasse Johannsen, ein international anerkannter Sternekoch«, erklärte sie, aber Rike zuckte mit den Schultern. Sie hatte noch nie von ihm gehört. »Macht nichts!«, kicherte Vroni. »Ich kannte ihn ebenfalls nicht, da ich keine Kochshows schaue. Er hat sich mit seiner Kocherei einen Namen gemacht und wurde mit Sternen dekoriert. Neben jener Ferienanlage in Indien gehören ihm mehrere Restaurants weltweit.«

Rike war zwar beeindruckt, aber wenn sie ehrlich war, konnte sie sich schwerlich vorstellen, dass Vroni Beese mit ihrer Dreadlocksfrisur in einer mondänen Hotelanlage gearbeitet haben sollte. Oder war sie in der Küche oder der Wäscherei angestellt gewesen, vor den Augen der Gäste versteckt?

»Was war das denn für eine Hotelanlage?«, fragte sie.

»Eine kleine, also keine von den großen Anlagen, die man so aus dem Fernsehen kennt, aber dank ihres Besitzers und Küchenchefs ein echter Geheimtipp für Gourmets.«

»Das kann ich mir vorstellen, wenn er so berühmt ist, wie du sagst.« Sie musterte Veronika. »Hast du das Hotelfach gelernt? Meine beste Freundin ist ebenfalls in diesem Metier tätig.«

»Nicht wirklich. Ich bin Reiseverkehrskauffrau und habe jahrelang bei einem großen Reiseveranstalter gearbeitet. Vielleicht hätte ich tatsächlich das Hotelfach belegen sollen, denn ich habe stets davon geträumt, was von der Welt zu sehen. Und dann hat es mich irgendwann gepackt, und ich bin weg.«

»Das war also der Ruf!« Rike schmunzelte. »Mach dich erst mal frisch. Das Gästebad befindet sich gegenüber der Küche. Ich bereite derweil das Frühstück vor.« Sie nickte ihrem Gast aufmunternd zu und ließ ihn allein.

Beim Frühstück herrschte anfangs verhaltenes Schweigen. Da aber Vroni eine Frohnatur war und auch Frederike keine Scheu vor Fremden zeigte, entspann sich recht schnell eine angeregte Unterhaltung.

»Hast du eigentlich gut geschlafen?«, erkundigte sich Rike und griff nach einer Scheibe Toast. »Es war sicher ein wenig unbequem, oder?«

»Machst du Witze? Eure Couch ist ein Träumchen. Was denkst du, wie oft ich nur auf dem nackten Boden genächtigt habe?«

Rike schluckte bestürzt. »Ich ziehe echt den Hut vor dir, dass du als Frau allein durch die halbe Welt gereist bist und dich durchgeschlagen hast. Ich hätte das nicht drauf.«

Veronika winkte ab. »Ist gar nicht so schlimm, wie die meisten annehmen.«

»O doch, das denke ich schon«, widersprach Rike ihr. »Man muss schon recht taff sein, um das als Frau zu bringen.«

Errötend senkte Vroni den Blick in ihre Kaffeetasse, die sie an den Mund führen wollte, und hielt in ihrer Bewegung inne. »Man darf weder luxusverwöhnt sein noch über mögliche Gefahren nachdenken«, erklärte sie und trank einen Schluck. »Meine Eltern waren stets um mich besorgt, doch ich will diese vier Jahre nicht missen. Das war das Erlebnis meines Lebens und hat mir viel gebracht.« Sie sah Frederike offen in die Augen.

»Das glaube ich dir aufs Wort. Und was wirst du tun, wenn du wieder in deinem bürgerlichen Leben in Hamburg angekommen bist, wieder Innendienst bei einem Reiseveranstalter?«

Unentschlossen hob Vroni die Schultern und stellte die Tasse zurück auf den Tisch. »Darüber denke ich seit geraumer Zeit nach und bin noch zu keinem Ergebnis gekommen. Tagein, tagaus in einem Büro eingesperrt zu sein, ich weiß nicht, ob ich das noch kann.« Sie seufzte und rückte sich die Brille auf der Nase zurecht. »Ich könnte jederzeit nach Indien zurückkehren. Meinen Chef würd's freuen. Er war traurig, dass er mich verloren hat. Noch besser würde es ihm gefallen, ich käme zu ihm nach Kopenhagen in sein Hauptrestaurant.«

Wow!, dachte Rike. Vroni musste ein Hauptgewinn sein, wenn ein mit Sternen dekorierter Spitzenkoch ihr so nachtrauerte, oder war da noch etwas anderes im Spiel?

Sie musterte sie.

Hässlich war sie auf keinen Fall und vor allem nett und freundlich. Mit einer anderen Frisur und passenden Klamotten wäre mit ihr sicher Staat zu machen.

»Also warst du in der Küche tätig?«, vermutete sie, und Vroni nickte.

»Anfangs habe ich das Geschirr gespült und das Besteck und die Gläser poliert. Später erkannte mein Boss mein Talent fürs Backen, vor allem für die Dekoration von Torten.« Sie hob den Blick, und Rike sah ihr an, dass ihr ein Gedanke kam. »Wenn ihr mögt, kümmere ich mich um eure Hochzeitstorte. Irgendwie muss ich mich doch dafür erkenntlich zeigen, dass ihr mich bei euch so freundlich aufgenommen habt, vor allem bei dir, da du mich nicht einmal kennst.«

Überrumpelt sog Rike die Luft hörbar ein und stieß sie wieder aus.

Wollte Vroni bei ihnen einziehen? Wegen ein oder zwei Nächten musste sie sich nicht verpflichtet fühlen, ihre Hochzeitstorte zu dekorieren. Zudem vertraute Rike eher den Konditoren ihres Vertrauens als einer Frau, deren Fähigkeiten sie nicht kannte. Immerhin sollte am schönsten Tag im Leben nichts schiefgehen.

»Bin ich dir zu nah getreten? Das wollte ich nicht«, fügte Vroni hinzu, weil Rike keine Antwort gab. »Ehrlich, ich mache das gern!« Verlegen sah sie sie an.

»Das ist lieb von dir«, rang sich Rike ab. »Darüber können wir später reden, wenn Henning dabei ist. Es ist auch seine Torte.«

»Na klar, verstehe ich.«

Rike atmete innerlich auf und hoffte, dass Veronika bis zum Abend ihren spontanen Einfall wieder vergessen hatte. Was würden die Gäste denken, wenn die Ex des Bräutigams am Hochzeitstag in der Nähe war? Und das würde unweigerlich geschehen!

Das Telefon läutete und beendete zum Glück das Thema.

«Na, ausgeschlafen?«, wurde Rike fröhlich von Marie begrüßt.

»Klar, ihr auch?«

»Sicher! Wie geht es eurem Gast? Hat Henning seine Ex schon zu Gesicht bekommen?«

»Allerdings, sogar gestern Abend noch.«

»Und?«, tönte die Stimme von Johannes an ihr Ohr. Marie musste den Lautsprecher angeschaltet haben, damit er alles mitbekam.

»Nichts«, entgegnete Rike. »Er war natürlich überrascht.« Sie zwinkerte Vroni zu, die ihr an den Lippen hing. »Vroni und ich sitzen übrigens gerade beim Frühstück zusammen«, machte sie Marie und Johannes darauf aufmerksam, dass sie nicht freiweg reden konnte.

«Okay, du kannst uns ja später alles erzählen«, entgegnete Marie. »Wichtiger ist jetzt, wann sollen wir bei dir sein?«

Nachdenklich kräuselte Rike die Stirn, und ihr Blick flog zu ihrem Gast. Sie wollte Vroni nicht unbedingt mitnehmen, um die Menüfolge zu besprechen.

»Ich rufe gleich zurück, Marie.« Rike beendete den Anruf und schenkte Vroni einen freundlichen Blick. »Was hast du heute vor?«

Vroni zuckte mit den Schultern. »Ich könnte mir Warnemünde anschauen oder nach Rostock fahren. Das ist doch nicht weit entfernt, oder?«

Rike schüttelte den Kopf. »Mit der S-Bahn nur eine halbe Stunde.«

»Und du? Willst du dich mit Johannes und seiner Frau treffen?«

»Ja. Es gibt noch ein paar Vorbereitungen für die Hochzeit zu treffen«, wich Rike einer konkreten Antwort aus.

»Etwa das Brautkleid auswählen?«, platzte Vroni heraus, und ihre Augen leuchteten auf.

»Dafür wäre es eine Woche vor der Hochzeit wohl ein wenig spät. Zudem weiß ich nicht, ob ich das mit meinem zukünftigen Schwager tun würde. Da sind die beste Freundin und die Schwägerin sicher besser gewählt.«

»Stimmt auch.« Neugierig ruhte Vronis Blick auf ihr. Sie wollte wissen, worum es ging.

»Wir wollen die Menüfolge und das Catering für

die Hochzeit absprechen«, gab sich Rike geschlagen. Wahrscheinlich hätte Vroni eh keine Lust, mitzukommen. Viel Spannung versprach der heutige Tag sicher nicht.

»Das Catering? Das ist ja aufregend! Feiert ihr in keiner Gaststätte?«

»Doch, das Mittag werden wir in Rostock einnehmen, den Abend verbringen wir in einer Pension mit Blick aufs Meer. Sie ist komplett für unsere Gäste reserviert, sodass wir ungestört unter uns sind. Dort gibt es aber keine richtige Küche, sodass wir ein Büfett bestellen wollen.«

»Oh, davon habe ich in den letzten Monaten einige zu Gesicht bekommen. Wir hatten oftmals Geburtstage und Jubiläen im Hotel. Finn Lasse, also mein Chef«, verbesserte sie sich und errötete leicht, »hat dafür die tollsten Gerichte kreiert. Schade, dass er in Dänemark weilt.« Sie grinste. »Darf ich mitkommen? Ich hätte Lust und habe Zeit. Was soll ich allein durch Warnemünde oder Rostock stiefeln?« Erwartungsvoll blickte sie Rike an, die innerlich aufstöhnte.

Irgendwie wurde sie das Gefühl nicht los, dass sich Vroni in ihre Hochzeitsplanungen einzumischen begann, und das schmeckte ihr nicht. Sie wollte aber auch nicht unhöflich sein. Ihr Gast schien keinerlei Hintergedanken zu hegen, sondern wollte einfach nur nett und freundlich sein. »Gerne. Bist du in einer Stunde bereit?«

»Machst du Witze?« Vroni breitete die Arme aus. »Noch ein wenig Make-up aufgelegt und die Brille geputzt. Dann kann's losgehen.« Sie kratzte sich unter ihrer Dreadlockpracht. »Gibt es in Warnemünde einen Frisör deines Vertrauens? Ich schätze, ich benötige eine gesellschaftsfähigere Frisur, vor allem, wenn ich als eure Konditorin aktiv werden sollte.« Sie sah an sich hinab. »Und ein neues Outfit täte ebenfalls not.«

Verstört weiteten sich Rikes Augen. »Frisör würde bei deinen Rastalocken Kahlschlag bedeuten«, gab sie zu bedenken. »Und dein Outfit geht doch in Ordnung. Es passt zu dir.«

»Meinst du? Aber doch nicht bei einer Hochzeit«, gab Vroni bestürzt zurück. »Mit dem Frisör hingegen gebe ich dir recht, doch lieber heute als morgen, umso schneller wachsen die Haare nach.«

Rike nickte nur und verdrängte die aufkeimende Angst, Vroni nie mehr loszuwerden. Jetzt hatte sie sich selbst schon zur Hochzeit eingeladen. So hatte sie sich die ein oder zwei Übernachtungen nicht vorgestellt. Sie musste mit Henning reden, und zwar sofort! Doch zuvor schrieb sie Marie eine Nachricht, sie in einer Stunde von zu Hause abzuholen. Dass Vroni mitkommen würde, verschwieg sie ihr.

»Findest du nicht, dass du etwas übertreibst?«, fragte Henning, nachdem Rike ihm von Vronis Absicht, bis zur Hochzeit zu bleiben, erzählt hatte.

»Was, ich übertreibe?«

»Ja, Schatz. Hast du schon mal darüber nachgedacht, dass sie nur nett sein will? Das ist sie nämlich schon immer gewesen!«

»Pah, Schnuckiputz, und hast du schon mal darüber nachgedacht ...«, sie senkte die Stimme, damit Vroni sie nicht hören konnte, »... welchen Eindruck es auf unsere Gäste macht, wenn deine Ex zur Hochzeit erscheint?«

»Dass wir uns noch immer gut verstehen«, entgegnete Henning. »Nicht jede Partnerschaft muss mit einem Rosenkrieg enden. Also komm wieder runter, Rike. Vroni ist ein hilfsbereiter Mensch. Von meiner Seite aus kann sie bis zur Hochzeit bleiben und auch unsere Torte dekorieren.«

Rike schnappte nach Luft. Das war zu viel.

»Und jetzt muss ich aufhören, Mausi. Meine Klienten kommen gerade zur Tür hinein. Bis nachher, Schatz!« Er legte auf.

*M*arie und Johannes staunten nicht schlecht, als auch Vroni aus der Haustür trat und zu ihnen ins Auto stieg. Susanne sah fragend Rike an. Für sie war Vroni eine völlig Fremde.

»Ich komme mit!«, verkündete Vroni fröhlich und lümmelte sich hinter Marie auf die Rückbank. Dabei traf sich ihr Blick mit dem von Johannes im Rückspiegel. »Lange her, dass wir mal zusammen weggefahren sind.«

»Na, als Wegfahren würde ich das jetzt nicht bezeichnen«, entgegnete Rike, bevor sie sich ihrer Freundin zuwandte, um sie einander vorzustellen.

Sanne schluckte und grüßte Vroni. Dabei streifte ihr Blick Frederike, die nur die Augenbrauen hob. Als Veronika zum Seitenfenster hinaussah, nahm Sanne mit Rike Augenkontakt auf, und ihre Lippen formten: *Was macht die denn hier?*

Rike hob kaum merklich die Schultern.

»Hast du die Nacht gut bei meinem Schwager und meiner Schwägerin verbracht?«, richtete Marie das Wort an Veronika, um das Schweigen zu brechen, das erdrückend war.

»Wunderbar!«, entgegnete Vroni und zwinkerte Johannes im Rückspiegel zu.

»Schatz, sieh bitte auf die Straße und den Verkehr«, wurde er von Marie ermahnt, der nicht entging, dass ihr Mann mehr zur Rückbank schaute als nach vorn.

»Keine Panik, Schatz!« Er grinste. »Ich fahre nicht zum ersten Mal.«

Susanne konnte sich nicht mehr zurückhalten und beugte sich vor, um Vroni ansehen zu können. »Habe ich das richtig verstanden, du warst mal mit Henning zusammen?«

Veronika nickte. »Ist inzwischen vier Jahre her.«

»Ähm, und wieso bist du jetzt hier?« Susanne hob beschwichtigend die Hände. »Bitte, verstehe mich nicht falsch. Ich habe nur noch nie von dir gehört.«

Gespannt, was folgen würde, hielt Rike die Luft an. Auch Marie drehte sich halb in ihrem Sitz Susanne zu und schenkte ihr einen vielsagenden Blick. Susanne nannte das Kind beim Namen, und zumindest Rike war ihr dankbar dafür. Was nutzte es aber, wenn Henning auf stur stellte und nicht erkennen wollte, dass es unpassend war, seine Exfreundin zu seiner Hochzeit einzuladen?

In seinem Bruder schien er einen Seelenverwandten gefunden zu haben. Er starrte nicht nur Vroni an, sondern fragte auch zurück: »Muss Henning dir von seinen Exfreundinnen erzählen?«

»Muss er nicht«, konterte Sanne schlagfertig. »Ich finde es nur verwunderlich, dass ich noch nie von ihr gehört habe, obwohl sich die beiden anscheinend so gut verstehen, dass sie kurz vor der Hochzeit bei euch unterkommt. Einen solch engen Kontakt pflege ich mit meinen Exfreunden nicht.«

Marie verkniff sich ein Grinsen und drehte sich wieder um.

»Wir haben sie gestern Abend auf der Fähre getroffen«, klärte Rike ihre Freundin auf, weil ihr die Situation langsam peinlich wurde. »Sie hatte keine Unterkunft.«

»Okay«, kam es gedehnt aus Sannes Mund. Sie biss sich aber auf die Zunge, um nicht weiterzubohren, zumindest nicht in Vronis Gegenwart.

Rike rutschte auf ihrem Platz zwischen Sanne und Vroni hin und her. Eine solch offene Anfeindung war ihr unangenehm. Vroni hatte ihr nichts getan. Trotzdem könnte sie etwas mehr Feingefühl an den Tag legen und einsehen, dass ihr Bleiben unpassend war? Warum konnte sie nicht einfach morgen ihre Koffer nehmen und weiterziehen? Stattdessen bot sie sich an, die Hochzeitstorte backen zu wollen, und brachte sich ungebeten in die Hochzeitsvorbereitungen ein.

Warum hast du nicht genug Arsch in der Hose und schmeißt sie einfach raus oder sagst ihr unmissverständlich, dass sie auf deiner Hochzeit nichts verloren hat?

Rikes Stimmung setzte zur Talfahrt an.

Von nun an wurde kaum ein Wort geredet. Veronika, die Sannes Kommentar bereits wieder vergessen hatte, verrenkte sich den Hals und lugte in alle Richtungen, um auch nichts zu verpassen. Ihren eigenen Worten nach war sie bisher weder in Rostock noch Warnemünde gewesen. Ab und an richtete Johannes eine Frage an sie, merkte aber schnell, dass die Stimmung gerade auf dem Tiefpunkt war, und hielt ebenfalls lieber den Mund.

In Rostock stellten sie das Auto in einer Tiefgarage ab und schlenderten zu dem Restaurant, das sich in einem Seitenhof in der Innenstadt befand. Das Wetter war für Ende April äußerst schön. Die ersten Urlauber hatten die Ostseeküste und ihre Ferienorte in Beschlag genommen. Seit dem Osterfest wurden es täglich mehr.

Henning erwartete sie bereits vor dem Lokal, wo

der Besitzer für sie einen Tisch im Außenbereich reserviert hatte.

»Vroni, du bist ja auch mitgekommen!«, begrüßte er seine Ex. Er trat auf sie zu, nahm sie in den Arm und drückte ihr einen Kuss auf die Wange, unpassend, wie nicht nur Rike fand. Dann erst wandte er sich den anderen zu.

»Kopf hoch, Süße!«, raunte Sanne Rike zu, als sie sich am Tisch niederließen. »Die ist keine ernsthafte Konkurrenz für dich.« Sie legte ihr die Hand auf den Arm und tätschelte ihn ihr.

Bei einer Tasse Kaffee besprachen sie in der folgenden Stunde alles Nötige. Johannes und Marie waren eine große Hilfe. Sie hatten ihre Hochzeitsvorbereitungen vor zwei Jahren erfolgreich über die Bühne gebracht und der Restaurantbesitzer unzählige Feierlichkeiten erfolgreich gecatert, sodass kaum Diskussions- oder Änderungsbedarf bestand. Susanne war gewissermaßen vom Fach, aber auch Vroni konnte zwei, drei interessante Details beisteuern. Ansonsten hielt sie sich im Hintergrund. Ihr schien nicht zu entgehen, dass ihr, zumindest von der Frauenseite, ein kühler Wind entgegenblies.

»Ich hätte nicht vermutet, dass sie so versiert ist«, raunte Marie Rike zu, als sie später zur Toilette gingen. »Wie Johannes mir erzählte, ist sie früher im Reisegeschäft tätig gewesen. Woher weiß sie so genau über Catering und Menüs Bescheid?«

»Weil sie auf ihren Reisen auf Hotellerie und Gastronomie umgesattelt hat.« Rike beugte sich ihrer Beinahschwägerin verschwörerisch zu. »Sie hat mir beim Frühstück sogar angeboten, unsere Hochzeitstorte zu dekorieren.«

Marie blieb stehen. »Kann sie das denn überhaupt?«

»Nach ihren eigenen Worten, ja. Angeblich ist sie ein Naturtalent, und ihr Chef in Indien hat dieses gefördert und genutzt.« Rike kicherte. »Irgendwie werde ich das Gefühl nicht los, dass zwischen ihr und ihrem Boss was gelaufen ist.«

»Kann ja möglich sein«, räumte Marie ein, und sie gingen weiter. »Und wie hat nun Henning reagiert?«

Rike seufzte. »Veronika ist ihm erst mal um den Hals gefallen, als wäre nichts passiert, und Henning wäre am liebsten aufgeblieben, um sich ihre Erlebnisse der letzten vier Jahre erzählen zu lassen. Zum Glück verstand Vroni, dass mir nicht der Sinn danach stand.«

»Und warum ist sie noch hier und kommt mit, um die Menüauswahl zu besprechen? Mir erscheint es so, als ob sie sich bei euch etwas länger als nur ein, zwei Tage einnisten will.«

»Diese Befürchtung hege ich inzwischen auch.«

»Hast du schon mit Henning darüber geredet?«

»Allerdings!« Frederikes Gesicht verdüsterte sich. »Er hat mich regelrecht abgekanzelt und gemeint, ich bilde mir das nur ein.«

Erneut blieb Marie stehen und legte Rike die Hand auf die Schulter. »Ich stehe auf deiner Seite und rede mal mit ihm.«

»Das ist lieb von dir, doch Johannes scheint ebenfalls ganz fasziniert von ihr zu sein.«

»Was mir nicht entgangen ist.«

Marie wollte weitergehen, doch Rike hielt sie zurück.

»Bin ich Vroni gegenüber vielleicht nicht etwas zu überempfindlich?«, fragte sie verzweifelt. »Ich kann nichts dafür. Seitdem Henning mir anvertraut hat, dass er sie sehr geliebt hat, regt sich Eifersucht in mir. Bisher hat es mich nie gestört, wenn er mal von einer seiner Flammen berichtet hat, und nun ...«

»Bisher hat sich auch noch keine bei euch zu Hause einquartiert.«

»Stimmt!« Rike seufzte und trat auf die Tür zur Damentoilette zu. »Von wegen, ich bräuchte mir keine Gedanken zu machen. Hätte ich mich bloß nicht weichkloppen lassen!«

»Ich habe Jo deswegen auch schon den Kopf gewaschen, aber er ist ein Mann und ihren Reizen erlegen. Vroni muss den beiden Brüdern damals gründlich den Kopf verdreht haben.«

Als sie kurz darauf wieder zurück an den Tisch kamen, starrte Susanne Löcher in die Luft, Henning checkte seine Mails und Vroni und Johannes plauderten miteinander. Sie hatten die Köpfe zusammengesteckt, kicherten und Johannes' Hand ruhte vertraulich auf Vronis Arm.

Maries Miene verdüsterte sich. »Stören wir?«

Überrascht blickten alle auf und schüttelten den Kopf. Sanne grinste, und Henning warf seiner Schwägerin einen verständnislosen Blick zu.

»Wie kommst du darauf?«, fragte Vroni, die sich angesprochen fühlte. Dennoch wirkte sie wie die Unschuld vom Lande, wohingegen Johannes seine Hand schlagartig zurückzog und dem Blick seiner Frau auswich.

»Ach, nur so«, erwiderte Marie und ließ sich neben ihrem Mann nieder.

»Hast du schon gezahlt?«, wandte sich Rike Henning zu und nahm neben Sanne Platz.

»Das ging aufs Haus«, entgegnete er und steckte sein Smartphone in die Jacketttasche.

»So gehört es sich auch«, fügte Vroni hinzu. »Immerhin war das ein geschäftliches Gespräch, bei dem der Gast nie seinen Kaffee oder das Glas Wasser bezahlt.«

»Genau, Vroni!«, stimmte Johannes ihr zu und grinste von einem Ohr zum anderen. »Ich stelle mir gerade vor, welches Gesicht unsere Mandanten machen würden, wenn wir ihnen nach Beendigung des Meetings eine Rechnung über den Verzehr von Getränken präsentieren.«

Nun mussten auch die anderen grinsen.

»Komische Vorstellung!«, gab Rike ihm recht. »Allerdings haben deine Frau und ich noch ein Stück Kuchen gegessen.«

»Auch die Kekse berechnen wir unseren Mandanten nicht«, merkte nun Henning an. »Ich muss wieder los. Die Arbeit wartet.« Er stand auf und nickte allen zu. Dann trat er auf Frederike zu und gab ihr einen Kuss. »Bis heute Abend, Schatz!«

»Und was machen wir jetzt noch?«, fragte Vroni. »Wenn ich nun schon in Rostock bin, können wir doch noch durch die City gehen, oder?«

»Warum nicht!«, meinte Johannes, und auch die Frauen nickten. Das Wetter war für einen Stadtbummel wunderbar.

»Ich glaube, dann gehe ich lieber auch noch schnell aufs Klo.« Entschuldigend grinste Vroni, nahm ihren Rucksack und verschwand im Restaurant.

»So«, hob Susanne an, kaum dass Veronika außer Hörweite war, »wenn ich das richtig verstanden habe, habt ihr sie gestern auf der Dänemarkfähre aufgegabelt, und du, Rike, hast sie mit nach Hause genommen, damit sie nicht auf 'ner Bank übernachten muss. Gibt es in Warnemünde keine freien Betten mehr?«

»Dafür war es zu spät«, rechtfertigte Rike diese Entscheidung.

»Wieso, schließen die Warnemünder Hotels neuerdings um zwanzig Uhr ihre Türen?«

40

»Nein«, zischte Marie und schenkte Johannes einen vernichtenden Blick. »Mein Göttergatte hat Frederike aber so lange belatschert, bis sie Ja gesagt hat.«

»Sollte ich sie denn auf der Straße stehenlassen?«, verteidigte er sich. »Und das Neptun ist 'ne Preisklasse zu hoch für sie.«

»Woher willst du das wissen?« Herausfordernd drückte Marie das Rückgrat durch.

»Okay, somit ward ihr also die Notunterkunft«, beendete Susanne das Wortgefecht zwischen Marie und Johannes. »Abgesehen davon, dass ich es recht schräg finde, die Ex von Henning bei den beiden einzuquartieren, warum ist sie noch hier und trifft mit uns die Menüauswahl für die Hochzeit ihres Exfreunds?«

»Weil ich sie nicht einfach vor die Tür setzen kann«, verteidigte sich nun Rike. Musste jetzt auch noch Susanne in der Wunde herumstochern?

»Und warum nicht, wenn ich fragen darf?«

»Weil ich dazu wohl zu dumm und zu höflich bin«, wich Rike beleidigt aus.

»Ruhe, sie kommt zurück!«, zischte Marie, und Frederike war dankbar für Vronis Erscheinen. Sie hatte keine Lust, sich Vorwürfe für ihre Gutmütigkeit machen zu lassen, auch nicht von Susanne.

Sie erhoben sich von ihren Plätzen.

»Jetzt können wir gehen«, stellte Vroni lachend fest, und sie verließen den Seitenhof und traten auf den Boulevard.

Rike fühlte sich elend. Am liebsten hätte sie es gesehen, dass Vroni ihr Gepäck nähme und sie verließ. Auf der anderen Seite fand sie es unschön, hinter ihrem Rücken gegen sie zu hetzen, aber sie konnte nicht aus ihrer Haut. Die Ex ihres Bräutigams hatte nichts in ihrem Leben verloren. Warum lief nur alles schief?

Sie spazierten durch die Kröpeliner Straße, die sich vom Neuen Markt mit seinem Rathaus und den hübschen Bürgerhäusern bis zum Kröpeliner Tor zog. Dort bogen sie Richtung Stadthafen ab und nutzten das frühlingshafte Wetter für einen Spaziergang an der Warnow entlang.

»Ist das nicht traumhaft?«, fragte Vroni und breitete die Arme aus. Sie ahnte nicht, dass einzig Henning und Johannes von ihrer Anwesenheit angetan waren und die Frauen zu feige, ihr zu sagen, dass sie gehen sollte. »Indien war wunderschön, so exotisch, aber Heimat bleibt eben Heimat.«

»Du warst in Indien?«, platzte Sanne erstaunt heraus.

»Und nicht nur da«, erwiderte Vroni lachend. »Nun bin ich aber erst mal froh, wieder in Deutschland zu sein.«

»Hast du dich schon entschieden, ob du nach Indien zurückkehren wirst?«, fragte Rike und erntete von Johannes und Marie einen fragenden Blick.

»Seit heute Morgen noch nicht«, entgegnete Vroni und grinste verschmitzt. »Vielleicht nehme ich aber das Angebot für Kopenhagen an. Mal schauen!« Als sie die noch immer fragenden Blicke gewahrte, erklärte sie, dass ihr Boss ihr ein Jobangebot unterbreitet hatte.

»Das ist doch super!«, meinte Marie.

Rike kam nicht umhin, ihr im Geiste zuzustimmen. Hauptsache, Vroni weilte weit genug entfernt von ihrem Schatz.

Sie sah auf die Uhr. Es war halb zwei. Das Stück Kuchen hatte das Knurren ihres Magens nicht zum Verstummen gebracht. »Wollen wir hier noch etwas essen?«

»O ja, gerne!«, rief Vroni begeistert aus. »Da vorn ist ein Kutter, wo es sicher leckere Fischbrötchen gibt. Seit ich wieder in Europa, also in Dänemark angekommen bin, habe ich mich bei jeder sich bietenden Gelegenheit davon ernährt. Bismarckhering oder Matjes suchst du nämlich in Indien vergebens.«

Rike schmunzelte. »Liegt vielleicht daran, weil es im Indischen Ozean keinen Hering gibt.«

»Bist du sicher?«, fragte Johannes.

»Zumindest nicht den *Clupae harengus*.«

Entgeistert schauende Augenpaare richteten sich auf Rike.

Verlegen hob diese die Schultern. »Das ist der lateinische Name des Herings, der in Nord- und Ostsee sowie im Atlantik gefangen wird. Mein Opa war Fischer«, erklärte sie und spürte, wie ihr die Röte in die Wangen kroch. »Beinahe einmal im Jahr sind wir ins Stralsunder Meeresmuseum gefahren. Das hat abgefärbt. Irgendwann habe ich mir den Namen gemerkt.«

»Und du meinst, aus anderen heringsartigen Fischen kann man keinen Matjes oder Bismarck herstellen?«, lachte Johannes.

»Keine Ahnung, ich bin kein Experte auf diesem Gebiet. Da müsste ich Onkel Paul fragen. Der weiß das sicherlich.«

»Mir ist es wurscht, wie er heißt. Ich muss mich ja nicht mit ihm unterhalten«, stellte Sanne fest und erntete ein Schmunzeln. »Hauptsache, er schmeckt.«

Sie trat auf den Kutter zu, der zum Fischimbiss umgebaut worden war, um das Angebot zu studieren. Die anderen folgten ihr, wenn auch mit geteiltem Enthusiasmus.

Es gab ein paar Tische, die entlang der Pier aufgereiht standen und bei dem schönen Wetter gut besetzt waren. Rike entging nicht, wie Marie den benachbarten Speichern mit ihren im Erdgeschoss befindlichen Restaurants einen sehnsüchtigen Blick schenkte, bevor sie sich zu ihrem Mann in die Schlange der Fischhungrigen gesellte. Rike wusste, ihre Schwägerin in spe war nicht unbedingt ein Fischbrötchenfan.

Nachdem sie alle versorgt waren und an einem freien Tisch Platz genommen hatten, ließen sie es sich schmecken und blickten über den Fluss.

Die Aprilsonne war angenehm warm. Ihre Strahlen brachen sich im Wasser der Warnow und brachten es zum Funkeln. Die gekräuselte Oberfläche blitzte, als befänden sich Tausende und Abertausende Edelsteine auf ihr. Das gegenüberliegende Ufer leuchtete im hellen frühlingshaften Grün und bildete mit dem azurblauen Himmel einen freundlichen Kontrast zum glitzernden Fluss. Apfel- und Kirschbäume blühten an seinem Ufer. Es mussten sich dort einmal Gärten befunden haben. Die Speicher, die die Flaniermeile hinter ihnen säumten, waren fachmännisch restauriert. Auf der angrenzenden Straße rauschte der Verkehr vorbei, doch die Geräusche waren weder unangenehm noch laut.

»Heimat ist und bleibt Heimat«, sinnierte Vroni ein weiteres Mal und biss genussvoll in ihr Brötchen, das mit frischem Matjes belegt war. »Schade nur, dass Hamburg nicht wirklich am Meer liegt, auch wenn wir über einen großen Hafen verfügen. Allein diese Luft ...«, sie reckte den Hals und schnupperte, »... werde ich vermissen.«

»Wie riecht's denn so in Indien?«, fragte Johannes und verputzte seinen Backfisch mit Kartoffelsalat.

»Nicht an allen Ecken gut«, grinste Vroni, griff nach ihrem Wasser und trank einen Schluck. »Trotzdem ist es in Indien exotisch und wunderschön, doch für immer möchte ich dort nicht leben.«

»Schaust du dir noch Warnemünde an und fährst anschließend weiter nach Hamburg?«, erkundigte sich Rike beiläufig und erntete einen verschmitzten Blick von Marie.

»Mal sehen«, erwiderte Vroni kauend und schluckte den Bissen hinunter. »Ist ein netter Flecken hier, vor allem wegen des Strandes, der mir gut gefällt. Wenn ich die Hochzeitstorte machen darf, muss ich natürlich noch bleiben. Zudem ...«, sie schenkte Johannes einen spitzbübischen Blick, »... gibt es übermorgen was zu feiern, wenn ich denn eingeladen bin.«

»Na sicher doch!«, platzte Johannes heraus, und Marie verpasste ihm unter dem Tisch einen Tritt gegen das Schienbein. »Aua, was soll denn das?«, beschwerte er sich.

Marie tat, als wüsste sie nicht, was er meinte. Als Veronika aufstand, um sich ein weiteres Fischbrötchen zu holen, diesmal mit Bismarckhering belegt, sagte sie zu ihm: »Findest du nicht, dass es die Grenzen der Höflichkeit überschreitet, wenn sich die Ex deines Bruders in dessen Haus einnistet und zur Hochzeitsfeier kommt?«

Verwirrt hoben sich Johannes Brauen. »Wie, ich verstehe nicht? Will sie das denn!«

Nun war es an den Frauen, mit den Augen zu rollen.

»Typisch Mann«, konstatierte Marie. »Sie sind absolut blind.« Sie sah Johannes an. »Das war eine Notlösung, ein oder zwei Nächte, mehr nicht. Sie soll bei Henning und Rike keinen Urlaub machen, vor allem nicht so kurz vor der Vermählung. Nun will sie sogar die Torte backen. Also will sie auch zur Feier kommen! Zu eurem Geburtstag hat sie sich gerade selbst eingeladen.«

»Sie hat nur gefragt, ob sie eingeladen ist.« Er grinste. »Hast du Angst, mein Bruder lässt wegen ihr die Hochzeit platzen?«, fragte er und trank einen Schluck.

»Mir wäre es ebenfalls recht, wenn sie schnellstmöglich wieder aus unserem Leben verschwindet«, sprang Rike Marie zur Seite.

Sanne nickte. »Still jetzt, sie kommt zurück.«

»Ich habe mir überlegt«, plapperte Vroni, die nicht ahnte, dass gegen sie intrigiert wurde, »wie wäre es, wenn wir an eurem Geburtstag wie früher einen gemeinsamen Ausflug mit Picknick unternehmen? Ich wäre für ein Picknick am Strand. Das Wetter ist dafür ausgezeichnet.« Sie sah freudestrahlend von einem zum anderen und nahm wieder Platz.

»Eine gute Idee«, beschied ihr Johannes und schenkte seiner Frau und Rike einen triumphierenden Blick. »Wir sollten es aber noch mit meinem Bruder absprechen. Immerhin muss der Ärmste am kommenden Tag wieder in die Kanzlei.«

»Dann verlegen wir es auf morgen vor und feiern rein«, schlug Vroni euphorisch vor. Sie schien für alles eine Lösung parat zu haben, kam aber nicht auf die Idee zu fragen, was die anderen davon hielten. »Morgen ist Feiertag, übermorgen Sonntag, da kann er schlafen, so lange er will.«

Rikes Gesicht wurde immer länger. Ihr reichte es allmählich. Wenn sie sich Vronis Ansagen weiterhin gefallen ließen, würde sie bald alle nach ihrer Pfeife tanzen.

»Warum treffen wir uns nicht heute Abend«, fuhr Vroni derweil unbekümmert fort und übernahm komplett das Ruder. »Ich will Henning und Rike von meinen Erlebnissen der vergangenen vier Jahre erzählen. Ich habe unzählige Fotos gemacht, Postkarten und Reiseführer dabei, die ihr euch anschauen könnt.« Sie sah zu Sanne. »Wenn du willst, komm auch vorbei.«

»Schön, dass du mich zu meiner Freundin nach Hause einlädst«, bedankte sich Sanne bissig. »Solltest du nicht erst mal fragen, ob ihr das auch passt?«

Ernüchtert sah Vroni sie an. »Sorry, ich dachte nur, weil du doch ihre beste Freundin bist.«

»Das bin ich auch, Veronika. Trotzdem kannst du nicht einladen, wen du willst. Es ist Rikes und Hennings Heim, nicht deines.«

»Ist schon gut.« Rike legte Sanne beschwichtigend die Hand auf den Arm. »Henning wird sich sicher über eure Anwesenheit freuen. Wie wäre es um halb acht?«

»Passt!«, entgegnete Marie.

»Ich habe keine Zeit«, setzte Sanne verstimmt hinzu. »Hab heute Abend Dienst.«

»Dann lasst uns aufbrechen«, schlug Veronika vor und stopfte sich den letzten Bissen ihres Brötchens in den Mund, sodass ihre folgenden Worte nur noch undeutliches Gebrabbel waren. Als sie wieder verständlich reden konnte, wiederholte sie: »Ich wollte sagen, dann haben wir noch genug Zeit, um für morgen alles vorzubereiten.«

»Für morgen?« Rike war verwirrt.

»Na, für den vorgezogenen Geburtstagsausflug.«

Jetzt reichte es Rike. »Nein, Veronika! Es ist alles für Sonntag geplant. Daran wird nichts geändert. Du kannst gern noch bis zum Geburtstag bleiben, aber höre auf, dich in unser Leben einzumischen und es zu planen.«

Entgeistert sah Vroni sie an und schluckte. »Entschuldige, wenn ich dir auf die Füße getreten bin.«

»Entschuldigung angenommen, wenn du dich fortan daran hältst.«

47

*N*a Brüderchen, du musst mehr Sport treiben. Allmählich setzt du den ersten Wohlstandsring an.« Johannes klopfte seinem Zwilling grinsend auf den Bauch.

»Lieber 'nen Bauch vom Faulenzen, als 'nen Buckel vom Arbeiten«, witzelte Henning und nahm Johannes am Ellenbogen, um ihn in die Küche zu ziehen. »Sag mal, Jo, ist heute Nachmittag noch was vorgefallen, was ich wissen sollte? Rike ist so komisch.«

Johannes winkte ab. »Gräme dich nicht, Bruderherz. Auch Marie und Susanne sind etwas zickig. Muss an Vroni liegen.«

»An Vroni?«

In knappen Worten berichtete Johannes von der Diskussion am Fischbrötchenstand.

»Albern!«, befand Henning, nachdem sein Bruder geendet hatte, und rollte mit den Augen. »Veronika scheint Rike ein Dorn im Auge zu sein. Heute Vormittag hat sie mich deswegen sogar in der Kanzlei angerufen. Nach ihrer Meinung nistet sich Vroni bei uns ein.«

Johannes kicherte. »Auch Marie ist mir gram, weil von mir der Vorschlag kam, sie bei euch unterzubringen.«

»Ich verstehe die Frauen nicht«, überlegte Henning. »Was ist daran so schlimm, wenn sie ein paar Nächte bei uns schläft? Sie stört doch nicht. Frederike meint,

48

es wäre unpassend, vor allem, wenn sie bis zur Hochzeit bleibt.«

»Anfangs war ich deiner Meinung, Henning, doch ich habe noch einmal darüber nachgedacht. Vielleicht ist es wirklich unpassend. Sie ist deine Ex. Trotzdem müssen die Frauen nicht so einen Stress machen.« Johannes legte ihm den Arm um die Schulter. »Wir werden das nie verstehen, und nun lass uns in die Stube gehen. Sie warten sicher schon, oder gibt's noch was?«

Verunsichert blickte Henning ihn an. Ahnte Jo, wie es in seinem Inneren aussah, dass sein Herz pochte, wenn er in Vronis Nähe war?

Johannes hob fragend die Brauen. »Gibt es da tatsächlich was, das ich wissen sollte?«

»Irgendwie schon«, druckste Henning herum und spähte aus der Küche den Flur entlang, bevor er die Tür schloss und sich seinem Zwilling im Flüsterton zuwandte: »Ganz unberechtigt ist Rikes Argwohn nicht. Ich gebe zu, Vronis Anwesenheit bringt mich aus dem seelischen Gleichgewicht. Ich liebe Rike von ganzem Herzen, doch Vroni entfacht das Feuer von einst in mir.«

Völlig baff riss Johannes die Augen auf. »Reiß dich zusammen. Du stehst so kurz vor deinem Hochzeitstag.« Mit Daumen und Zeigefinger deutete er vor Hennings Nase einen winzigen Abstand an. »Setze wegen ihr nicht alles aufs Spiel. Sie hat dich schon einmal sitzenlassen, oder liebst du sie mehr als Frederike?«

Henning schüttelte entschieden den Kopf. »Keineswegs, aber ich kann auch nicht einfach so tun, als wäre sie Luft für mich. Dafür habe ich sie damals zu sehr geliebt. Du weißt, wie es mich getroffen hat, als sie praktisch über Nacht wortlos verschwunden war.«

»Daran entsinne ich mich noch sehr gut, doch du

sagst es selbst: Sie ist einfach gegangen, ohne dir dafür einen Grund zu nennen, und du hast ihr dafür auch keinen gegeben. Somit kann ihre Liebe zu dir nicht so stark gewesen sein, wenn sie sie mit Füßen tritt. Für dich wäre es das Beste, wenn du dich auf die Seite der Frauen schlägst, die Vroni so schnell wie möglich loswerden wollen.«

Henning zuckte mit den Schultern. »Vielleicht will ich sie nicht so schnell wieder verlieren. Ich will ja nur mit den Augen genießen, nichts weiter.«

Sein Bruder grinste. »Also nur schauen, nicht anfassen«, sagte er, und Henning nickte. »Dann spielst du ein gefährliches Spiel!«

»Sag mal, habt ihr dort Wurzeln geschlagen?«, tönte aus dem Wohnzimmer Maries Stimme in den Flur.

»Nein, wir kommen schon.«

Sie gingen ins Wohnzimmer, wo es sich die Frauen bequem gemacht hatten. Chips und Erdnüsse standen auf dem Tisch. Das Licht der Kerzen brach sich im dunklen Rot des Weins und brachte die Perlen der Kohlensäure in den Wassergläsern zum Funkeln. Neben Veronika lagen auf der Couch Reiseführer und Postkarten verteilt, ein paar Fototaschen ebenfalls. Sie hielt einen USB-Stick in der Hand und reichte ihn Henning.

»Kannste den an eurem Fernseher anschließen? Da sind jede Menge Fotos drauf.«

Henning bejahte und kümmerte sich darum.

»Ich habe gerade zu deinem Zukünftigen gesagt«, wandte sich Johannes in der Zwischenzeit Rike zu und ließ sich im Sessel nieder, »dass er auf seine Figur aufpassen soll. Du bekochst ihn anscheinend zu gut.« Er kicherte.

»Liegt nur am stressigen Job«, konterte Henning und

nahm zwischen Rike und Marie auf dem langen Schenkel des Sofas Platz. »Ich finde kaum noch Zeit, um Golf zu spielen oder ins Fitnessstudio zu gehen.«

»Du Ärmster!«, lachte Frederike und tätschelte ihm die Wange.

»Golfen ist nun auch nicht unbedingt dazu geeignet, sich die Pfunde abzutrainieren«, konterte Marie und schnitt ihrem Schwager ein Gesicht.

»Lass dich nicht ärgern, Henni!«, schlug sich als Einzige Vroni auf seine Seite. »Ein Mann ohne Bauch ist ein Krüppel. Zudem ist ein Delikatessgewölbe besser als ein Brauereigeschwür.«

»Seht ihr!« Grinsend hellten sich Hennings Gesichtszüge auf. »Dann leg mal los, Vroni! Ich betätige die Fernbedienung.« Er zwinkerte ihr zu und nahm gleichzeitig Rike in den Arm, die ihm einen Kuss gab und sich an seine Seite kuschelte.

Während der folgenden Stunden erfuhren sie, was Vroni in den letzten vier Jahren erlebt hatte. Kurz vor ihrem siebenundzwanzigsten Geburtstag im Februar hatte sie sich ein One-Way-Ticket nach Neuseeland gekauft, um dort den Rest des Jahres zu verbringen. Mit Aushilfsjobs sowohl in der Landwirtschaft als auch der Tourismusbranche hatte sie am anderen Ende der Welt für ihren Lebensunterhalt gesorgt.

»Du hast sogar auf einer Rinderfarm gejobbt?«, fragte Rike erstaunt dazwischen. »Als Cowgirl oder was?« Ein Grinsen huschte über ihre Lippen. Vroni besaß nicht unbedingt die robusteste Figur, schreckte aber vor nichts zurück. Das rang ihr Anerkennung ab. Sie bekam ein völlig neues Bild von ihr.

»Nee, ich habe natürlich nicht die Rinder auf die Weide getrieben oder mit 'nem Lasso eingefangen«, kicherte sie. »Ich war fürs Melken und Ausmisten zuständig.« Sie griff nach ihrem Weinglas und ließ den Inhalt darin kreisen, bevor sie einen Schluck trank. »Das war da alles hochmodern, also keine Handarbeit.« Sie bedeutete Henning, die nächsten Bilder zu zeigen, auf denen die Anlage zu sehen war. »Wir wären auch niemals fertig geworden, so viele Kühe besaßen die. Nur die normale Stallarbeit war körperlich recht schwer.« Das folgende Bild zeigte Vroni in Gummistiefeln und Latzhose sowie kariertem Hemd mit der Mistgabel in der Hand. Sie sah abgearbeitet, aber zufrieden aus und lachte in die Kamera. »Die Milch ging sofort in eine benachbarte Molkerei und wurde sowohl als Frischmilch abgefüllt als auch zu Käse weiterverarbeitet. Nach einem Vierteljahr wurde mir die Arbeit dann zu eintönig, sie war auch hart, und ich bin weitergezogen nach Wellington City, Neuseelands Hauptstadt, wo ich in einem Hotel angefangen habe.«

Sie zeigte Fotos und erzählte in den schillerndsten Farben von der Schönheit des Inselstaates im Pazifischen Ozean. Bilder von wilden Landschaften und zerklüfteten Felsen wechselten sich mit satten grünen Wiesen und kilometerlangen einsamen Stränden ab – ein Paradies, das keine Wünsche und Vegetationsformen offenließ.

»Das wäre auch ein Reiseziel für mich«, gab Marie offen zu und schenkte ihrem Johannes einen fragenden Blick. »In Neuseeland waren wir nämlich noch nicht.« Sie angelte nach dem Reiseführer und blätterte ein wenig in ihm herum.

»Es würde dir gefallen, Marie«, sagte Vroni. »Die Menschen sind nett und freundlich. Natürlich ist das Leben auch in den Metropolen hektisch, aber auf dem Land kannst du Ruhe und Erholung genießen.« Sie gab Henning erneut ein Zeichen, das nächste Foto anzuklicken, und fuhr mit ihrem Reisebericht fort.

Von Wellington hatte sie ihr Weg nach Australien geführt. Städte wie Sidney und Melbourne lagen auf ihrer Route, die sie quer über den siebenten Kontinent bis an dessen Nordspitze gebracht hatte. Beeindruckende Impressionen der australischen Landschaft, von grünenden und blühenden Landstrichen bis hin zum roten Outback untermalten ihre Worte und erweckten in ihren Zuhörern das Fernweh.

»Ach wie schön!«, seufzte Marie. »Hast du auch mal ein Känguru zu Gesicht bekommen?«

Vroni nickte. »Auf 'ner Aufzuchtstation, aber nicht in freier Wildbahn, was sicher auch gut so ist. Die können gefährlich und angriffslustig sein.« Sie nahm Henning die Fernbedienung aus der Hand und suchte nach den entsprechenden Fotos. Kurz darauf erschienen sie auf dem TV-Bildschirm und lösten bei Marie und Rike Begeisterungsrufe von *Oh wie süß!* bis *Ach wie niedlich!* aus.

»Von Australien ging es mit einem Fischerboot weiter nach Papua-Neuguinea, dem flächenmäßig drittgrößten Inselstaat der Welt«, setzte Vroni ihren Bericht mit leuchtenden Augen fort, und Marie klappte vor Erstaunen der Mund auf.

»Du warst in Papua-Neuguinea?«, stieß sie heraus. »Das soll jetzt nicht rassistisch klingen, aber wenn ich diesen Namen höre, muss ich immer an kleinwüchsige Eingeborene im Lendenschurz mit Blasrohren und Giftpfeilen denken, die Jagd auf Europäer machen.«

Alle johlten ausgelassen.

»Muss wohl an den Abenteuerfilmen liegen, die du in deiner Jugend gesehen hast.« Johannes beugte sich seiner Frau zu und schmatzte ihr einen Kuss auf die Lippen.

»Ganz so abwegig ist das nicht«, erklärte Vroni. »Der

Großteil der Bevölkerung lebt abgeschieden und in Familienverbänden in unwegsamen Bergregionen. Sie machen jetzt zwar keine Jagd auf Fremde. Jeder Clan hat aber seine eigene Sprache, oftmals sogar seine eigene Religion. Man nennt ihre Angehörigen Papua. Der restliche Teil der Bevölkerung hat sich in den Küstenregionen angesiedelt. Das sind die Melanesier, und bei denen ist der Fortschritt inzwischen weitestgehend angekommen.«

»Also sich immer fein in Strandnähe aufhalten, dann passiert einem nichts«, zog Johannes das Fazit ihrer Ausführung.

»Genauso ist's!« Vroni zwinkerte ihm verschmitzt grinsend zu.

»Und wovon hast du dort gelebt?«, erkundigte sich Rike.

»Vom Blasrohr- und Pfeileschnitzen!«, lachte Henning und haute sich fröhlich auf den Oberschenkel.

Die anderen fielen erneut mit ein.

»Irgendwie habe ich mich durchgeschlagen. Die Leute sind freundlich und hilfsbereit. Ich nahm Gelegenheitsjobs an und bin eigentlich mehr die Küste entlanggetrampt, als dass ich an einem Ort längere Zeit sesshaft gewesen wäre, bis ich mich in Indonesien wiederfand. Dort habe ich mir wieder einen Job in einem Hotel gesucht und es dort fast ein Jahr ausgehalten. Dann ging's für sechseinhalb Monate nach Singapur.«

»Singapur!« Nun stand Rike der Mund gänzlich offen. Neuseeland, Australien, Papua-Neuguinea und nun auch noch Singapur – Vroni hatte wirklich viel erlebt, für ein so zierliches Persönchen ganz allein unterwegs sehr ungewöhnlich.

»Zuletzt bin ich in Indien hängen geblieben, bevor ich die Gelegenheit genutzt habe, mit meinem dortigen Chef nach Kopenhagen zurückzukehren. Hätte er nicht was in seiner Heimat zu erledigen gehabt, wäre ich sicher noch nicht wieder hier.«

»Ein dänischer Sternekoch«, fügte Rike wissend hinzu. »Wie war noch mal sein Name?«

»Finn Lasse Johannsen, schon mal gehört?«

Zu Frederikes Erleichterung kannten ihn auch die anderen nicht, auch nicht, als Veronika ein Bild ihres Chefs auf den Bildschirm holte. Er war ein attraktiver Mann, Mitte bis Ende vierzig. Das musste Rike zugeben.

In der folgenden halben Stunde berichtete Vroni über ihre Zeit in dem indischen Ressort. Es war nicht zu überhören, dass sie in ihrer dortigen Tätigkeit regelrecht aufgegangen war. Vielleicht lag es auch an ihrem gut aussehenden Chef, mit dem sie sich prima verstanden hatte, was bei Rike den Verdacht erhärtete, dass es nicht nur eine berufliche Beziehung gewesen war.

»Vielleicht nehme ich sein Angebot an und gehe nach Kopenhagen«, schloss Vroni ihre Ausführungen und schlug ein Bein unter das andere. »Ich habe nie geahnt, dass mir das Konditoreihandwerk so gut liegt und mir die Confiserie so viel Freude bereitet, doch ich gehe in dieser Arbeit förmlich auf.«

Rike hielt die Luft an. Käme jetzt ihre Frage oder hatte sie ihr Angebot mit der Hochzeitstorte inzwischen zu den Akten gelegt?

Zu ihrer Enttäuschung, verfolgte sie diese Absicht noch immer.

»Ich habe deiner Braut bereits vorgeschlagen, eure Hochzeitstorte sowohl zu backen als auch zu dekorieren«, wandte sie sich Henning zu. »Das wäre mir eine Freude und vor allem große Ehre.«

»Wow, das würdest du tun?« Hennings Augen leuchteten begeistert auf, als hätte Rike es ihm noch nicht erzählt und er würde davon zum ersten Mal hören.

Sein Bruder schenkte ihm einen warnenden Blick.

»Für dich, ähm, euch doch immer«, verbesserte sich Vroni, und Rike sog scharf die Luft ein.

»Und wo genau willst du sie backen, in unserer Küche im Elektroherd?«

»Wo denn sonst?« Vroni lächelte Rike wissend an. »Für eine mehrstöckige Torte brauche ich keinen Megabackofen. Die Torte wird aus mehreren Teilen zusammengesetzt.«

Stimmt!, dachte Rike verärgert. Das war ein Eigentor und kein Grund, sie davon abzuhalten, bis zur Hochzeit zu bleiben.

»Nun, ich weiß nicht, Vroni«, kam Marie ihrer Beinahschwägerin zu Hilfe, »nichts für ungut, aber wir haben dein Talent noch nie bewundern dürfen, und der Tag der Vermählung soll der schönste im Leben sein.«

»Ach, und du denkst, den würde sie uns mit ihrer Torte versauen?« Henning schüttelte über Maries Worte verständnislos mit dem Kopf.

»Das hat sie nicht gesagt«, verteidigte Johannes seine Frau und blickte seinem Bruder eindringlich in die Augen.

»Aber angedeutet, Jo!«, holte Henning zur Gegenwehr aus. »Keiner von uns weiß, was sie kann, oder etwa ihr?« Er blickte von einem zum anderen.

»Ein Vorschlag zur Güte«, gebot Vroni und hob beschwichtigend die Hände. »Übermorgen habt ihr Geburtstag. Wie wäre es, wenn ich für euch eine grandiose Torte zaubere? Dann könnt ihr euch von meinem Talent überzeugen.«

»Prima Einfall!», befand Henning. »Ich bin gespannt, wie sich deine Backkünste in der Zwischenzeit verbessert haben.« Er grinste wissend. »Früher hast du nämlich nur aus Backmischungen Kuchen gemacht.«

Ach nee! Rike horchte auf. Und mit diesem Wissen plädierte er dafür, dass sie sich um ihre Hochzeitstorte kümmern sollte?

Ohne Worte!

Sie sah zu Vroni. »Und womit willst du backen? Ich bezweifele, dass ich alle Zutaten, die du benötigst, im Haus habe. Backen gehört nicht unbedingt zu meinen Hobbies. Bis auf Mehl, Butter und Zucker wirst du kaum etwas finden. Es gibt auch nur eine Kasten- und eine Springform im Haus.«

»Dann gehen wir eben morgen einkaufen?« Mit solchen Argumenten schien niemand Vroni von ihrem Vorhaben abbringen zu können. »Warnemünde ist ein Ostseebad. Da haben die Geschäfte auch am 1. Mai geöffnet?«

Rike gab sich geschlagen. Sollte sie für die Zwillinge ihre Torte backen. Das bedeutete nicht, dass sie auch für die Hochzeitstorte das Okay bekam. Rike wollte sich ihr gegenüber von ihrer netten Seite zeigen, denn im Grunde wollte auch Vroni nur freundlich sein. Sie machte keinerlei Anstalten, sich an Henning heranzuschmeißen. Vielmehr schien Henning an ihr reichlich interessiert zu sein und starrte sie laufend an. Auf ihn musste Rike ein wachsames Auge werfen, nicht aber auf Veronika.

»Gut, dann ist es abgemacht«, strahlte Vroni zwischen Henning und Johannes hin und her. »Ihr bekommt von mir eine Geburtstagstortenüberraschung, wie ihr sie sicher noch nie erhalten habt.«

*a*m nächsten Morgen schlich Henning auf Zehenspitzen aus dem Schlafzimmer die Treppe hinunter zur Küche. Rike schlief noch. Er wollte sie nicht wecken. Stattdessen wollte er sie mit einem romantischen Frühstück im Bett überraschen. Das Gewissen setzte ihm zu.

Als er die Küchentür öffnete, stand Vroni am Fenster und sah hinaus. In ihrer Hand hielt sie einen Becher mit dampfendem Kaffee.

»Moin Henni! Willst du auch?« Sie strahlte ihn fröhlich über die Schulter an und hob ihr Getränk. »Kaffee ist noch in der Kanne.« Sie nickte zur Kaffeemaschine, deren Heizplatte in Betrieb war. »Mein Gott ist das schön.« Sie konzentrierte sich wieder auf den Alten Strom. »Das maigrüne Laub der Bäume, das das Sonnenlicht filtert. Die vielen Schiffe, die an der Pier vertäut auf dem Wasser dümpeln. Die Schreie der Möwen, die ersten Spaziergänger ... Ich könnte hier stundenlang stehen und nach draußen schauen.«

»Du kannst dich auch setzen«, merkte Henning an. »Wir haben die Sitzecke so platziert, dass man einen guten Blick auf den Alten Strom genießt.«

»Das habe ich bemerkt. Trotzdem fürchte ich, mir könnte etwas entgehen.« Sie lachte und drehte sich zu ihm um. »Das war gestern ein netter Abend. Ich hoffe, euch hat es ebenfalls gefallen.«

»Auf jeden Fall. Beeindruckend, wo du überall gewesen bist. Rike sagte zu mir im Bett, dass sie den Hut vor dir zieht. Sie hätte das nie im Leben alleine gemacht.«

»Freut mich ihr Lob, vor allem, weil ich den Eindruck habe, dass sie nicht so gut auf mich zu sprechen ist. Bin ich vielleicht zu aufdringlich?«

Henning seufzte. »Was genau meinst du mit *zu aufdringlich*?« Er konnte es sich allerdings denken.

Veronika zuckte mit den Schultern. Sie verschränkte die Arme vor der Brust und lehnte sich mit dem Gesäß gegen das Fensterbrett. »Ich bin oftmals zu spontan.«

»Das ist Rike von Susanne gewöhnt«, warf er ein.

»Ich denke nicht immer gleich darüber nach, ob ich mich in die Privatangelegenheiten von anderen einmische oder nicht, wenn ich einen Vorschlag mache wie das mit einem vorgezogenen Geburtstagsausflug am heutigen Tag. Auch der Einfall mit der Hochzeitstorte kam mir spontan in den Sinn, und ich habe es Rike angeboten.«

Sie trank einen Schluck und äugte über den Rand des Bechers hinweg zu Henning, der nichts erwiderte. Verlegen wich er ihrem Blick aus.

»Ich schätze, ich habe deine Freundin überrollt, als ich ihr das mit der Torte angeboten habe. Sie will nicht, dass ich bis zum Hochzeitstag bleibe. Verstehen kann ich es irgendwie. Trotzdem ...«, sie trat auf ihn zu, stellte den Becher auf den Küchentisch und nahm seine Hände in ihre, »ich würde gern dabei sein.« Sie seufzte. »Weißt du, Henni, du bist einer meiner besten Freunde. Ich habe dich sehr geliebt, und ich mag dich noch immer. Ich komme Rike aber nicht in die Quere, weil ich inzwischen ebenfalls vergeben bin ...«

»Du bist vergeben?«, platzte er heraus. »An wen?«

»Das tut nichts zur Sache, Henni. Ich möchte nur

unserer Freundschaft wegen dir auf deinem Weg zum Altar zur Seite stehen.«

»Wir treten nicht vor den Altar, sondern vor die Standesbeamtin«, ertönte Rikes Stimme, während die Tür aufflog und sie in die Küche trat. »Störe ich eure Zweisamkeit?«

»Das ist keine Zweisamkeit«, verteidigte sich Henning und brachte Abstand zwischen sich und Vroni, die seine Hände schlagartig losließ, als hätte sie sich verbrannt.

»Es ist nicht so, wie es aussieht!«, beteuerte sie, und die Röte schoss ihr in die Wangen. »Wir haben uns nur unterhalten. Vielleicht hast du ja auch mitbekommen, dass ich zu ihm sagte, ich komme dir nicht in die Quere, weil ich inzwischen vergeben bin.«

»Genau«, erhielt sie von Hennings Seite Unterstützung. »Vroni hat mir das erzählt, weil ihr nicht entgeht, dass du sie nicht magst.«

»Wie bitte!« Rike schnaubte und wandte sich Henning zu, als wäre Vroni nicht mehr im Raum. »Ich mache keinen Hehl daraus, dass es mir missfällt, wie sie sich in unser Leben drängt. Eigentlich nur Schlafgast für eine Nacht, lädt sie sich zu eurem Geburtstag ein und will jetzt auch noch zu unserer Hochzeit kommen!« Sie schnappte nach Luft und spürte, dass ihr Gesicht rot anzulaufen begann. »Ich habe aber nie behauptet, dass ich sie nicht leiden kann.« Sie wandte sich Vroni zu. »Sei mir nicht böse, Veronika, du hältst zwar Wort und lässt die Finger von Henning, was nachvollziehbar ist, wenn du einen festen Freund hast. Allerdings geht meine Gutmütigkeit nicht soweit, dich auch noch zu meiner Hochzeit zu dulden. Das wirst du hoffentlich verstehen.«

Betreten senkte Vroni den Blick. »Darf ich wenigstens noch bis morgen bleiben und den Jungs ihre Geburtstagstorte backen? Am Montag seid ihr mich dann los.«

»Meinetwegen!« Rike schenkte Henning einen übellaunigen Blick. Dann wirbelte sie auf dem Absatz herum und rauschte aus der Küche. Krachend fiel die Tür hinter ihr zu.

»Ich sprech mit ihr«, versprach Henning und wollte ihr folgen, aber Vroni hielt ihn zurück.

»Nein, Henni, lass gut sein. Sie hat recht. Eine Exfreundin hat nichts auf der Hochzeit verloren. Würde mir sicher auch nicht passen und dir ebenfalls nicht, wenn Frederike ihren Verflossenen einladen würde.«

»Dann muss ich wenigstens die Wellen glätten«, antwortete er. »Ich wollte ihr das Frühstück ans Bett bringen, und nun hängt der Haussegen schief.« Er ließ Vroni stehen und eilte hinauf ins Schlafzimmer.

»Schatzi?«

»Was?« Ohne ihn eines Blickes zu würdigen, schüttelte Rike die Betten auf.

»Verzeih, Hasi, wenn du was in den falschen Hals bekommen hast. Ich wollte für uns Frühstück machen und es dir ans Bett bringen, doch Vroni war bereits in der Küche und hat mir ihr Herz ausgeschüttet, dass sie mich sehr geliebt hat, doch das gehöre der Vergangenheit an, weil sie nun in festen Händen sei.«

»Hat sie auch gesagt, wer der Glückliche ist?«

»Das wollte sie nicht.«

Rike schmunzelte, denn sie ahnte, um wen es sich handelte. »Das ist beruhigend. Wie aber sieht es in deinem Herzen aus, liebst du sie noch immer?«

Er schüttelte den Kopf. Kurz überlegte er, ihr sein inneres Gefühlschaos zu erklären, doch den Mut dazu brachte er nicht auf. Er hatte Angst, Rike zu verlieren.

Er liebte sie über alles, und eine zweite geplatzte Hochzeit wäre zu viel für ihn.

Treuherzig sah er sie an. »Soll ich mein Vorhaben in die Tat umsetzen und du kriechst währenddessen wieder in die Kiste?«

»Frühstück im Bett?« Sie schenkte ihm einen Blick, in dem unschwer die Liebe zu ihm und das Verlangen, mit ihm zusammen zu sein, zu übersehen waren. »Du hast recht. Veronikas Anwesenheit darf unser Glück nicht zerstören.« Sie trat auf ihn zu, berührte mit ihren Händen seine Wangen und gab ihm einen zärtlichen Kuss. »Aber beeile dich. Ich bin hungrig wie ein Wolf – und das nicht nur auf frisch getoastetes Brot.«

8

*G*egen halb zehn ging Vroni zum Einkaufen und kehrte zum Mittag erst wieder zurück. Henning räumte in der Zwischenzeit den Dachboden auf, während Rike sich in der Küche zu schaffen machte. Und zwischendurch rief Ruthchen an, um sich nach dem Dänemarkausflug zu erkundigen.

Bereitwillig gab Rike auf alles Auskunft und berichtete von dem schönen Tag.

»Ihr hattet auch ein tolles Wetter, oder war es in Kopenhagen nicht ganz so schön?«

»Ruthchen, wenn Engel reisen, dann lacht der Himmel«, gab Rike fröhlich zurück. »Du hättest den Sonnenuntergang von Bord der Fähre aus sehen sollen. Einfach unbeschreiblich!«

»Den haben dein Opa und ich gesehen, allerdings vom Strand aus. War ebenfalls sehr schön.«

»Ach ja, ich erinnere mich. Wir haben uns ja noch zugewinkt.«

»Wer war denn die Frau, mit der du im Haus verschwunden bist?«

»Veronika Beese, eine …«, kurz überlegte Rike, wie sie sie nennen sollte, »… Bekannte von Henning und seinem Bruder. Wir haben sie auf der Fähre getroffen. Sie hatte noch keine Unterkunft für die Nacht, und weil sie nicht unbedingt in einem teuren Hotel einchecken sollte oder auf 'ner Bank übernachten, habe ich sie mit nach Hause genommen. Du wirst sie morgen kennenlernen. Sie kommt zum Geburtstag mit. Montag fährt sie dann weiter nach Hamburg.«

»Aha! Willst du noch mit deinem Opa sprechen? Er sitzt neben mir und liest seine Zeitung.«

»Wenn er auch mit mir reden will?«

»Nö, er schüttelt den Kopf.«

»Lieben Gruß, min Deern!«, hörte Rike ihn rufen.

»Gebe ich gerne an ihn zurück.«

»Ich soll dich von deiner Enkelin grüßen.« Ruthchen lachte. »Dann mach's mal gut!« Sie legte auf.

Irgendwie hatte Rike ein schlechtes Gewissen, weil sie nicht ganz mit der Wahrheit herausgerückt war. Früher oder später würden Ruth und Opa Willi es eh erfahren, wer Vroni war. Wenn sie Glück hatte, vielleicht aber auch nicht, was ihr am liebsten wäre. So wie sie Ruth einschätzte, würde sie für die derzeitige Situation wenig Verständnis aufbringen.

Nach dem Mittag verbarrikadierte sich Vroni förmlich in der Küche und ließ niemanden hinein, nicht einmal Rike, als fürchtete sie Werksspionage. Dafür zogen schon bald leckere Kuchendüfte durch das Haus, die nicht nur Henning das Wasser im Munde zusammenlaufen ließen. Auch Rike musste zugeben, dass es verführerisch roch.

»Ich bekomme Lust auf 'nen Kaffee«, merkte Henning irgendwann an, doch die Kaffeemaschine befand sich in der Küche, die von Veronika in Beschlag genommen war. »Was hältst du davon, wenn wir einen Spaziergang am Strand zur Stoltera machen und meinen Bruder und Marie überraschen?«

»Wenn sie denn überhaupt da sind«, gab Rike zu bedenken. »Das Wetter lädt zu einem Ausflug ein. Aber egal, dann überraschen wir eben Susanne und Sven Ole.«

Bevor sie sich auf den Weg machten, gaben sie Vroni Bescheid, dass sie außer Haus seien.

»Fackel bitte nicht die Küche ab«, lachte Henning, und fragend sah Rike ihn an. »Erzähl ich dir später.«

»Keine Angst«, schallte es von der anderen Seite der Tür, »das Stadium habe ich vor langer Zeit überwunden. Ich verbrenne auch keine Teige mehr, sodass man die Backformen samt misslungenem Kuchen entsorgen muss. Inzwischen weiß ich, was ich tue.«

»Dann bin ich ja beruhigt«, murmelte Rike vor sich hin. Henning kicherte nur, legte ihr seinen Arm um die Schultern und zog sie zur Tür hinaus ins Freie.

»Vroni hat mal während unserer Zeit das Rezept meiner Oma ausprobiert, ein besonders leckerer Käsekuchen. Doch wie heißt es so schön? Wer lesen kann, ist klar im Vorteil! Das hat sie aber nicht getan, sondern sich gedacht, wenn schon ein Puddingpulver an die Füllmasse gehört, muss dieses auch aufgekocht werden. So wird das immer mit Pudding gemacht. Nicht aber bei der Torte meiner Oma.« Er grinste. »Als Erstes lief ihr nicht nur die Milch über und versaute den Herd. Sie brannte auch an, was höllisch stank. Beim zweiten Versuch ging dann alles gut, nur dass das Pulver nicht aufgekocht werden sollte, sondern nur mit den restlichen Zutaten verrührt.«

»Warum hast du ihr das nicht gesagt?«

»Weil ich es nicht wusste. Backe ich Kuchen? – Nein! Ich habe mir auch nicht die Backanleitung durchgelesen. Wozu? Vroni war die Bäckerin. Auf jeden Fall war der leckere Käsekuchen nach Großmutters Rezept eine Katastrophe. Okay, die Küche stand nicht in Flammen, aber gestunken hat es wie in der Hölle.«

»Und einer solchen Bäckerin willst du unsere Hochzeitstorte anvertrauen?«

»Warum nicht? Ich gehe davon aus, dass sie es inzwischen besser kann, oder würdest du ein solches Angebot unterbreiten, wenn du ein backtechnisches Embryo bist?«

»Nicht wirklich«, gab sie ihm recht.

Sie hatten die Strandpromenade erreicht und spazierten Hand in Hand Richtung Westen.

Das schöne Wetter hatte viele Einheimische und Tagestouristen nach Warnemünde gelockt. Es gab sogar ein paar ganz Wagemutige, die in der Ostsee baden gingen.

»Tapfer!«, befand Rike und fror allein bei dem Gedanken, in die Fluten zu springen. »Wie viel Grad hat das Wasser inzwischen?«

Henning hob die Schultern. »Vielleicht zehn oder zwölf?«

»Mir wird schon beim Zusehen kalt«, gestand Rike und schmiegte sich fröstelnd an seine Seite. »Als Kind bin ich auch mal zu Ostern im Wasser gewesen, doch da hat man noch nicht so gefroren wie als erwachsener Mensch. Heutzutage darfst du ab zwanzig, zweiundzwanzig Grad mal bei mir anfragen. Vorher auf keinen Fall.«

»Weichei!«, lachte Henning und gab ihr einen Kuss auf die Wange. »Dann gehst du wohl recht selten in der Ostsee baden.«

»Wie man es nimmt.«

Rike blieb stehen. Diese kurze, flüchtige Lippenberührung genügte ihr nicht. Sie wollte einen richtigen Kuss von ihm. Also stellte sie sich auf die Zehenspitzen und schlang die Arme um seinen Hals.

Ein Gefühl tiefer Liebe gepaart mit einem Prickeln schoss durch ihren Körper, als sich ihre Lippen fanden und seine Zunge in ihren Mund eindrang.

Wäre es nicht besser gewesen, den Nachmittag zu Hause im Bett zu verbringen? Vroni hätte sie nicht gestört. Die war mit ihrer Torte im unteren Geschoss beschäftigt. Nun war es dafür zu spät.

Rike wollte Hennings Mund gar nicht wieder freigeben. Sie hielt seinen Nacken mit den Händen umschlungen und presste sich dicht an seinen Körper. Seine Lippen waren so weich und schmeckten nach mehr. Es war ihr einerlei, dass sie in inniger Umarmung sich küssend mitten auf der Promenade standen und damit die Blicke der Passanten auf sich zogen. Sie waren eben noch genauso verliebt wie am ersten Tag.

»Lass uns an den Strand gehen«, schlug sie vor, als sie sich endlich von seinem Mund löste. Sie wollte aber nicht am Wasser entlangspazieren, sondern sich ein Fleckchen in den Dünen suchen, um mit ihrem Schatz noch ein wenig zu schmusen. Danach stand ihr gerade der Sinn, und es war dafür warm genug.

Dieses Plätzchen fand sie erst, nachdem sie die letzten Häuser von Warnemünde und damit die Promenade hinter sich gelassen hatten. Sie griff seine Hand und zog ihn den Strand hinauf Richtung Düne.

»Wohin willst du mit mir?«, fragte er und lächelte sie an.

»Ab in die Dünen. Ich will mich mit dir im Strandhafer suhlen und dabei kuscheln und knutschen.« Sie schenkte ihm einen verliebten Blick, dem er nicht zu widerstehen vermochte. Trotzdem umspielte ein amüsierter Zug seinen Mund.

»Du weißt aber, dass es nicht erlaubt ist, die Dünen zu betreten, geschweige in ihnen zu campieren«, entgegnete er und folgte ihr brav.

»Kannst du nicht mal den Anwalt ablegen?«, fragte

sie und stieg über den Absperrdraht. »Es wird schon niemand kommen, um uns zu verscheuchen.«

»Kann ich, und ja, wahrscheinlich wird niemand erscheinen. Hast du aber bedacht, dass Strandhafer sehr scharfkantig und schmerzhaft ist, wenn man ihn falsch erwischt?« Er machte keine Anstalten, ihr über die Absperrung zu folgen. »Sieh doch, Rike, hier ist es wunderschön. Was hast du davon, wenn du in den Dünen rumlümmelst, oder wolltest du dich hinter den Halmen verstecken?« Er kicherte vergnügt. »Und vor allem, seit wann hältst du dich nicht an die Regeln?«

Sie blieb stehen und drehte sich zu ihm um. »Hast du wirklich Bedenken, in die Dünen zu steigen? Das hätte ich nicht von dir gedacht.«

Er zuckte mit den Schultern. »Nein, natürlich nicht, doch als Anwalt möchte ich nicht unbedingt etwas Unerlaubtes tun. Das ist aber nicht der Hauptgrund. Die Bepflanzung der Dünen ist ein Hochwasserschutz. Den sollte man nicht gedankenlos niedertrampeln. Das haben uns unsere Eltern von klein auf an eingebläut, wenn wir an der See gewesen sind.«

Rike erinnerte sich, dass auch Opa Willi das ständig gepredigt hatte. Beschämt wich sie seinem Blick aus. »Du hast recht, Henning. Für einen kurzen Moment erschien es mir irgendwie so romantisch.«

Er grinste. »Sehr romantisch, wenn der Strandhafer durch die Klamotten pickst. Ich habe mir mal höllisch die Fußsohle eingeschnitten, als ich barfuß durch die Dünen getobt bin. Das behält man in Erinnerung.«

Rike kam wieder auf seine Seite des Absperrdrahtes und sah sich nach einer geeigneten Stelle zum Niederlassen um. Im Grunde waren sie alle gut. Also setzte sie sich auf den Hosenboden und zog Henning mit sich in den Sand.

»Wie schön es hier ist«, schwärmte sie und kuschelte sich an seine Seite.

Das Meer war tiefblau. Nur in den flacheren Bereichen schimmerte der helle Boden durch und verlieh dem Wasser die grüne Farbe. Ein paar Segelboote nutzten den leichten Wind. Sie hatten die Segel gesetzt und schipperten an der Küste entlang. Ein weiteres ankerte auf Höhe der Bojen, die den Badebereich begrenzten.

»Wenn ich die Schiffe sehe, muss ich wieder an letztes Jahr denken«, schwelgte Rike in Erinnerungen. »Das war so schön, auch der zweite Törn mit deinem Bruder und Marie.«

»Hat mir auch sehr gut gefallen. Selbst Johannes schwärmt noch heute von der tollen Landschaft und den Stränden mit ihrem feinen, hellen Sand.« Er beugte sich ihr zu und küsste sie.

Eine Möwe flog kreischend über sie hinweg und landete am Ufer. Sie musste etwas entdeckt haben, denn sie pickte kurz in den feuchten Sand und erhob sich mit ihrer Beute wieder in die Lüfte, um im Anschluss auf dem Wasser zu landen.

»Die hat sich ihr Feiertagsmenü besorgt«, lachte Rike und genoss Hennings Nähe und die frische Luft, die so gut nach Salz und Seetang roch.

Die Zahl der Spaziergänger war hier überschaubar. Die meisten flanierten in Sichtweite der Promenade, weil sie von dort aus schnell wieder vom Strand verschwinden konnten.

»Wollten wir nicht ursprünglich eine Tasse Kaffee trinken gehen?«, erinnerte sich Henning, ließ sich nach hinten gleiten und stützte sich auf dem Ellenbogen ab. Der Zeigefinger seiner anderen Hand malte Linien in den Sand.

»Ob der Lieferdienst auch an den Strand liefern würde?«, überlegte Rike grinsend. »Zwei Becher Kaffee bitte zum Strand, da wo zwei Verliebte sich küssen.« Sie lachte und beugte sich über ihn. »Erst wird 'ne Runde geschmust, dann gehen wir ins Meerblick und betteln die Besitzer um eine Tasse Kaffee an.« Sie wartete nicht seine Antwort ab, sondern schloss seinen sich öffnenden Mund mit ihren Lippen.

»Dein Bruder und seine Frau sind heute Morgen ausgeflogen«, begrüßte sie Sven Ole. »Sie wollten nach Rostock in den Zoo.«

»Die Verwandtschaft besuchen?« Henning lachte.

»Macht nix«, winkte Rike ab. »Von denen hätten wir sicher keinen Kaffee bekommen, aber von euch!« Sie legte den Kopf schräg und schmunzelte vor sich hin. »Ihr habt doch sicher 'ne halbe Stunde für uns Zeit?«

»Für euch doch immer«, bestätigte Susanne, die Rikes Stimme erkannt hatte und aus der Gästeküche kam. Freudestrahlend trat sie auf Rike und Henning zu, um sie zu begrüßen.

»Ihr glaubt gar nicht, wie gut die neue Website angenommen wird«, sagte Sven Ole und klappte das Anmeldebuch zu. »Gerade hat schon wieder ein Ehepaar für Pfingsten reserviert. Einigen Gästen mussten wir allerdings absagen, weil ihr ja demnächst das gesamte Haus in Beschlag nehmen wollt.« Er grinste.

»O entschuldige, dass wir für Umsatz sorgen«, ulkte Henning zurück.

»Gerade noch so«, stieg auch Sven Ole auf die Witzeleien ein. »Was ist, wollen wir an die frische Luft gehen oder zieht ihr die Klönstuv vor?«

»Die Terrasse«, rief Frederike und sah zu ihrer Freundin. »Und wir zwei Hübschen gehen in die Küche und machen Kaffee.«

»Wir haben sogar ein Stück Kuchen für euch«, erwiderte Sven Ole. »Tante Jutta hat zur Feier des Tages eine Torte gebacken.«

»Zum 1. Mai?«

»Logo, eine Torte mit roten Mainelken drauf«, ergänzte Sanne schlagfertig und griff nach Rikes Hand, um sie mit sich zur Küche zu ziehen. Sven Ole ging derweil zu seiner Tante, um vier Stücken Torte zu organisieren, und Henning begab sich auf die Terrasse.

»Und, alles gut?«, erkundigte sich Susanne, als sie mit Rike alleine war. »Wie war der gestrige Abend?«

»Zugegeben sehr interessant«, erwiderte Rike. »Vroni hat echt was erlebt. Was sie alles gemacht hat, um sich ihren Lebensunterhalt zu verdienen, und wo sie überall war, alleine wohlgemerkt, da ziehe ich ehrlich meinen Hut vor ihr.«

»Und sonst, wie kommt ihr miteinander klar? Wann zieht sie aus?«

»Ach, Sanne, ich mag nicht daran denken. Wenn es nach ihr ginge, würde sie am liebsten zu unserer Hochzeit kommen. Diesen Zahn habe ich ihr heute Morgen gezogen. Dafür habe ich mich breitschlagen lassen und zugestimmt, dass sie morgen zum Geburtstag kommen und ihre Backfertigkeit unter Beweis stellen darf.«

»Okay, das heißt also, sie wohnt noch bis Montag bei euch«, resümierte Sanne und stellte die Kaffeemaschine an, die sie in der Zwischenzeit befüllt hatte.

»Ja, schaut so aus.« Rike stellte das Geschirr auf ein Tablett und legte Löffel und Kuchengabeln dazu. »Eigentlich ist sie ja nett ...«

»Doch sie mischt sich ungefragt in euer Leben ein«,

fiel Susanne ihr ins Wort. »Und außerdem seid ihr keine Pension.«

»Ja, obwohl wir genug Platz haben, doch so kurz vor der Hochzeit habe ich anderes zu tun, als mich um eine von Hennings Freundinnen zu kümmern. Zudem weiß ich nicht, was er noch für sie empfindet.«

»Wieso, verhält er sich dir gegenüber anders?«

Rike grinste. »Nein, alles wie gehabt, doch es sind die Blicke, die er Vroni schenkt. Sie regen mich auf und wecken meine Eifersucht, obwohl ich ihr dafür nicht mal die Schuld geben kann. Vroni animiert ihn nicht dazu.«

»Dann scheint er noch immer ein bisschen in sie verliebt zu sein.« Sanne trat vor Rike hin und legte ihr die Hände auf die Schultern. »Sieh zu, dass du sie schnellstmöglich loswirst, Süße.«

»Das habe ich vor, doch ich kann sie nicht einfach rauswerfen. Dazu bin ich wohl zu freundlich und nett.«

Sanne hob zweifelnd die Augenbrauen. »Das ist weder freundlich noch nett, sondern einfach nur dumm, Frederike!«

»Danke, Sanne!« Rike klang verstimmt und schüttelte Sannes Hände ab. »Lassen wir nun das Thema. Es hängt mir zum Hals heraus. Nur noch eins. Ich habe vorhin zu Ruthchen gesagt, dass Vroni eine Bekannte der Hansen-Zwillinge ist. Sie weiß nicht, dass sie mal mit Henning liiert war, und muss es auch nicht erfahren.«

»Ich verstehe.«

»Wenn du das bitte auch Sven Ole ausrichten könntest. Ich möchte das Thema Vroni beim Kaffee nicht unbedingt ansprechen. Henning und ich hatten einen so schönen Tag.«

»Klar, mache ich«, versprach Sanne und sah hinaus

auf die Terrasse, auf der es sich Henning bequem gemacht hatte und seine Nase in die Sonne hielt. »Hast du eigentlich so viele Backzutaten im Haus, dass sie eine Torte zaubern kann? Ich dachte immer, Backen wäre nicht dein Ding?« Sie drehte sich Rike wieder zu.

»Sie war heute Vormittag einkaufen und hat sich nach dem Mittag in die Küche verzogen. Die ist seitdem reinstes Sperrgebiet. Betreten verboten! Ich muss aber zugeben, dass es verführerisch geduftet hat, obwohl mir Henning vorhin erzählte, dass ihre früheren Backkünste grauenhaft waren.« Sie kicherte.

»Na ja, irgendwas wird sie schon können, wenn sie nicht maßlos übertrieben hat. Immerhin soll ihr Chef ja recht traurig sein, weil sie gegangen ist.«

»Wenn das der alleinige Grund ist«, verriet Rike ihrer Freundin mit geheimnisvoller Miene. »Sie hat uns gesagt, dass sie vergeben sei, und ich schätze, ihr Freund ist dieser Koch.«

»Ach, wirklich? Wie kommst du darauf?«

»Jedes Mal, wenn sie über ihn spricht, kann ich mich des Eindrucks nicht erwehren, dass da mehr gewesen sein muss als nur eine geschäftliche Beziehung.«

Die Kaffeemaschine gluckste und blubberte. Angenehme Gerüche zogen durch die Pensionsküche.

Sven Ole tauchte mit einer Springform in den Händen auf und stellte diese auf den Tisch. »Tante Jutta sagt, sie kann auch zwei Stück Kuchen für jeden entbehren, aber wir wollen nun nicht übertreiben.«

Er nahm die Teller vom Tablett und legte auf jeden ein Stück Torte. Dann nahm er zwei und verschwand.

Verdutzt sah Frederike ihm hinterher. »Ich dachte, er bedient nicht mehr?«

Susanne grinste. »Beim Torteservieren kann er weder Kaffee noch Tee verschütten.«

73

Rike verstand. »Ich ebenfalls nicht.« Sie nahm die beiden anderen Teller und folgte ihm hinaus auf die Terrasse.

Henning saß in der Sonne und genoss das frühlingshafte Wetter. Der Tisch, an dem er und nun auch Sven Ole saßen, stand windgeschützt hinter einer Scheibe, die Sven Ole im Zuge der Terrassensanierung auf die Brüstung hatte montieren lassen.

»Kommt bei unseren Gästen super an«, erklärte er, als er Rikes verwunderten Blick bemerkte. »Allerdings habe ich nicht die gesamte Länge verglasen lassen, damit im Hochsommer die kühle Meeresbrise auf die Terrasse gelangen kann.«

»Cleveres Kerlchen«, lobte Henning und haute mit der flachen Hand auf das Sitzpolster des Stuhls neben ihm. »Setz dich, Mausi.«

Kurz darauf erschien Susanne mit dem Tablett in den Händen und verteilte Tassen und das Besteck.

»Hauptsache, wir haben morgen auch so ein tolles Wetter«, hoffte Rike und schaute über das Meer.

»Vroni wird Augen machen, wenn sie das hier sieht«, prophezeite derweil Henning. »Sie war heute Morgen schon ganz angetan vom Blick aus dem Küchenfenster. Da wird ihr dieser Meerblick sicher den Atem rauben.«

»Hauptsache, sie will nicht gleich bei uns einziehen«, lachte Sanne. »Das war ein Scherz!«

»Hab ich verstanden«, grinste Henning zurück. »Ginge eh nicht, die Zimmer sind alle ausgebucht.«

Nun lachten alle und ließen sich Kaffee und Kuchen schmecken.

Das Ergebnis von Veronikas Backkünsten bekamen weder Rike noch Henning zu Gesicht. Vroni hatte die Torte bereits ins Gästezimmer gebracht und bat darum, dass es keiner betreten möge. Das ganze Haus roch aber so lecker, dass den beiden das Wasser im Mund zusammenlief.

»Ich muss gestehen, ich bin gespannt wie ein Flitzbogen«, gab Rike ehrlich zu. »Hier riecht es wie in einer Bäckerei. Nichts von wegen verbranntem Teig und Springformen, die gleich mit entsorgt werden müssen.«

Am nächsten Tag staunten sie dann nicht schlecht, als Vroni einen überdimensionalen Tortenkarton die Treppe hinunter zum Taxi balancierte, um ihr Meisterwerk auch weiterhin vor fremden Blicken zu schützen. Das zufriedene Lächeln, das dabei ihre Lippen umspielte, entging Rike nicht.

»Du machst es ja spannend«, lachte sie und half ihr, den Karton sicher auf der Rückbank zu verstauen.

»Soll halt eine Geburtstagsüberraschung sein, für beide.« Vroni grinste und nahm daneben Platz. »Was ist eigentlich geplant?«, fragte sie Henning, während er sich auf den Beifahrerplatz schwang. »Hängen wir den ganzen Tag nur in einem stickigen Raum herum oder sind noch ein paar Aktivitäten geplant?«

»Was verstehst du unter Aktivitäten?«, wollte Rike wissen und setzte sich zu Vroni und ihrer Torte auf die Rückbank.

»Na, ein bisschen was unternehmen, nicht nur herumsitzen und mampfen.«

»Wir sind spontan«, antwortete Henning und nannte dem Fahrer ihr Ziel. »Lass dich einfach überraschen.«

Vroni zog ein Gesicht. »Früher habt ihr an eurem Geburtstag mehr unternommen.«

»Das ist lange her«, erwiderte Henning. »Letztes Jahr haben Johannes und ich unseren Dreißigsten auf Teneriffa gefeiert. Das war richtig schön.«

»Oh, wie toll!« Vroni lachte. »Warst du dabei?«

»Nein, wir haben uns erst im Juli kennengelernt«, gab Rike zurück und blickte aus dem Seitenfenster zur Kirche, an der sie vorbeifuhren. »Es gibt im Meerblick eine tolle Terrasse, auf der wir Kaffee trinken und deine Torte essen, worauf ich mich schon freue.« Sie richtete ihren Blick Vroni zu und lächelte sie freundlich an. »Im Anschluss gehen wir spazieren oder runter an den Strand.« Die Erinnerung an den gestrigen Nachmittag drängte sich vor ihr geistiges Auge. So würde es heute sicherlich nicht sein. »Abends wollen wir auf der Terrasse grillen. Zum Glück spielt das Wetter mit, und wird es zu kalt, gehen wir eben rein. Von der Klönstuv aus genießt man ebenfalls einen fantastischen Blick aufs Meer.«

»Was dann sicher nicht mehr zu sehen sein wird, weil es dunkel ist«, fügte Henning naseweis hinzu, und Rike verpasste ihm einen freundschaftlichen Stoß gegen die Schulter.

»Also liegt diese Pension in der Nähe des Strandes«, kombinierte Vroni. »Schade, dass ich das nicht vorher wusste. Sonst hätte ich einen Bikini und ein Badetuch mitgenommen und wäre mal kurz in die Fluten gehüpft.«

»Kannst du doch tun. Im Osten war und ist noch

immer FKK sehr beliebt«, erwiderte Rike und schmunzelte vor sich hin.

Geräuschvoll sog Vroni die Luft ein und stieß sie wieder aus. »Ich kann doch nicht vor euch nackt baden gehen!«

Warum denn nicht?, dachte Rike. Zumindest Henning hat dich doch schon nackt gesehen.

»Ihr wohnt wirklich schön hier«, befand Vroni versonnen und sah zum Seitenfenster hinaus. »Ich würde mich über eine solche Wohnlage ehrlich freuen, den Strand und das Meer direkt vor der Haustür. Ich wäre jede freie Minute dort.«

»Auch nur in der Anfangszeit«, erklärte Henning. »Irgendwann verliert alles seinen Reiz. Ich will nicht sagen, dass mich der Strand und das Meer nicht mehr interessieren, aber ich muss nicht mehr täglich einen ausgedehnten Spaziergang am Wasser unternehmen oder, kaum dass die Sonne scheint, meine Badeshorts schnappen und in die Ostsee springen.«

Der Taxifahrer neben ihm grinste verschmitzt.

Die Unterhaltung erstarb. Vroni schaute sich die Umgebung an, Henning und Rike hingen ihren Gedanken nach, bis der Abzweig zum Meerblick in Sicht kam.

»Ist das der Parkplatz?«, fragte Vroni überrascht und spähte zwischen den beiden vorderen Sitzen hindurch. »Das sieht nicht unbedingt nach Hotelparkplatz aus.«

»Das Meerblick ist auch eine Pension«, klärte Henning sie auf, während das Taxi am Beginn des Waldweges zum Stehen kam.

»Von hier an geht es zu Fuß weiter«, sagte Rike.

»Ach, das Haus liegt mitten im Wald?«

»Ist nur ein kleiner Küstenwaldstreifen«, antwortete Henning. Er zahlte und half Veronika, den Tortenkarton vom Rücksitz zu heben.

»Den nehme ich!« Vroni riss ihm förmlich den Karton aus den Händen.

Rike grinste nur, während sich das Taxi entfernte.

»Wenn du meinst!« Amüsiert zuckte Henning mit den Schultern und überließ ihr das Vergnügen, das unhandliche Ding zu schleppen. Er griff nach Rikes Hand und schlenderte mit ihr voraus, während Vroni ihnen pustend folgte.

»Wem gehört eigentlich das Haus, dir, Henni?«

Abrupt blieb Rike stehen und drehte sich zu ihr um. »Wie kommst du darauf, dass das Haus nicht mir oder einfach uns gehören könnte?«, fragte sie und biss sich auf die Zunge. Ihre Reaktion klang heftiger als gemeint. Dennoch ärgerte sie sich darüber, dass natürlich nur dem reichen Anwalt der Besitz einer Immobilie zugestanden wurde, nicht aber einer kleinen Grundschullehrerin, selbst wenn es sich so verhielt.

Vroni zuckte mit den Schultern. »Ich wollte dir nicht auf den Schlips treten, Rike, entschuldige.«

»Nein, Vroni, ich bin es, die sich bei dir entschuldigen muss. Es war nicht so gemeint.« Rike seufzte und setzte mit Henning den Weg fort. Warum brachte Vroni sie immer auf die Palme? »Das Haus hat ehemals Ruthchen gehört, also der Lebensgefährtin meines Opas. Die beiden wirst du heute noch kennenlernen. Sie ist zu Opa Willi gezogen, der zwei Häuser weiter wohnt, und wir in ihr Haus.« Diese Version entsprach nur bedingt der Wahrheit.

Ruth und ihr verstorbener Mann Egon hatten im Haus der Hansens zur Miete gewohnt. Letztes Jahr war dann einer der Eigentümer aufgetaucht, um seinen Eigenbedarf anzumelden, da er sich in Rostock niederlassen wollte. Es war Henning gewesen, was Rike zu jenem Zeitpunkt nicht gewusst hatte. Nach einigem

Hin und Her und einer Reihe unglücklicher Verkettungen hatte sich dann alles geklärt. Ruthchen war zu Opa Willi gezogen, Rike hatte sich mit Henning versöhnt, und im Herbst war sie dann mit Sack und Pack von Berlin zu ihm an die Ostsee gezogen, um ihr Leben mit ihm zu verbringen. Das musste sie aber Vroni nicht unbedingt alles auf die Nase binden.

»Das ist ja ein glücklicher Umstand«, befand diese. »So ein Glück könnte mir ebenfalls gefallen, vor allem jetzt, wo ich mir in Hamburg eine neue Bleibe suchen muss.«

»Hattest du vorgestern nicht mit dem Gedanken gespielt, das Jobangebot deines Chefs anzunehmen und nach Kopenhagen oder Indien zu gehen?«

»Ich schwanke noch immer und bin mir nicht schlüssig, was ich tun soll. Immerhin war ich gerade über vier Jahre von Zuhause fort. Ich würde aber Kopenhagen Indien vorziehen. Ist nicht ganz so weit von der Heimat und meiner Familie entfernt. Zudem ist das Klima für einen Mitteleuropäer angenehmer als in Indien.«

»Und du wärest in der Nähe deines Kochs«, stellte Rike lapidar fest und hoffte, etwas Genaueres zu erfahren, ob zwischen Vroni und ihm etwas lief.

»Mein Koch!« Sie kicherte. »Es geht mir vielmehr um das ganze Drumherum. Indien ist exotisch und fremd. Auf dem Hotelgelände bekommt man davon nicht viel mit, außer natürlich das gesamte Ambiente, das dem Landesstil angepasst ist, und durch die Angestellten, die sich zum großen Teil aus Einheimischen rekrutieren. In der Freizeit wäre es aber auch schön, einfach mal durch eine europäische Einkaufsmeile zu pilgern, in ein Kino zu gehen, in ein Restaurant mit europäischen Spezialitäten. In dieser Beziehung befand sich das Resort im Nirgendwo, fernab einer großen Stadt.

In Indien aber in einer großen Stadt zu wohnen, ist auch nicht so toll, weil sie komplett überlaufen sind.« Sie schnaufte. »Sagt mal, ist es noch weit? Warum müssen wir überhaupt zu Fuß hinlaufen?«

»Das ist hier alles Naturschutzgebiet«, erklärte Henning. »Dahinter schließt sich dann die Steilküste an.« Er blieb stehen und drehte sich zu ihr um. »Soll ich dir nicht doch tragen helfen?«

»Keine Chance!«, pustete Veronika und lugte über den Karton hinweg.

»Dann nicht. Die Pension kommt eh bald in Sicht.«

Doch erst einmal bekamen sie nur Bäume, Sträucher und noch mehr Wald zu sehen. Dafür roch es intensiv nach Meer und Strand und frischem Grün.

Das milde Wetter der letzten Zeit hatte die Natur kräftig ausschlagen lassen. Überall spross frisches Blattwerk an den Bäumen und Sträuchern. Der verbrannte Rasen des Vorjahres machte Platz für frisches Grün, ein frühlingshaftes Grün, so leuchtend hell, wie es nur in dieser Jahreszeit zu finden war.

Mit jedem Meter, dem sie der Pension näher kamen, schälte sich die frisch gemalerte Fassade des Meerblick zwischen den Stämmen der Bäume und den belaubten Sträuchern hervor. Sven Ole hatte gleich nach dem Winter die Außenarbeiten durchführen lassen, damit das Gästehaus für die neue Saison nicht nur von innen schick und modern aussah. Die Gelder des Kredits waren sofort im Januar geflossen, alle Außenstände wurden getilgt. Die Inneneinrichtung war modernisiert, wo es nicht schon im Vorfeld geschehen war. Aus der angestaubten Frühstückspension von einst war ein modernes Gästehaus mit Halbpension geworden, das sich bei den Urlaubern großer Beliebtheit erfreute.

Henning steuerte gleich auf die Terrasse zu, wo

sein Bruder und seine Schwägerin sie erwarteten. Rike folgte ihm auf dem Fuß. Vroni bildete den Abschluss. Sie schleppte den sperrigen Tortenkarton und reckte den Hals, um über ihn hinweg den Weg zu sehen.

Als sie die Terrasse betrat und sich ihr die Aussicht über das Kliff hinaus auf die tiefblaue See auftat, blieb sie wie angewurzelt stehen. »Wow! Was für ein Blick! Das nenne ich mal phänomenal!«

Und das war er am heutigen Tag aufgrund der Fernsicht allemal.

Mehrere Schiffe lagen vor Warnemünde auf Reede. Segler nutzten das schöne Wetter aus und legten ihre Boote in den Wind. Surfer trainierten ihr Können, denn es herrschte noch kein richtiger Badebetrieb. Selbst zwei Gleitschirmflieger hatte das warme Maiwetter herausgelockt. Sie wurden von Motorbooten gezogen und erhoben sich in die Lüfte, um von oben den Blick auf das Ostseebad zu genießen.

Johannes und Marie standen auf, um Henning zu gratulieren, was Rike und Henning ihrerseits bei Johannes taten.

»Sind meine Großeltern noch gar nicht da?«, fragte Rike überrascht.

Opa Willi hatte sie zur Stoltera mitnehmen wollen, damit sie nicht mit zwei Autos fuhren. Dann hatte Ruth alles abgesagt, weil sie noch was zu erledigen hätten, und Rike entsann sich, das Auto ihres Großvaters eine halbe Stunde vor ihrem Aufbruch in der Straße gesehen zu haben. Dann waren sie wohl noch unterwegs.

Marie verneinte. »Dafür hat deine Freundin schon mehrfach nach dir gefragt.« Sie zwinkerte Rike zu.

»So, und das ist für euch beide!« Vroni hatte einen geeigneten Platz für ihr Tortenkunstwerk gefunden und stellte den Karton ab. »Doch zuvor wünsche ich dir alles

Liebe und Gute zum Geburtstag!« Sie fiel Johannes um den Hals und drückte ihn. Dann trat sie zum Tisch und blickte triumphierend von einem Zwilling zum anderen.

»Mach's nicht so spannend, Vroni!«, lachte Johannes.

Sie grinste breit. »Trara!« Dann lüftete sie den Deckel, und zum Vorschein kam eine dreistöckige Torte.

»Wow!«

»Oho!«

»Unglaublich!«

»Was für 'n Mordsding!«

Alle standen mit großen Augen da und starrten das Meisterwerk an. Vroni hatte nicht übertrieben. Es war ein richtiges Kunstwerk geworden, nicht so eine Torte, die mit jeder Backmischung herzustellen war. Sie mussten eingestehen, dass Veronika sowohl was vom Backen als auch von Tortendekoration verstand.

Die drei Etagen waren mit Fondant eingedeckt, auf das sie flache, aber auch plastisch herausgearbeitete Blumen aufgebracht hatte. Sogar echte waren dabei. Aus der oberen Etage ragten die Köpfe der Zwillinge heraus, deren Ähnlichkeit mit ihren lebenden Vorbildern verblüffend war.

»Wie hast du das denn hingekriegt?«, fragte Marie beeindruckt. »Das kann unmöglich aus Teig gefertigt sein.«

Vroni schmunzelte geheimnisvoll. »Betriebsgeheimnis. Du kannst deinen Johannes ja mal anknabbern. Dann schmeckst du es.«

»Ja, bitte am Ohr. Das kitzelt immer so schön.«

»Blödel!«, lachte Marie und stieß ihm ihre Hand in die Seite.

»Wirklich beeindruckend«, lobte Rike. »Man kann die beiden sogar unterscheiden.«

»Ist ja auch nicht schwer«, frotzelte Johannes. »Ich im schicken Zwirn, mein kleiner Bruder im Freizeit-look.«

»Vergiss es«, protestierte Henning. »Du im Spiel-, ich im Businessanzug!«

»Kann überhaupt nicht sein«, mischte sich nun auch Rike in die Flachserei ein. »Hier kann man ganz deutlich das Gesicht von Henning erkennen. Er hat nämlich keinen Schönheitsfleck nötig.« Sie wies erst auf den Kopf der geschniegelten Figur mit Schlips und Kragen, dann auf einen dunklen Fleck am Kinn der leger gekleideten Figur. Ein kleiner Leberfleck war das Einzige, was beide Brüder voneinander unterschied.

»Das ist Dreck, ein Fliegenschiss«, verteidigte nun auch Marie die Ansicht ihres Mannes. »Der im Businessdress ist mein Johannes.«

Einzig Vroni stand da und amüsierte sich. Nur bei den Worten *Dreck* und *Fliegenschiss* stemmte sie die Hände in die Hüften und verbat sich das. »Ich werde doch weder Schmutz noch Exkremente in meine Torte backen.« Sie tat, als wäre sie schwer beleidigt.

»Was ist es dann?«, bohrte Marie.

»Und vor allem, sag, dass ich der Typ in den schicken Klamotten bin«, bat Johannes grinsend.

»Ich habe keine Figur einer Person zugedacht. Sie sollen zeigen, ihr seht in allem top aus. Ihr wisst doch: Einen schönen Menschen entstellt nichts.«

»Siehste, Henni, das sage ich dir seit einunddreißig Jahren«, lästerte Johannes weiter.

»Stimmt, Bruderherz, ich entsinne mich, vor allem dann, wenn ich deine ollen Klamotten auftragen musste, die du nicht mehr haben wolltest«, konterte Henning und schnitt ihm eine Grimasse. »Ich sah in ihnen stets besser aus.«

»Was ist das denn nun für ein Fleck, der zufällig sogar an der richtigen Stelle sitzt?«, ließ Marie nicht locker.

Alle Blicke richteten sich auf Veronika.

»Ein frecher kleiner Kuchenkrümel, der sich in den Fondant geschlichen hat.« Sie lachte. »Dass er sich nun auch noch an der richtigen Stelle befindet, ist ein seltsamer Zufall, der aber nicht beabsichtigt war. Wie ich sagte, ich wollte nur zeigen, dass den Zwillingen alles steht.«

»Du hast echt was drauf«, gestand Rike ihr neidlos zu. »Ich bin in dieser Beziehung recht talentfrei.«

»Ich hatte Zeit, es mir von den besten Konditoren abzuschauen«, entgegnete Vroni, über das Lob aus ihrem Mund sichtlich erfreut.

»Hut ab!«, meinte Johannes und nickte ihr anerkennend zu. »Eine so tolle Geburtstagstorte hatten wir wirklich noch nie.«

»Wenn die so gut schmeckt, wie sie aussieht«, ertönte hinter ihnen eine vertraute Stimme, »dann wird es ein Riesengenuss!«

»Ruthchen, Opa Willi!« Rike wirbelte auf dem Hacken herum und fiel den beiden um den Hals.

»Aber, aber, Rike. Heute bist nicht du die Hauptperson.« Ruthchen zwinkerte verschmitzt und trat auf Henning und Johannes zu, um ihnen zu gratulieren und einen großen Blumenstrauß zu überreichen.

»Den mussten wir noch abholen«, raunte derweil Opa Willi seiner Enkelin ins Ohr. »Anderenfalls wären wir schon früher hier gewesen. Es gab mal wieder Stau auf der Stadtautobahn.«

Verwirrt blickte Rike ihn an. »Von wo habt ihr denn die Blumen geholt?« Sie winkte ab. »Egal! Wir sind auch erst seit ein paar Minuten da.«

Die Tür zur Pension öffnete sich, und Sven Ole trat

in Begleitung von Susanne auf die Terrasse. Beide trugen Thermoskannen in den Händen, die sie auf dem Tisch verteilten, um im Anschluss die Neuankömmlinge und das zweite Geburtstagskind zu begrüßen.

»Respekt!«, befand Susanne und begutachtete den Dreistöcker von allen Seiten. »Etwas Besseres hättet ihr selbst in meinen früheren Wirkungsstätten nicht bekommen.«

»Ich dachte, du hast in einem Hotel gearbeitet?«, fragte Vroni überrascht.

»Stimmt, in den besten, und dort habe ich so einige pikfeine Banketts miterlebt – natürlich nur als Bedienung.« Sie grinste. »Es gab da oftmals auch solche wundervollen Tortenkreationen zu bestaunen.« Sie beugte sich vor und betrachtete das Kinn des einen Kopfes. »He, man kann die beiden sogar unterscheiden.«

»Das ist ein Kuchenkrümel!«, schallte es aus mehreren Mündern gleichzeitig, und alle fingen zu lachen an – außer Susanne, Opa Willi, Sven Ole und Ruth.

Vroni klärte sie auf.

»Nun aber hingesetzt!»«, rief Johannes alle an den festlich gedeckten Tisch. »Ich will endlich wissen, wie sie schmeckt.«

Und die Torte sah nicht nur fantastisch aus; sie schmeckte auch großartig, sodass sich Henning zu etwas hinreißen ließ, wofür Rike ihm am liebsten den Hals umgedreht hätte.

»Mit dieser granatenmäßigen Kreation hast du dich als Konditorin für unsere Hochzeitstorte qualifiziert«, lobte er Veronika, und Frederike holte tief Luft.

Hatte er überhaupt nichts begriffen? War er nicht gestern Morgen in der Küche zugegen gewesen, als sie mit seiner Ex Klartext geredet hatte? Wollte er tatsächlich, dass Veronika noch bis zur Hochzeit blieb?

Bestürzt tauschte sie mit Marie und Sanne einen kurzen Blick.

Aber auch Veronika war komplett überrumpelt und musterte Henning entgeistert. »Ich soll nun doch bis zur Hochzeit bleiben?« Ihr Blick flog zu Frederike. »Willst du das ebenfalls?«

»Ich denke«, schaltete sich zu Frederikes Überraschung Johannes ein, »das solltet ihr in aller Ruhe besprechen, nicht hier am Kaffeetisch.«

»Und ich vermute«, gab Susanne zu bedenken, »dass es zu spät ist, dem Konditor abzusagen. Er hat sicher schon alles geplant.«

»Das fürchte ich ebenfalls«, erhielt sie von Marie Unterstützung, aber Henning wischte den Einwand fort.

»Er wird die Torte ja wohl noch nicht gebacken haben. Wir heiraten erst in sechs Tagen.«

»Er hat aber sicher schon alle Zutaten gekauft, und es entgeht ihm ein großer Gewinn«, haute nun auch Rike mit besorgter Miene in dieselbe Kerbe. »Immerhin macht die Hochzeitstorte den Löwenanteil der Bestellung aus.«

»Na, ganz so stimmt das nicht« entgegnete Henning mürrisch. »Und selbst wenn. Er wird's überleben. Immerhin darf er die restlichen Torten liefern. Daran verdient er noch genug.« Er beugte sich Vroni zu und tätschelte ihr die Hand. »Versprich, dass unsere Hochzeitstorte dein Meisterstück werden wird, besser noch als diese hier.«

»Das gelobe ich!« Verlegen lächelte Vroni. »Aber nur, wenn Rike es ebenfalls will.«

Gebannt richteten sich alle Augenpaare auf Frederike. Nun hatte Vroni ihr den Schwarzen Peter zugeschoben. Würde sie jetzt ablehnen, wäre sie der Spielverderber.

Ihr Blick flog von ihrer Freundin zu Marie und von dieser zu Ruthchen und Opa Willi. Johannes und Sven Ole beachtete sie nicht. Das waren Männer. Männer tickten anders, obwohl ihr Johannes eben zur Seite gestanden hatte. Doch selbst Opa Willi und Ruth hoben fragend die Augenbrauen und sahen sie verständnislos an. Sie hatten keine Ahnung, dass Vroni einst Hennings Freundin gewesen war.

»Was gibt's da zu überlegen?«, fragte Opa Willi. »Besser kann es euer Konditor sicher auch nicht, und wenn es Frau Beese Spaß macht zu backen, warum soll sie es dann nicht tun?«

Rike knirschte innerlich mit den Zähnen. Männer sahen oftmals den Wald vor lauter Bäumen nicht.

»Das frage ich mich auch«, bekräftigte nun sogar Ruth Willis Worte. Dabei sah sie Rike prüfend an. »Oder gibt es da was, was wir wissen sollten?«

»Ja!«, erwiderte Rike verärgert. »Soll sie die Torte per Kurier von Hamburg nach Warnemünde senden?«

»Wieso, ist sie nicht zur Hochzeit eingeladen?«, kam von Opa Willi prompt die nächste unpassende Frage. »Ich dachte, sie ist eine Bekannte von Henning und Johannes und wegen der Hochzeit hier?«

»Bekannte, ja, Hochzeitsgast, nein. Sie ist auf der Durchreise und wird uns morgen verlassen«, antwortete Rike und schenkte Vroni einen eindringlichen Blick.

»Es stimmt, was Frederike sagt«, entgegnete Vroni. »Ich mache keinen Hehl daraus, dass ich liebend gern sowohl die Torte backen als zur Hochzeit kommen würde, doch ich möchte mich nicht aufdrängen. Die Ex des Bräutigams lädt man halt nicht zur Hochzeit ein.«

»Die Ex?«, platzte Ruth heraus. Sie saß kerzengerade am Tisch, doch bis auf ein Nicken von Johannes und Sven Ole erhielt sie keine Antwort.

»Außerdem kann ich nicht von euch verlangen, mich wochenlang bei euch zu beherbergen.« Vroni wandte sich an Henning. »Danke aber für dein Vertrauen, doch es ist besser, wenn ich wieder aus eurem Leben verschwinde.«

Unwillig schüttelte Henning den Kopf. »Das ist albern!« Er hielt noch immer ihre Hand und drückte sie – fast schon zärtlich, wie Rike fand.

Bevor sie dazu kam, etwas zu sagen, klingelte Vronis Telefon, und sie entzog Henning ihre Linke.

»Hello, Finn Lasse! How are you?« Sie stand auf und suchte sich einen Platz auf der Terrasse, wo sie ungestört telefonieren konnte.

»Finn Lasse?« Fragend sah Sanne in die Runde.

»Der Däne, für den sie in Indien gearbeitet hat«, erklärte Rike ihrer Freundin. »Er soll ein bekannter Sternekoch sein. Mich würde es nicht wundern, wenn sie mit ihm zusammen ist.«

»Doch nicht etwa Finn Lasse Johannsen?« Überrumpelt riss Sanne die Augen auf.

»Doch«, bestätigte Rike. »Wieso, kennst du ihn?«

»Kennen wäre sicher zu viel gesagt. Er hat mal in London bei uns im Hotel für eine Gala gekocht. So viele teure Roben habe ich an jenem Abend noch nie zuvor in einem Saal versammelt gesehen. Die High Society von ganz London, ach, was sag ich, des gesamten britischen Empires schien an jenem Tag dort versammelt zu sein.« Sie grinste verschmitzt. »Dann ist das der Typ, der sie mit nach Kopenhagen genommen hat?«

»Genau!« Rike grinste.

»Hab ich das jetzt recht verstanden«, wechselte Ruth das Thema, da Vroni außer Hörweite war, und wandte sich Henning zu, »ihr beiden wart mal ein Paar?«

Bedrückt nickte er. »Ist mehr als vier Jahre her. Sie

ist damals von einem Tag auf den anderen verschwunden. Vielleicht verstehen wir uns deshalb noch so gut, weil wir nicht im Streit auseinandergegangen sind.«

»Kein Grund, sie ständig anzuhimmeln und ihre Hand zu halten«, zischte Frederike. »Du bist mit mir verlobt!«

»Stimmt. Trotzdem finde ich, dass du in Bezug auf Veronika etwas überreagierst.«

»Ach, findest du?« Sie funkelte ihn an.

»Ich finde es nicht«, erhielt sie von Ruthchen Rückendeckung. »Wenn sie die Torte unbedingt backen will, alles gut. Sie kann aber nicht euer Dauergast werden, und bei eurer Hochzeit hat sie ebenfalls nichts verloren. Vielleicht mag diese Ansicht altmodisch sein. Ich teile sie aber mit deiner Frau.«

Henning zog eine beleidigte Miene, stand auf und trat an die Brüstung, um sich den Wind um die Nase wehen zu lassen, oder wollte er lange Ohren machen? Vronis Telefonat schien recht fröhlich zu sein.

»Übertreibe ich nicht doch?«, fragte derweil Rike verunsichert in die Runde.

»Auf gar keinen Fall«, widersprach Marie. »Und jetzt wechseln wir das Thema. Apropos Holz! Was macht der Kopf?«

Normalerweise stets fröhlich belächelt, verfehlte die Aufheiterung ihre Wirkung.

»Dann hole ich mal den Sekt«, schlug Sven Ole vor. »Vielleicht hebt der wieder die Stimmung.«

»Habt ihr auch was Stärkeres?«, fragte Rike. »Mir wäre ein Gin Tonic lieber.«

*D*er kleine Umtrunk half, die Wellen zu glätten und die Stimmung wieder zu heben. Im Anschluss beschlossen sie, sich noch ein wenig die Füße zu vertreten. Der Kuchen war lecker gewesen, vor allem Vronis Torte hatte alle umgehauen, sodass sie mehr als üblich gegessen hatten. Es wurde Zeit für einen Verdauungsspaziergang.

Vroni führte noch immer ihr Telefonat und beendete es erst, als sie mitbekam, dass sich alle im Aufbruch befanden. Dabei trug sie einen fröhlichen, bald schon glückseligen Gesichtsausdruck zur Schau, das ganze Gegenteil zu Hennings beleidigter Miene. Was hatte sie wohl Erfreuliches erfahren? Das Dauergrinsen schien ihr förmlich ins Gesicht gemeißelt zu sein.

»Na, zufriedenstellende Nachrichten erhalten?«, erkundigte sich Susanne. »Du strahlst wie ein Honigkuchenpferd.« Sie räumte ihr Gedeck samt Besteck ab und stellte es zu dem anderen Geschirr auf das Tablett.

Vroni nickte nur, doch das Grinsen blieb.

»Was ist, kann es losgehen?«, rief derweil Johannes und legte seinen Arm um Marie.

»Warten wir nicht noch auf Sanne und Sven Ole?«, fragte Vroni verwundert, steckte ihr Smartphone in den Rucksack und schulterte ihn.

»Wir haben eine Pension zu führen«, erklärte ihr Susanne. »Es sind noch genug Gäste da. Zum Abend gesellen wir uns dann wieder zu euch.«

»Ach so!« Nervös kaute Vroni auf ihrer Unterlippe herum und trat auf Frederike zu. »Sag mal, Rike«, sie hatte die Stimme sowie ihren Blick gesenkt, »könnte ich noch bis Dienstag bei euch bleiben? Danach seid ihr mich definitiv los.«

Verwundert hob Rike die Brauen.

»Ich erkläre es dir morgen früh«, wich Vroni aus und lugte durch ihre Brillengläser zu ihr auf. »Wäre aber toll, wenn ja.« Ihr Blick wurde bittend. Dann eilte sie zu Johannes und Marie.

»Komm, min Deern!« Opa Willi trat von hinten auf Rike zu und hakte sich bei ihr ein. Am anderen Arm hatte er Ruth, die sich losmachte und auf Rikes Seite wechselte.

»Was wollte sie von dir?«, raunte Ruthchen ihr zu.

»Ach, nichts. Sie hat nur drum gebeten, bis Dienstag bei uns wohnen zu dürfen. Danach ist sie weg.«

»Und warum?«

»Das hat sie mir nicht erzählt. Ich schätze aber ...«, Rike beugte sich Ruthchens Ohr zu, »... es hängt mit Finn Lasse zusammen, ihrem dänischen Koch, der sie gerade angerufen hat.«

»Ah!« Auch wenn Ruth nicht wusste, wer er war und in welchem Verhältnis Veronika zu ihm stand, sie begriff schnell und zählte eins und eins richtig zusammen. »Wäre gut, wenn sie in festen Händen ist. Dann kommt Henning nicht auf dumme Ideen.«

»Ach, ist dir das auch schon aufgefallen, wie er sie ständig ansieht?«

Ruthchen lachte. »Das sieht 'nen Blinder mit 'nem Krückstock, Kindchen. Veronika empfindet höchstens noch Freundschaft für ihn, doch bei deinem Henning scheint sich die Glut einstiger Liebe allmählich wieder neu zu entfachen. Du weißt doch, der Wind bläst die

Flamme aus, doch er entfacht die Glut.« Sie tätschelte ihr die Hand.

»Sehr beruhigend«, jammerte Rike.

»Was tuschelt ihr beiden nur die ganze Zeit?«, beschwerte sich Opa Willi. »Könnt ihr euch nicht so unterhalten, dass ich auch etwas mitbekomme?«

»Nee, geht nicht, Willi, Frauensache«, schmetterte Ruth seine Bitte ab und lachte ihm verschmitzt zu.

Sie bogen auf den Küstenpfad Richtung Warnemünde ein und genossen den Ausblick. Henning hatte sich an die Seite seines Bruders gesellt. Marie plauderte mit Veronika. Rike folgte ihnen mit Opa Willi und Ruth.

Die Vögel zwitscherten in den Wipfeln der Bäume oder bauten sich im Geäst der Büsche ihr Nest. Andere waren bereits in Paarungsstimmung, während manche noch nach einem geeigneten Nistplatz suchten. Der Boden war mit frischem Gras bedeckt. Bunte Blütentupfen, wohin das Auge sah. Hellblaue und weiße Vergissmeinnicht, deren Samen durch den Wind von den nahe liegenden Gärten herangetragen worden war, Anemonen, die sich wie ein Teppich zwischen den Stämmen der Bäume ausbreiteten, Veilchen in blau-violett und dazu der Geruch nach Seeluft und Strand.

»Ich komm mir wie im Urlaub vor!«, schwärmte Vroni. Sie schien ein sehr naturverbundener Mensch zu sein und breitete die Arme aus, als wolle sie die ganze Welt umarmen. »Und da dachte ich, wie schön es doch in Neuseeland und Australien sei, und dabei habe ich das hier so vermisst. Das wird einem erst wirklich bewusst, wenn man es nach all der Zeit wiedersieht.«

»In gewisser Weise hattest du ja die letzten vier Jahre Urlaub«, merkte Henning über die Schulter an. »Was du alles gesehen hast. Da kann man glatt neidisch werden. Ein Jahresurlaub reicht dazu wohl kaum aus.«

Sie wanderten bis zum Beginn der Strandpromenade von Warnemünde und begaben sich für den Rückweg hinunter an den Strand. Die Wellen plätscherten sanft an das Ufer. Der Wind war mild, die Sonne schien ihnen warm ins Gesicht. Spaziergänger überholten sie und kamen ihnen entgegen. Kinder tobten ausgelassen zwischen ihnen umher. Hin und wieder bückte sich Vroni nach etwas, das wie Bernstein aussah, sich aber letztlich nur als braunes, vom Wasser geschliffenes Glas entpuppte.

»Ich hab wohl kein Glück«, kommentierte sie ihre Misserfolge und lächelte verschmitzt. »Bernstein ist auch nicht unbedingt mein Schmuck. Dafür fühle ich mich noch zu jung.«

»Das ist Ansichtssache«, widersprach ihr Marie. »Früher fand ich auch, dass Bernsteinschmuck was für alte Frauen sei. Inzwischen sind die Steine so modern gefasst, dass auch ich welchen besitze.«

»Mag schon sein«, lenkte Vroni ein. »Ich habe nur immer meine Oma vor Augen, die Bernstein liebt.«

»Dann sollten wir mal nach Ribnitz-Damgarten in die Bernsteinmanufaktur fahren«, schlug Henning vor und senkte den Blick, als sich seiner mit dem von Rike traf. »Aber du bist schon morgen wieder weg«, fügte er rasch hinzu.

»Vielleicht auch nicht«, entgegnete Rike. »Vroni hat drum gebeten, noch einen Tag länger bleiben zu dürfen.«

Überrascht riss Henning die Augen auf, fragte aber nicht nach dem Warum.

Marie ließ sich zu Rike zurückfallen. »Das wäre doch eine tolle Idee. Hast du morgen schon was vor? Sonst fahren wir in diese Manufaktur. Kommt man da so einfach rein?«

Rike zuckte mit den Schultern. »Ich wusste nicht mal, dass es sie gibt.«

»Es ist eine Schaumanufaktur«, sorgte Opa Willi für Aufklärung. »Ich habe für deine Oma dort auch schon Schmuck gekauft«, wandte er sich alsdann seiner Enkelin zu. »Ach, mein Trudchen, sie hat Bernstein so geliebt.« Sein Gesicht nahm einen wehmütigen Ausdruck an. »Er sei auf der Haut so schön warm, hat sie immer gesagt.«

»Was auch stimmt«, bestätigte Ruth seine Worte.

»Ist dieser Ort weit entfernt?«, erkundigte sich Marie.

Opa Willi winkte ab. »Ein Katzensprung von Rostock, 'ne halbe Stunde, wenn es keinen Stau auf der Bundesstraße gibt.«

»Der Ort heißt Ribnitz-Damgarten«, fügte Ruth hinzu. »Durch Ribnitz läuft die Grenze zwischen Mecklenburg und Vorpommern. Ribnitz ist noch Mecklenburg, Damgarten hingegen befindet sich bereits in Vorpommern und die Schaumanufaktur ebenfalls.«

»Wollen wir dann morgen dort hin?« Maries Augen leuchteten freudig, als sie Rike ansah.

»Meinetwegen, und wenn Vroni mitkommen will, soll sie ruhig. Ich habe nichts dagegen.« Sie grinste zu Veronika, die ihre Unterhaltung mitbekommen hatte und sie nun freudig anstrahlte.

»Danke, Rike, und auch dir, Marie!«

Marie schloss wieder zu ihr auf, während sich Rike mit Opa Willi und Ruth unterhielt. Als sie die Stelle passierten, an der sie tags zuvor mit Henning verliebt im Sand gelegen und geschmust hatte, schenkte sie dem Rücken ihres Schatzes einen wehmütigen Blick.

Was ging nur in ihm vor? Sie fürchtete nicht, dass er sich erneut in Vroni verlieben könne und dadurch die Hochzeit gefährden würde. Es störte sie aber, dass er sie regelrecht anhimmelte und ihr ständig zum Mund redete. Sie wollte, dass Vroni ging, er lud sie ein, die Hochzeitstorte zu backen. Warum bat er sie nicht gleich, ihm auf dem Weg zum Standesamt das Händchen zu halten? Eigentlich war eher Henning das Problem als Veronika. Vroni wollte ihm zwar auch gern bei seiner Hochzeit zur Seite stehen, mehr war von ihr aber nicht zu befürchten. Immerhin hatte sie einen festen Freund.

Sie entschuldigte sich bei Ruth und Opa Willi und schloss zu ihrem Bräutigam auf.

»Na, du oller Brummbär, hast du dich wieder eingekriegt?«, fragte sie und hakte sich bei ihm ein.

»Wie meinst du das?« Er schenkte ihr einen missmutigen Blick, doch um seine Mundwinkel zuckte es. Dann blieb er stehen und nahm sie in die Arme, um sie zu küssen. »Verzeih, dass ich mich derzeit wie ein verliebter Schuljunge verhalte«, bat er sie, nachdem er ihre Lippen wieder freigegeben hatte. »Es liegt sicher daran, dass Vroni und ich uns niemals wirklich getrennt haben, so wie es bei anderen Beziehungen üblich war. Von jetzt auf gleich war sie verschwunden, ohne mir Lebewohl gesagt zu haben. Ich kenne bis heute nicht den Grund dafür.«

»Hast du sie denn nie danach gefragt?«

»Wie denn? Ich habe sie nie wieder gesprochen oder zu Gesicht bekommen. Auch ihre Eltern wussten es nicht.«

»Dann frage sie doch.«

»Vielleicht sollte ich es tun.«

Rike musterte ihn. »Zum Glück konntest du dich erneut verlieben«, lachte sie und verschränkte die Hände in seinem Nacken. »Ich liebe dich!«

»Ich dich auch!«

Eine Bö wehte von der See über den Strand und verwuschelte ihnen die Haare. Henning strich ihr die Pony- und Seitenhaare hinter die Ohren. Dann nahm er ihr Gesicht in seine Hände, und sie küssten sich erneut.

»Hey, ihr beiden Schwerverliebten, seid ihr bald fertig mit der Knutscherei?« Johannes grinste von Fernen zu ihnen herüber. »Wir müssen hier entlang.« Er wies zur Treppe, die den Steilhang hinauf zum Küstenwald führte.

»Noch nicht wirklich. Geht schon vor, wir finden den Weg auch ohne euch.« Henning hob die Hand zum Gruß in Richtung seines Bruders, bevor er sie Rike um die Taille legte und sie da weitermachten, wo Johannes sie gestört hatte.

Den Abend verbrachten sie anfänglich auf der Terrasse. Sven Ole hatte den Holzkohlegrill sowie einen Heizpilz angeschmissen, die beide für ausreichend Wärme sorgten, der Grill zusätzlich für lecker Gegrilltes.

»Ich hoffe, es stört euch nicht, wenn sich einige unserer Gäste heute ihr Abendbrot vom Grill abholen?«, sagte er. »Natürlich berechne ich euch nicht das Fleisch.« Verschmitzt grinste er übers ganze Gesicht.

»Haben wir mal wieder ein Glück«, ulkte Johannes zurück, »nicht, dass wir noch abwaschen müssen, um die Kosten abzuarbeiten.« Er griff nach seinen Rippchen und nagte das Fleisch genüsslich von den Knochen ab.

Zu vorgerückter Stunde wechselten sie in die Klönstuv, weil es im Freien zu kalt wurde. Sie lachten und unterhielten sich, schwangen sogar das Tanzbein, bis

Sven Ole gegen zweiundzwanzig Uhr dreißig aus Rücksicht auf seine Gäste die Musik dämpfte.

»Nicht, dass sie noch aus den Betten fallen«, kommentierte er und hob entschuldigend die Schultern. »Wir sind halt eine Pension, kein Restaurant.«

»Macht ihr eigentlich einen klassischen Polterabend oder seid ihr mehr für den Junggesellenabschied zu begeistern?«, fragte Vroni, die den Abend über recht wortkarg gewesen war und stattdessen verträumt aus dem Fenster geschaut hatte.

»Wir haben uns für den Junggesellenabschied entschieden«, antwortete Henning, »aber nicht den ganzen Abend getrennt.«

»Das macht doch keinen Spaß«, befand Vroni, und das Licht der Kerzen spiegelte sich in ihren Brillengläsern wider. »Das ist doch Sinn und Zweck des Junggesellenabschieds. Beide Partner sollen noch einmal so richtig schön die Sau rauslassen können, ohne dass es der andere mitbekommt. Flirten inklusive, mehr aber nicht.«

»Deshalb gehen wir anfangs auch getrennte Wege und finden uns später in der Bar des Hotel Neptun ein, um den Abend gemeinsam ausklingen zu lassen«, erklärte Rike und kuschelte sich an ihren Schatz. »Ich freu mich schon drauf.« Sie unterdrückte ein Gähnen und linste unauffällig auf ihre Uhr.

»Willst du nach Hause?«, fragte Henning und warf ebenfalls einen Blick auf das Ziffernblatt. Es war kurz nach zwölf.

»Wenn es dir nichts ausmacht, gerne. Ich bin müde, und du musst auch früh hoch. Es war aber schön.«

Henning verstand. »Du hast recht. Immerhin sind wir um drei von zu Hause losgefahren.« Er sah zu seinem Bruder. »Wir machen uns auf den Weg.«

97

»Na, endlich«, war Opa Willis Stimme zu verneh-
men, der den Chauffeur spielte. »Ich brauche allmählich auch 'ne Mütze voll Schlaf.«

Sie verabschiedeten sich. Henning nahm den Blumenstrauß, und sie gingen zum Parkplatz, um nach
Hause zu fahren.

*a*m nächsten Vormittag stand Marie pünktlich vor der Tür. »Schau mal, wen ich mitgebracht habe!« Sie trat zur Seite, sodass Rike das Auto besser sehen konnte. Vom Beifahrersitz winkte ihr Susanne zu.

»O wie fein!«, Rike winkte freudig zurück. »Dann wird das ein hoffentlich toller Mädelstag.« Sie schlüpfte in ihre Schuhe, nahm ihre Jacke und die Handtasche und verließ mit Vroni das Haus.

»Hallo ihr Süßen!«, wurden sie von Sanne begrüßt. »Ich freu mich schon.«

»Ich auch«, erwiderte Rike und ließ sich hinter ihr auf der Rückbank nieder. »Schön, dass du dir auch freigenommen hast.« Sie tätschelte der Freundin die Schulter und sah anschließend in die Runde. »Es kann losgehen. Habt ihr die Kreditkarten eurer Männer dabei?«

Alle lachten, auch Vroni, obwohl sie die Einzige ohne Partner war – zumindest hier in Warnemünde.

Rike fiel ein, dass Vroni ihr gar nicht erzählt hatte, warum sie einen Tag länger bleiben wollte, und sie hatte sie auch nicht danach befragt. Vielleicht würde sie es später tun, doch nicht hier im Auto. Rike hatte das Gefühl, dass ihr Bleiben mit dem Anruf von Finn Lasse im Zusammenhang stand.

»Morgen treffen wir uns ja schon wieder«, fiel Sanne ein.

»Was habt ihr denn vor?«, wollte Vroni wissen und blickte neugierig in die Runde.

»Letzte Anprobe des Hochzeitskleides«, verkündete Rike voller Stolz. »Danach ist mein Konto geplündert, aber ich habe das schönste Kleid, das eine Braut sich wünschen kann.« Sie strahlte übers ganze Gesicht.

»Die Hochzeit kann also kommen!«, rief Marie begeistert aus und fädelte den Wagen in den Verkehr ein.

»Und du reist morgen ab?«, wechselte Sanne das Thema.

»Hm«, war alles, was Veronika dazu zu sagen hatte.

Sie verschweigt irgendwas!, dachte Rike, doch sie hielt den Mund.

Auch Sanne bohrte nicht weiter nach. Sie schien ebenfalls zu spüren, dass diese Antwort genügen musste. Der Rest ging keinen Fremden etwas an.

Schweigend fuhren sie die Stadtautobahn entlang.

Nachdem sie Rostock passiert hatten, wechselten sich weitläufige Felder mit kleinen Wäldchen und Ortschaften ab. Rechter Hand gab es eine Bahnstrecke. Die Sonne lachte vom Himmel herab, und ihre Strahlen brachen sich in den Karosserien der PKW, Transporter und Brummis, die auf der Bundesstraße dahinbrausten. Ribnitz-Damgarten, deren Einwohner ihre Stadt stolz als Bernsteinstadt bezeichneten, war schnell erreicht.

»Wollen wir zuerst in die Schaumanufaktur oder uns das Bernsteinmuseum anschauen?«, fragte Marie.

»Was hast du denn ins Navi eingegeben?«, fragte Rike zurück.

»Das Museum. Es befindet sich in einem Kloster. Ich dachte, wir schauen erst mal, was es alles gibt, bevor wir zum Shoppen aufbrechen.« Sie kicherte vergnügt.

»Dann fahren wir zuerst ins Museum«, schlug Susanne vor, »oder wolltest du während der Fahrt den Zielort umprogrammieren?«

Marie winkte ab. »Muss ich nicht. Die Manufaktur befindet sich am Ortsausgang rechter Hand hinter einem kleinen Gewerbegebiet mit Tankstelle. Kaum zu übersehen.«

»Oh, da hat sich heute Morgen noch jemand kundig gemacht«, lachte Frederike.

»Nö, aber gestern noch deinen Opa ausgequetscht.«

Sie folgte den Anweisungen des Navis. Diese führten sie von der Hauptstraße rechts abbiegend eine Nebenstraße entlang direkt auf das Klostergelände zu. Nachdem sie sich einen Parkplatz in der näheren Umgebung gesucht hatten, kauften sie sich ihre Eintrittskarten und sahen sich die Ausstellung an.

Neben den ständigen Ausstellungsobjekten gab es einige Leihgaben zu bewundern. Die Frauen waren erstaunt, in welch unterschiedlichen Farben Bernstein in der Natur vorkam. Die wohl gängigste Farbe war das durchsichtige Honiggelb. Es variierte in den verschiedensten Nuancen und reichte von weiß über gelb bis hin zu braun und rot in durchsichtiger und undurchsichtiger Form oder Farbgemischen. Es gab aber auch komplett schwarzen Bernstein. Sogar blaue Steine waren zu sehen.

»Ich wusste gar nicht, dass es blauen Bernstein gibt«, staunte Susanne.

»Blauen Bernstein?«, fragte Vroni verwirrt und trat an ihre Seite. »Die sind ja schön!«

»Hier steht's:« Sanne wies auf die Infotafel. »Blaue und schwarze Steine sind recht selten.«

»Das war mir klar«, kommentierte Rike, die sich zu ihnen gesellte. »Schwarz in Kombination mit gelb ist

bekannt. Blau habe ich aber auch noch nie gesehen.«
Sie schaute sich die ausgestellten Steine an.

Sie waren nicht reinblau, sondern vermischten sich
mit anderen Farben und changierten wundervoll im
Licht der Strahler.

»So einen muss ich haben!«, rief Vroni begeistert
aus. Sie hatte ihren Lieblingsbernstein gefunden.

»Das ist aber keiner aus dem Baltikum«, merkte Sanne an, die sich in den Infotext vertieft hatte.

»Stört mich nicht«, winkte Vroni ab. »Ich find ihn
toll!«

Rike hatte sich in der Zwischenzeit einem anderen
Objekt zugewandt, dass ihr ins Auge gefallen war. Es
handelte sich um eine Schatulle aus dem 17. Jahrhun-
dert. Sie war aus Holz gefertigt und mit verschieden-
farbigem Bernstein großflächig belegt. Die Seiten und
den Deckel zierten feine Metallgravuren sowie kunst-
volle Marmorschnitzereien. Der Infotafel nach war es
ein Aufbewahrungskästchen für Schreibutensilien, die
dem Kurfürsten Friedrich Wilhelm von Brandenburg
gehört hatte.

»Das wäre doch was für Hennings Kanzlei«, lachte
Marie, die neben Rike getreten war. »Würde sich sicher
gut auf seinem Schreibtisch machen.«

»Bei Johannes ebenfalls«, gab Rike schmunzelnd
zurück.

»Sieh mal da!« Marie hatte eine Bacchussfigur entdeckt, die aus einem beinahe schon korallenrotoran-
genen Material gefertigt war. »Soll das ebenfalls Bernstein sein?«

Ein Blick auf die Hinweistafel bestätigte ihre Frage.

Veronika hatte sich währenddessen einer kleinen
Göttinnenstatuette aus Mittelmeerkopal zugewandt.

»Was ist denn Mittelmeerkopal?«, fragte Rike.

»Kopal ist ein Baumharz ...«, las Vroni vor und rückte sich die Brille auf der Nase zurecht.

»Das ist doch Bernstein auch«, stellte Rike verwirrt fest.

»Richtig. Bernstein ist aber Millionen von Jahre alt, Kopal hingegen nicht. Es wird zwischen echten und unechten Harzen unterschieden. Dazu steht hier einiges, doch so ganz verstanden habe ich das jetzt nicht. Muss man sicher auch nicht.« Sie grinste und nahm ihre Brille ab, um sie zu putzen.

Zu den Exponaten zählten auch diverse Schmuckstücke, die den Frauen Lust auf die Schaumanufaktur machten. Doch zuvor wollten sie ihren Hunger stillen, und wo konnte man das besser tun als am Ufer des Saaler Boddens?

Sie verließen das Museum und fuhren zum Ribnitzer Fischhafen, wo sie erneut das Auto abstellten und zu Fuß weitergingen. Bald darauf standen sie vor der Wahl, ob sie am Imbissstand ein Fischbrötchen kaufen oder richtig in ein Lokal einkehren wollten.

»Mir genügt ein Brötchen auf die Faust«, meinte Veronika.

»Sozusagen eines to go«, lachte Susanne.

Rike warf einen kurzen Blick auf ihre Schwägerin, die nicht begeistert dreinsah. »Lasst uns ins Restaurant gehen«, schlug sie vor. »Marie steht nicht so auf Fisch im Brötchen.«

Das Lokal erwies sich als Glücksgriff, da es einen Wintergarten besaß, in welchem der Gast vor dem kühlen Boddenwind geschützt war und trotzdem einen tollen Ausblick genießen konnte. Heute war es warm, sodass sie sich einen Platz im Freien suchten. Es handelte sich aber um ein reines Fischrestaurant.

»Macht nichts«, winkte Marie ab und schlug die

Speisekarte auf. »Ich mag nur nicht meinen Fisch aus dem Brötchen essen. Gegen eine gebratene Scholle mit Bratkartoffeln habe ich nichts einzuwenden.«

»Damit kann ich dienen«, lachte die Kellnerin, »frisch aus der Ostsee, heute Morgen geliefert.«

»Dann einmal für mich«, erwiderte Marie.

»Für mich ebenfalls!«, rief Veronika, während sich Susanne und Rike für Lachs auf Spinat entschieden.

So gestärkt setzten sie ihren Ausflug eine Stunde später fort, wo sie kurz hinter dem Ortsausgangsschild auf die Schaumanufaktur trafen.

Schon der Eingangsbereich haute die Mädels fast aus den Latschen. Eine Lichtsäule, komplett mit Bernstein gefüllt, dem Gold des Nordens, glitzerte und funkelte im einfallenden Sonnenschein.

»Johannes würde sicher gleich an ein kühles Blondes denken«, lachte Marie, und die anderen fielen mit ein, denn der Vergleich war nicht weit hergeholt.

»Seht mal das Boot!«, machte Vroni die anderen auf einen alten Fischerkahn aufmerksam, der als Blickfang mitten im Entree stand und mit beleuchteten Bernsteinen versehen war.

»Und da, der Baum!«, rief Marie begeistert aus. Sie wies auf einen mannshohen Bernsteinbaum, dessen reich verzweigte Krone es im Durchmesser auf stolze drei Meter brachte. »Wahnsinn, oder?«

Die Dame am Empfangstresen schmunzelte amüsiert vor sich hin. »Dann bereiten Sie sich schon mal auf das vor, was wir Ihnen auf drei Etagen bieten werden.« Sie setzte eine geheimnisvolle Miene auf. »Sie können nicht nur unseren Angestellten bei ihrer Arbeit über die Schulter sehen. Sie können auch selbst Hand anlegen und Bernstein schleifen. Sie können aber auch aus einer riesigen Anzahl an Schmuckstücken sich ihres wählen, alles Unikate, da Bernstein ein Naturprodukt ist und keiner dem anderen gleicht. Ringe, Ketten oder nur deren Anhänger, Ohrstecker, was immer Ihr Herz begehrt. Es gibt Schiffsmodelle zu sehen wie den originalgetreuen Nachbau der Bounty ...«

»Im Maßstab 1 : 1?«, schob Sanne grinsend ein, und die Mitarbeiterin schüttelte lachend den Kopf.

»Dann hätten wir das Gebäude etwas größer dimensionieren müssen. Es sind auch weder Clark Gable noch Marlon Brando oder Mel Gibson anwesend«, fügte sie augenzwinkernd hinzu. »Ich erwähne es nur schon im Vorfeld, weil diese Frage oftmals kommt.« Vergnügt reichte sie ihnen die Eintrittskarten. »Dort entlang, und sollten Sie Fragen haben, es gibt überall Mitarbeiter, die Ihnen gerne weiterhelfen.«

Die Ausstellungsebenen waren überwältigend. Sie wussten gar nicht, wo sie zuerst hinschauen sollten. Überall funkelten Bernstein und Edelmetall. Hier war für jeden Geschmack etwas dabei. Als sie nach einer gefühlten Ewigkeit des Suchens und Auswählens wieder an der frischen Luft standen, hielt jede von ihnen ein kleines Tütchen in der Hand, sogar Veronika, die noch tags zuvor gemeint hatte, Bernstein wäre ein Schmuck für betagte Jahrgänge.

»Ich bin überwältigt«, gestand sie den anderen, »so viele Exponate in immer wieder anderen Formen und Farben, und jedes Schmuckstück ist ein Unikat.«

Marie grinste. »Du hast ja schon im Museum gewusst, was du haben willst.«

»Aber nie damit gerechnet, ein solch tolles Teil auch zu bekommen.« Sie lächelte selig vor sich hin.

»Ich fand die Bernsteine mit den Einschlüssen cool«, verkündete Rike, »besonders den mit dem Skorpion.«

»Seit wann denn das?« Verdutzt hob Susanne die

Augenbrauen. »Dir ist bewusst, dass Skorpione zu den Spinnen zählen?«

Frederike nickte. »Beim Skorpion greift zum Glück meine Spinnenphobie nicht so stark.«

»Ich find sie nicht gerade niedlich«, befand Veronika mit einem Schütteln. »Ich habe mordsmäßig große davon auf meinen Reisen gesehen, auf die ich gut und gern verzichten kann.«

»Das war ja ein relativ kleiner«, winkte Rike ab. »Zudem nur ein Ausstellungsstück.«

»Trotzdem, ich fand die mit den pflanzlichen Einschlüssen hübscher.«

Sie gingen zum Auto.

»Und jetzt wieder nach Hause?«, erkundigte sich Marie und sah auf die Uhr. Es war erst Nachmittag.

Rike dachte nach. »Wir können auch ein Stück weiterfahren. Dann biegen wir ab Richtung Barth und kehren über den Darß zurück. Was haltet ihr davon?«

»Und was heißt, ein Stück?«, wollte Marie wissen.

»Es ist nicht weit«, kam die nicht sehr präzise Antwort. »Ich hab mir den Ortsnamen nicht gemerkt, wo wir abbiegen müssen. Ich weiß aber, wo. Bin mit Henning schon zweimal die Strecke gefahren. Sie ist zu jeder Jahreszeit schön.«

»Na, denn man tau!« Marie forderte die anderen mit einer schwungvollen Handbewegung auf, ins Auto zu steigen, und nahm hinter dem Lenkrad Platz. »Rike, kommst du zu mir nach vorn, damit du mich lotsen kannst?« Vorsichtshalber gab sie im Navi Warnemünde als Zielort ein, stellte den Ton aber aus, damit die Dame sie nicht ständig nerven konnte, doch bitte zu wenden, wenn sie nun in die entgegengesetzte Richtung führen.

»Eine tolle Idee, noch ein wenig herumzufahren«,

befand Vroni. »So lerne ich noch was von Mecklenburg kennen.«

Rike schmunzelte und warf ihr einen Blick über die Schulter zu. »Jetzt sind wir in Vorpommern«, erklärte sie ihr. »Wenn ich mich an die Worte von Ruthchen recht entsinne, haben wir zwischen Ribnitz und Damgarten die Grenze überschritten.«

»Trotzdem schön!«, lachte Veronika zurück und sah aus dem Fenster.

Viele Felder waren bereits bestellt. Das Getreide stand aufgrund des warmen Wetters und der regelmäßigen Niederschläge gut. Der Futtermais wurde noch ausgesät, während der Raps die ersten Blüten angesetzt hatte, die sich gelb zu verfärben begannen. Die Blütezeit stand bevor.

Sie fuhren gemächlich die Bundesstraße entlang. Es interessierte sie nicht, dass sie oftmals überholt wurden. Sie genossen den Frühling und die aufblühende Natur. Nachdem sie den Abzweig nach Barth gefunden und die Kleinstadt am Bodden, die sich stolz Vineta-Stadt nannte, hinter sich gelassen hatten, überquerten sie eine Brücke und befanden sich auf der Halbinsel Fischland/Darß/Zingst. Kleinere Ortschaften säumten ihren Weg, viele von ihnen beliebte Ostseebäder. Die Saison hatte noch nicht richtig begonnen. Trotzdem waren die Straßen bereits gut belebt.

»Ich habe nicht geahnt, wie schön es hier ist«, sagte Vroni. Ihre Begeisterung für neue Länder und Landstriche schien keine Grenzen zu kennen. »Ich muss unbedingt noch die Ostseeküste erkunden, bevor ich wieder nach Hamburg zurückkehre.«

Im Ostseebad Prerow hielten sie das erste Mal und spazierten zur Seebrücke, um sich den Wind um die Nase wehen zu lassen. Im Anschluss suchten sie sich ein Lokal und verweilten bei Kaffee und Kuchen, bevor sie ihren Ausflug fortsetzten.

In Ahrenshoop wollte Vroni erneut aussteigen. Wenn es nach ihr gegangen wäre, hätte Marie an jedem Strandaufgang den Wagen parken müssen, damit sie sich davon überzeugen konnte, dass der Sand noch immer weiß und feinkörnig war und das Wasser klar und rein.

Doch Marie fuhr weiter bis nach Wustrow, wo sie einen erneuten Zwischenstopp einlegten, um sich den Hafen am Saaler Bodden und die Zeesenboote anzuschauen. Mit ihren rostbraunen Segeln waren sie etwas Besonderes. Vroni nutzte sofort die Gelegenheit, sich ein Fischbrötchen zwischen die Kiemen zu hauen, aber auch Rike sagte nicht Nein und verspeiste genüsslich eines mit Bismarckhering.

Dann ging es weiter Richtung Warnemünde.

Inzwischen hatte der Berufsverkehr eingesetzt, was sich in lang gezogenen Autokolonnen bemerkbar machte, die vor allem an Ampelanlagen zum Stehen kamen.

»Ab jetzt ist Geduld gefragt«, stellte Marie fest und trommelte mit den Fingern auf dem Lenkrad herum.

»Schau mal«, machte Rike sie auf einen Wegweiser aufmerksam. »Dort geht's nach Graal-Müritz.«

»Und?« Verwundert sah Marie sie an.

»Das liegt in der Nähe von Rostock«, erklärte Rike. »Von dort ist es nur noch ein Katzensprung.«

Susanne gab ihr recht. »Und wir müssen nicht mal durch Rostock kutschieren. Zuvor führt ein Abzweig nach Markgrafenheide und Hohe Düne, von wo aus wir uns mit der Fähre nach Warnemünde übersetzen lassen können.«

»Ah!« Maries Augen leuchteten verstehend auf. Sie setzte den Blinker. »Hohe Düne ist mir bekannt. Da haben wir im vergangenen Jahr im Hotel gewohnt.«

»Leider ist es noch zu früh«, setzte Rike hinzu, »sonst könnten wir in Graal-Müritz auch noch dem Rhododendronpark einen Besuch abstatten. Eine Pracht, wenn dort alles blüht. Ich war schon mehrfach mit meinen Eltern und Großeltern da.«

»Ich habe davon gehört«, bestätigte Susanne ihre Worte. »Tante Jutta, also Sven Oles Tante, hat davon geschwärmt. Das sollten wir zu gegebener Zeit unbedingt in Angriff nehmen.«

Die Strecke erwies sich zwar nicht als gänzlich unbefahren. Sie kamen aber gut voran, sodass sie zum frühen Abend Warnemünde erreichten.

»Was für ein schöner Tag!«, stellte Vroni begeistert fest. »Danke, dass ihr mich mitgenommen habt.« Sie stieg mit Rike aus dem Auto.

»Macht's gut!«, rief Rike ihrer Freundin und ihrer Schwägerin zu, »und grüßt eure Männer von mir.«

»Von mir ebenfalls!«, fügte Vroni hinzu und hob lächelnd die Hand.

»Machen wir!«, versprach Susanne und winkte beiden zu.

Dann gab Marie Gas, und der Wagen fuhr an und entfernte sich.

S oll ich uns was Leckeres kochen oder genügt auch Stulle mit Brot?« Rike lachte, als sie und Vroni in die Küche traten, um etwas zu trinken. Henning war noch nicht aus der Kanzlei zurück.

»Nur keine Umstände. Brot mit Wurst oder Käse sind okay. Wir haben heute genug geschlemmt.« Während Vroni antwortete, hielt sie ihr Schmuckkästchen in der Hand und betrachtete fasziniert den Bernsteinanhänger.

»Kannst dich wohl nicht dran sattsehen?«, fragte Rike grinsend und holte Teller aus dem Küchenschrank.

»Er ist so wunderschön«, seufzte sie völlig hingerissen. »Eigentlich trage ich keinen Goldschmuck, doch zu dieser Farbenpracht hätte Silber nicht gepasst.« Verzückt lächelte sie den Bernstein an.

Sie hatte sich einen tropfenförmigen blauen Cabochon gekauft, der an einer passenden Kette hing. Der Stein selbst war zum Teil durchsichtig und erstrahlte in verschiedenen Blau- und Gelborangetönen. An jenen Stellen, an denen sich Blau und Gelborange überlagerten, war er sogar grün.

»Er ist wirklich toll«, bestätigte Rike Vronis Begeisterung. Sie hatte sich für die traditionellen Farben entschieden.

»Und hat einiges gekostet«, lachte Vroni und stöhnte gespielt auf. »Aber egal. Ich habe ihn gesehen und war sofort in ihn verliebt.«

»So soll es sein. Dann ist er genau der Richtige«, bestätigte Rike und schenkte Veronika einen prüfenden Blick.

Diese schloss schweren Herzens das Schächtelchen und legte es zur Seite, um ihr zur Hand zu gehen. »Du willst doch morgen dein Brautkleid holen«, sagte sie ganz nebenbei und konzentrierte sich auf das Verteilen des Bestecks.

»Ja!«, antwortete Rike gedehnt und wandte sich zu ihr um.

»Würde es dir was ausmachen, mich nach Rostock mitzunehmen? Ich hätte dort ein paar Besorgungen zu erledigen. Zurück fahre ich mit dem öffentlichen Nahverkehr. Wäre nett, wenn du mir sagst, wie ich wieder nach Warnemünde komme.«

Verwundert hob Rike die Brauen, doch bevor sie zum Antworten kam, läutete das Telefon.

»Na, Schatz, kommst du später?«, begrüßte sie Henning.

»Woher weißt du das? Kannst du hellsehen?«

»Nee, aber eins und eins zusammenzählen.« Sie sah zur Uhr. »Es ist sieben. Du wolltest eigentlich vor einer halben Stunde zu Hause sein.«

»Tja«, seufzte er, »das schaffe ich jetzt nicht mehr.«

»Das fürchte ich ebenfalls. Was ist los?«

»Arbeit, nichts als Arbeit, Rike. Es wird heute sicher richtig spät. Warte nicht auf mich. Hattet ihr einen schönen Tag?«

»Einen richtig schönen, aber das erzähle ich dir nicht jetzt am Telefon, Schatz. Vroni und ich wollen gerade essen. Dann arbeite fleißig weiter. Ich wärme später schon mal das Bettchen an.« Sie kicherte und legte auf. »Wo waren wir gerade?«, wandte sie sich wieder Vroni zu, die in der Zwischenzeit den Kühlschrank geplündert und Butter, Wurst, Käse und Eiersalat auf den Tisch gestellt hatte. »Ach ja, ob ich dich mit nach Rostock nehmen kann. – Kann ich, aber wolltest du nicht morgen nach Hamburg aufbrechen?«

Verlegen schüttelte Vroni den Kopf, sodass ihre Rastalocken fröhlich hin und her schwangen. »Ich werde die kommenden Tage im Hotel Neptun wohnen.«

»Im Neptun-Hotel?« Rike konnte ihr Erstaunen nicht verbergen. »Hast du mal schnell 'ne Bank ausgeraubt?«

Vroni lachte schallend, sodass ihr die Tränen in die Augen traten, und nahm die Brille ab, um sie sich wegzuwischen. »Mit Jo und Henni hätte ich natürlich gleich ein paar tolle Anwälte an der Hand ...«

»Die sich mit Strafrecht nicht befassen«, warf Rike schmunzelnd ein und nahm am Küchentisch Platz.

»Stimmt!« Vroni setzte die Brille wieder auf und rückte sie sich auf der Nase zurecht. Dann sah sie Rike an. »Finn Lasse kommt überraschend nach Warnemünde. Am Mittwoch und Donnerstag kommender Woche stellt er bei einem Event im Neptun seine Kochkünste unter Beweis.«

Verstehend hob Rike die Brauen. »Und da hat er dich eingeladen, mit ihm im Hotel zu wohnen.« Das war keine Frage, denn die Antwort hatte sie sich schon vor ein paar Tagen ausgemalt. »Er ist dein Freund, habe ich recht?« Sie legte den Kopf schräg und musterte ihren Gast.

Vroni kroch eine sanfte Röte den Hals hinauf bis in die Wangen. »Du weißt es?«

»Ich habe es mir zusammengereimt.«

»Es hat sich irgendwann mehr daraus ergeben«, erklärte Vroni und setzte sich nun ebenfalls. »Ich hänge es nicht an die große Glocke, musst du wissen, weil er noch verheiratet ist.«

Innerlich schluckte Rike, doch sie enthielt sich eines Urteils. Das musste jeder für sich entscheiden, ob er sich einen verheirateten Partner wählte oder nicht. Hauptsache, sie vergriff sich nicht an Henning.

»Vielleicht solltest du es Henning erzählen«, schlug sie Vroni vor und sah sie eindringlich an. Dann würde er endlich begreifen, dass Veronika Beese für ihn gestorben war.

»Aber er weiß doch, dass ich einen Freund habe, oder glaubst du, er hält es für einen Scherz?«

Rike zuckte nur mit den Schultern.

»Also gut«, lenkte Vroni ein. »Ich erzähle es ihm, wenn er nachher von der Arbeit kommt.«

»Wohl eher morgen. Es wird sehr spät werden, hat er gesagt.«

»Gut, dann erfährt er es eben morgen früh.«

Rike musterte sie. »Noch Lust, dir die Mole und den Leuchtturm anzusehen?«

Überrascht hob Vroni den Blick, und ihre Mundwinkel schossen in die Höhe. Zumindest war sie eine Frohnatur und nicht immer gleich eingeschnappt.

»Gern!«

Sie ließen sich das Abendbrot schmecken und räumten im Anschluss den Tisch ab und die Küche auf. Dann zogen sie sich etwas Warmes an und verließen das Haus.

Es hatte sich bewölkt, und von der See pfiff eine kräftige Brise über die Mole. Die Ostsee war aufgewühlt, und ihre Wellen brachen sich an den Steinen, aus denen die Mole aufgeschüttet worden war.

»Ich bin froh, dass ich meinen Anorak angezogen habe«, lachte Vroni und versuchte vergebens, ihre Dreadlocks zu bändigen.

»Hast du kein Haargummi dabei?«

»Eigentlich habe ich überall welche davon, sie liegen in der ganzen Wohnung verstreut, doch anscheinend heute nicht.« Vergebens suchte sie in ihren Jacken- und Hosentaschen und wurde nicht fündig.

»Dann nimm dies hier.« Rike reichte ihr eines, das sie in ihrer Handtasche gefunden hatte.

»Oh, das ist ja fein.« Dankbar nahm Vroni es entgegen und bändigte ihre Haare damit auf dem Kopf.

»Egal, wie stürmisch es auch ist, es ist schön«, erklärte derweil Frederike und stopfte ihre Hände in die Jackentaschen. Es war kühl geworden. Von Westen nahte eine Schlechtwetterfront. Hoffentlich war es morgen wieder schön, wenn sie mit Marie und Sanne nach Rostock wollte. »Was hast du denn für Besorgungen zu erledigen, oder ist das zu intim?«

Vroni winkte ab und stellte sich auf dem Molenkopf an das Geländer, an dem sie den Wind im Rücken hatte. »Ich brauche ein paar neue, schicke Sachen«, sagte sie und stützte sich mit beiden Händen auf dem Handlauf ab. »Und einen neuen Haarschnitt.«

Entsetzt sog Rike die Luft scharf ein. »Bei deinen Dreadlocks würde das Kahlschlag bedeuten, oder bekommt man die wieder auseinandergefriemelt?«

»Sicher nicht«, entgegnete Vroni. »Ich habe mich bereits mit dem Gedanken angefreundet, dass ich hinterher fast mit 'ner Glatze herumlaufen werde, aber nur fast. Ein paar Millimeter bleiben stehen.« Sie sah wie immer alles positiv und lächelte verschmitzt. Ihr schien aber trotz des Anoraks kalt zu sein.

»Na, genug durchgepustet?«, fragte Rike, der das nicht entging. Sie fror ebenfalls.

Vroni nickte. »Die Temperaturen sind ja förmlich in den Keller gefallen, fast schon ein Wintereinbruch.« Sie kicherte.

114

»Lust auf ein Glas Wein?«, fragte Rike, als sie die Mole verließen, um sich ein windgeschützteres Plätzchen zu suchen.

»Warum nicht? Ich wäre sogar für einen Glühwein zu begeistern, so kalt ist mir mit einem Mal.« Vroni rieb die Handflächen aneinander und pustete hinterher hinein, um sie wieder anzuwärmen. »Wie wäre es dort?« Ihr Kopf wies auf den Teepott.

»Können wir versuchen, wobei es drinnen nicht so schön wie auf der Terrasse ist.«

Sie suchten sich einen Platz am Fenster und genossen bei einem Glas Tee die Aussicht auf die stürmische See. Als sie sich im Anschluss noch ein Glas Wein gönnten, fielen die ersten Tropfen.

»Wir sollten austrinken und zahlen, bevor es zu schütten beginnt.« Rike wies auf die pechschwarze Wolkenwand, die Warnemünde erreicht hatte.

Als sie später wieder Zu Hause ankamen, sagte Vroni: »Ein wirklich toller Tag, Frederike! Ich danke dir dafür.«

»Finde ich ebenfalls«, stimmte Rike ihr zu. »Ach, und um halb elf geht's morgen los.«

13

*N*achdem der Wecker geklingelt hatte, blieb Henning noch ein wenig liegen und drehte sich zu Rike auf die Seite.

»Magst du nicht aufstehen?«, fragte sie. Er hatte die halbe Nacht in der Kanzlei verbracht. Als sie und Vroni gegen halb zwölf ins Bett gegangen waren, war er noch immer nicht wieder daheim.

»Nicht wirklich.« Er rutschte näher an sie heran und schlang die Arme um ihren Leib, was ihr ein wohliges Seufzen entlockte. »Habe ich dich geweckt?« Er gab ihr einen zärtlichen Kuss.

»Nicht du, der Wecker«, murmelte sie und kuschelte sich an seine Brust. »Wann bist du nach Hause gekommen?«

»Kurz nach Mitternacht.«

»Wow, dann muss ich aber schnell eingeschlafen sein«, staunte sie. »Ich bin erst kurz zuvor ins Bett gegangen. Hast du wenigstens alles geschafft?«

Er nickte seufzend. »Es gibt derzeit so viel zu tun. Es ist fast so, als ob unsere Mandanten wüssten, dass ich heiraten und anschließend flittern will.«

Sie strich ihm sanft über seine stoppelige Wange. »Mein armer Schnuckiputz!« Dann reckte sie den Hals und gab ihm einen zärtlichen Kuss.

»Hm, das gefällt mir«, schnurrte er zufrieden und zog sie noch dichter an sich heran, sodass sie seine Muskeln spüren konnte.

Von wegen, ihr Schatzi wäre zu dick! Da war nichts Wabbliges, alles nur festes Fleisch. Sie kicherte vergnügt.

»Was ist, habe ich was verpasst?«

Sie verneinte und schmiegte ihren Kopf an seinen Hals.

»Und Vroni will heute fahren?«

»Ich bin nicht böse drum. Zwar habe ich sie inzwischen recht lieb gewonnen. Trotzdem ist sie ein Keil zwischen uns.«

»Ein Keil?« Verwirrt schob Henning Rike ein Stück von sich, sodass er ihr in die Augen schauen konnte. »Redest du dir da nicht was ein?«

»Ich denke, nein.«

Er rollte sich auf den Rücken. »Was ihr Frauen euch nur immer zusammenreimt! Warum muss bei euch alles komplizierter sein als bei uns?« Er verschränkte die Hände im Genick und starrte an die Decke.

»So ist es nicht, Schatz. Wir denken nur mehr und weiter als ihr Männer. Doch lassen wir das. Heute Nachmittag verlässt sie wieder unser Leben.«

»Wieso, war sie bereits ein Teil davon?«

Rike traute ihren Ohren kaum, doch sie wollte keinen Streit vom Zaun brechen. Anscheinend konnte Henning tatsächlich nicht nachempfinden, wie sie sich fühlte, wenn er wie ein verliebter Kater um seine Ex herumschlich. Andersherum musste ihm doch allmählich auffallen, wie verletzend sie es empfand, wenn er nur Augen für Vroni hatte. So blind konnten Männer doch nicht sein!

Sie reckte den Hals und warf einen Blick auf seinen Wecker. »Ich schätze, du solltest allmählich aufstehen.« Dann rollte sie sich auf die andere Seite und drehte ihm den Rücken zu.

Sie ist mal wieder eingeschnappt, dachte Henning bekümmert und stand seufzend auf. Egal, was er in den letzten Tagen tat oder sagte, alles brachte sie auf die Palme, wenn es im Zusammenhang mit Veronika stand. Er wollte sie doch nur nicht gleich wieder verlieren. Er wollte sich aber auch nicht ständig mit Frederike streiten. Am Samstag war ihr Hochzeitstag. Er konnte aber auch nicht aus seiner Haut heraus. Was sollte er nur tun?

Leise machte er die Tür hinter sich, während Rike wieder die Augen schloss und versuchte, noch ein wenig weiterzuschlafen.

Nachdem er das Haus verlassen hatte, stand Rike auf. Sie war noch immer ein wenig verärgert und nahm sich vor, es nicht an ihrem Gast auszulassen. Vroni konnte nichts dafür, dass sich Henning wie ein Idiot benahm.

Als sie hinunter ins Erdgeschoss kam, schlurfte Veronika verschlafen aus dem Gästebad heraus.

»Moin Rike!« Sie unterdrückte ein Gähnen. »Ich kann nicht mehr schlafen, obwohl ich hundemüde bin.«

»Dann geht's dir wie mir. Ich ebenfalls nicht.«

»Zum Glück, ich dachte schon, ich habe dich geweckt.« Sie lächelte verlegen. »Mir knurrt der Magen. Wollen wir frühstücken?«

Rike bejahte. Sie hatte ebenfalls Hunger. »Dann zieh dich an. Ich bereite inzwischen das Frühstück vor.«

Um halb elf klingelte Marie an der Tür, um Rike abzuholen, und bekam große Augen, als auch Vroni hinter ihr aus der Haustür trat. »Kommt sie ebenfalls mit?«, raunte sie ihr zu.

Rike schüttelte den Kopf. »Nur bis nach Rostock. Sie will shoppen gehen.«

Sanne grinste ihr aus dem Beifahrerfenster fröhlich entgegen. »Na, schon aufgeregt?«

»Keineswegs. Da ich mein Gewicht halte, dürfte es keine Änderungen geben.« Sie zwinkerte ihrer Freundin zu und nahm hinter ihr auf der Rückbank Platz.

»Das meinte ich eher nicht«, entgegnete Susanne und drehte sich auf dem Beifahrersitz zu ihr um.

»Weiß ich doch. Es war auch mehr eine Anspielung auf dein Dauerproblem.«

»Wieso«, fragte Vroni, die sich neben Rike auf der Rückbank niederließ, »fühlt sich Sanne etwa zu dick?« Sie prustete und schenkte ihr ein amüsiertes Grinsen.

»Ständig!«, bestätigte Rike und fiel in ihr Lachen ein.

»Dazu besteht überhaupt kein Grund«, befand Veronika und schnallte sich an, während Marie den Wagen startete.

»Das denkst auch nur du«, konterte Susanne fröhlich. »Wenn ich so wie Rike wie ein Scheunendrescher essen würde, bräuchtet ihr für mich die Ladefläche eines LKW.«

Das Auto bebte vom Lachen der Mädels.

»Der war gut«, rief Marie, um das Gelächter zu übertönen.

Das Wetter war wieder schön. Der Regen hatte fast die ganze Nacht gegen die Scheiben getrommelt und erst gegen Morgen aufgehört. Nun schien wieder die Sonne und trocknete die Straßen und Gehwege, auf denen zum Teil riesige Pfützen standen.

Sanne war aufgeregt, als ginge es um ihre eigene Vermählung. Marie nahm alles gelassener. Rikes Schwägerin hatte bereits zwei Jahre zuvor ihrem Johannes das Ja-Wort gegeben und hatte die gesamte Aufregung hinter sich. Sie besaß somit als Einzige die nötige Erfahrung, wenn es ums Heiraten ging.

In der Innenstadt von Rostock stellten sie das Auto in einer Tiefgarage unweit der Haupteinkaufsstraße ab. Kaum, dass sie im Freien standen und sich von Vroni verabschieden wollten, läutete deren Smartphone.

»Hi Finn Lasse!« Sie hob die Hand und legte sie anschließend auf das Mikrofon. »Danke fürs Mitnehmen. Bis später!« Dann trollte sie sich Richtung Kaufhaus.

Grinsend sahen ihr die drei Frauen hinterher.

»Finn Lasse scheint recht anhänglich zu sein«, stellte Sanne schmunzelnd fest, und Rike überlegte, ob sie erzählen sollte, dass er Vronis Freund war, ließ es aber bleiben. Veronika hatte ihr etwas anvertraut, das sie nicht an die große Glocke hängen wollte. Auf der anderen Seite wollte sie es Henning erzählen, der es sicher an seinen Bruder weitergab und dieser an Marie.

Sie schritten auf den Hochzeitsausstatter zu, der sich nicht weit entfernt vom Parkhaus befand.

»So fröhlich, wie sie ihn eben begrüßt hat, scheinst du recht zu haben, Rike, dass er mehr gewesen ist als nur ihr Boss«, stellte Marie nachdenklich fest und kämpfte mit dem Henkel ihrer Handtasche, der ihr ständig von der Schulter rutschte.

»Was will sie eigentlich in Rostock?«, fragte Sanne, und Frederike war froh, dass damit der Einwurf ihrer Schwägerin vom Tisch war.

»Sie braucht noch neue Sachen und einen neuen Haarschnitt«, verriet sie ihr, und sowohl Marie als auch ihre Freundin sogen zischend die Luft ein.

»Einen neuen Haarschnitt?«, kam es wie im Chor aus ihren Mündern.

»Das bedeutet recht kurzes Haar, um es mal freundlich auszudrücken«, setzte ihre Schwägerin hinzu.

»Dessen ist sie sich bewusst«, entgegnete Rike, »weil es ebenfalls mein erster Gedanke war.«

»Auf jeden Fall bist du sie bald los«, stellte Marie fest, »und sie bleibt nicht bis zur Trauung, obwohl ich sie inzwischen gut leiden kann.«

Wenn du wüsstest!, dachte Rike. Zwar war Vroni nicht eingeladen, doch am Hochzeitstag würde sie noch immer in Warnemünde sein.

»Mögen hin oder her«, warf Susanne ein und blieb stehen. »Ich verstehe ehrlich gestanden nicht, warum du sie nicht vor die Tür setzt. Dass sie ein, vielleicht sogar zwei Nächte bei euch schläft, mag noch angehen. Dass sie nun aber noch immer bei euch ist, überschreitet allmählich die Grenzen der Akzeptanz.«

Verzagt hob Rike die Schultern. »Es hat sich so ergeben. Sie wollte tatsächlich nur ein, zwei Nächte bleiben, um sich auch Rostock anschauen zu können. Als sie erfuhr, dass wir heiraten, war sie ganz aus dem Häuschen und bot mir an, die Torte zu backen. Dann kam der Geburtstag unserer Männer, als Nächstes rief ...« Rike stockte. Das wollte sie für sich behalten, aber Marie wurde hellhörig.

»Was wolltest du sagen?«

»Nichts!« Rike winkte ab und wollte in das Brautmodengeschäft treten, aber ihre Schwägerin hielt sie davon ab.

»Hat es was mit dem Anruf dieses Kochs zu tun?«

»Das würde mich jetzt ebenfalls interessieren«, hakte nun auch Sanne, neugierig geworden, nach.

»Also gut!« Rike gab sich geschlagen und trat vom Eingang fort zum Schaufenster. »Finn Lasse kommt nach Warnemünde, um im Neptun-Hotel zu kochen.«

»Und was hat Vroni damit zu tun? Soll sie ihm eine Torte dekorieren?«, ließ Marie nicht locker.

»Ihm wohl eher das Bettchen wärmen«, grinste Susanne.

»Also gut, sie ist mit ihm zusammen«, ließ Frederike die Bombe platzen.

Susanne und Marie fingen zu grinsen an.

»Ich habe es mir gedacht«, murmelte Marie zufrieden und strich sich eine Haarsträhne hinter das Ohr.

»Deshalb ist sie noch bis heute geblieben, obwohl sie eigentlich bereits gestern ihre Zelte abbrechen wollte. Und dann hat sie mich gestern gefragt, ob wir sie mit nach Rostock nehmen können, damit sie sich neu einkleiden kann. Ich habe nichts dagegen gehabt, denn seit ich weiß, dass sie in festen Händen ist, sehe ich ihre Anwesenheit etwas gelassener, und auch Henning wird sie dann endlich vergessen können.«

»Weiß er es denn schon?«, fragte Sanne, und Frederike bejahte. »Und trotzdem ist er noch komplett in sie vernarrt, so wie er sich ständig für sie ins Zeug legt.« Ihr Blick flog zu Marie. »Vor allem verstehe ich nicht, wieso dein Mann Rike bittet, Vroni mit nach Hause zu nehmen? Denken Männer nicht nach, dass so etwas Komplikationen mit sich bringen wird?«

»Nein, tun sie nicht«, antwortete Marie. »Ich habe ihm deshalb Vorwürfe gemacht«, beteuerte sie, »doch er meint, es sei über vier Jahre her, und nun habe sein Bruder dich.« Bei diesen Worten schweifte ihr Blick zu Frederike. »Er hat sich eben nichts dabei gedacht.«

»Typisch Mann!«, grollte Susanne.

»Na ja«, nahm nun Rike ihren Schwager in Schutz, »ich wusste ja, dass die beiden mal zusammen waren. Ich habe nur nicht geahnt, dass die Trennung ihn tatsächlich so schwer getroffen hat.« Sie warf einen Blick auf die Uhr. »Doch nun lasst uns endlich reingehen. Ich habe einen Termin.«

Sie betraten das Brautmodengeschäft, wo sie bereits erwartet wurden.

»Schön, Sie zu sehen, Frau Müller, guten Tag!«, begrüßte die Angestellte Rike und nickte Susanne und Marie zu. »Wir dachten schon, sie haben kalte Füße bekommen, weil sie nicht eintreten wollten.« Sie lächelte, und ihr Blick streifte neugierig Marie.

»Keine Bange. Es gab noch was zu klären.« Rike stellte ihre Begleiterinnen vor. »Frau Richter kennen Sie bereits. Und das ist meine zukünftige Schwägerin.«

»Dann nehmen Sie mal Platz, und wir beide gehen in die Ankleide.«

Marie und Sanne machten es sich bequem, während Rike mit der Verkäuferin in der Garderobe verschwand, um das Kleid anzuziehen. Sie wollte auf Nummer sicher gehen, nicht dass es am Hochzeitstag zu locker war oder der Reißverschluss sich nicht schließen ließ, doch ihre Bedenken waren unbegründet. Das Kleid passte wie angegossen.

»Sie sehen wunderschön aus, Frau Müller!«, lobte die Angestellte anerkennend und zupfte ein letztes Mal an Frederike herum. Dann trat Rike aus der Garderobe heraus, gespannt, was ihre Freundin und die Schwägerin sagen würden.

Susanne war beim Auswählen des perfekten Kleides dabei gewesen. Sie hatte sie darin schon gesehen, aber Marie riss die Augen auf, und Bewunderungsrufe entrangen sich ihrem Mund.

»Du siehst fantastisch aus, Frederike, wie eine Prinzessin!«

Frederikes Mundwinkel schossen in die Höhe. Sie breitete die Arme aus und drehte sich im Kreis, damit sie das Kleid von allen Seiten bewundern konnte. Es war ein Traum aus weißem Satin. Tüll und Spitze sowie satinierte Perlen ergänzten es. Dazu trug Rike anstelle eines pompösen Schleiers einen kleinen Haarreif, der am Hinterkopf aus einem künstlichen Zopf in ihrer Haarfarbe bestand und mit den Strähnen ihres Deckhaares verflochten war, sodass er nicht verrutschen konnte. Im vorderen Bereich war der Kranz mit bunten Kunstblumen geschmückt, die aber so täuschend echt aussahen, dass man denken würde, sie beständen aus denselben Blüten wie ihr Hochzeitsstrauß. Zudem bot er die Möglichkeit, an ihm einen kleinen Schleier zu befestigen.

»Das Kleid passt, als wäre es eine Maßarbeit«, stellte Rike mit einem prüfenden Blick im Spiegel fest und fuhr sich mit den flachen Händen über Bauch und Taille. Dann stemmte sie einen Arm in die Hüfte, griff mit dem anderen in den Stoff des Rockes und wiegte sich anmutig hin und her. Der bis zu den Knöcheln reichende Stoff folgte perfekt ihrer Bewegung.

»Mit deiner Figur und deinem Aussehen würdest du dich selbst in einem Kartoffelsack prima machen«, attestierte ihr ihre Freundin.

»Ja, ja, Sanne, du natürlich nicht, du bist ja so dick.«

Sanne schnitt ihr ein Gesicht und grinste zurück. Es stimmte. Sie achtete ständig auf ihr Gewicht.

»Dann treck ik mi ma wedder um!«, sagte Rike, und anerkennend hob Marie die Augenbrauen.

»Kiek an, de Deern ut Berlin hett en betten Plattdütsch gelehrt.«

»Soll ich jetzt berlinern?«, fragte Sanne grinsend. Sie hatte sich zwar auch ein paar norddeutsche Floskeln angenommen, aber fürs Platt schnacken reichte es noch nicht.

»Nee, lass mal bleiben«, entgegnete Rike. »Viel mehr kann ich sowieso nicht. Das ist nur ein beliebter Satz, den Henning oftmals sagt, allerdings mit an-, nicht umtrecken.«

Sanne prustete amüsiert und hielt sich die Hand vor den Mund. »Ich frage jetzt mal lieber nicht, in welcher Situation er ihn benutzt.« Sie zwinkerte ihrer Freundin zu, deren Gesichtsfarbe ins Rötliche wechselte. Dann verschwanden sie und die Bedienung im Umkleideraum.

Eine halbe Stunde später standen sie wieder auf der Straße. Rike war zwar ein kleines Vermögen los, aber strahlte glückselig übers ganze Gesicht.

»Drüber nachdenken, was eine Hochzeit kostet, sollte man lieber nicht«, meinte Susanne und hakte sich bei ihr ein. »Aus diesem Grund lade ich euch jetzt zu einer Tasse Kaffee ein.«

»Gern, doch zuvor bringen wir das Brautkleid ins Auto.«

*a*ls sie aus der Tiefgarage traten, hatte sich der eben noch frühlingshaft blaue Himmel zugezogen, und die ersten Tropfen fielen.

»So ein Mist!«, maulte Sanne. »Ich wollte so gerne mit euch einen Kaffee und mit dir ein Gläschen Wein trinken«, wandte sie sich Rike zu, und dann an Marie gerichtet: »Du darfst ja leider nicht.«

»Was haltet ihr davon, wenn wir nach Warnemünde zurückfahren und dort etwas trinken gehen?«, schlug Frederike vor. »Vielleicht ist das Wetter dort besser. Anderenfalls kommt ihr mit zu mir.«

»Prima!«, rief Marie begeistert aus. »Dann kann ich auch ein Gläschen schnasseln. Ich rufe einfach Jo an, dass er mich abholen soll. Ein kleiner Spaziergang tut ihm gut.« Sie lachte von einem Ohr zum anderen.

»Gute Idee!«, befanden sowohl Sanne als auch Rike. Der Blick hinunter zur Warnow beschied einen freundlicheren Himmel als über der Stadt.

Sie machten kehrt und eilten die Stufen des Treppenhauses hinab.

»Mir knurrt der Magen«, stellte Marie fest, als sie sich auf der Stadtautobahn in den Verkehr einfädelten. Ein Blick auf die Uhr am Armaturenbrett sagte ihr, dass es inzwischen vierzehn Uhr war.

»Wir fahren in die Mühlenstraße«, schlug Rike vor. »Von dort habe ich es dann nicht mehr so weit bis nach Hause.«

126

»Sollen wir dich nicht begleiten«, fragte Sanne, »so als Security für dich und dein Hochzeitskleid?«

Die Mädels lachten.

»Es ist ja auch etwas unhandlich«, fügte Marie hinzu, »und mit dem Auto ein Katzensprung.«

»Mal sehen, wie ich mich nach dem einen Glas Wein fühle«, enthielt sich Rike diplomatisch einer konkreten Antwort.

In Warnemünde gab es wie stets kaum einen freien Parkplatz. Marie umrundete zweimal den Kirchenplatz, fand aber keine freie Lücke. Also fuhren sie die nahe liegenden Querstraßen ab, bis sie fündig wurden. Von dort waren es nur wenige Minuten bis zur Mühlenstraße mit ihren kleinen Geschäften und Restaurants.

»Wollen wir wieder ins Strandgut gehen?«, schlug Susanne vor.

»Hast du dort nicht deinen Geburtstag gefeiert?«, erinnerte sich Marie.

Rike bejahte. »Seitdem ist das fast zu unserem Stammlokal geworden«, verriet sie ihrer Schwägerin in spe. »Allein die leckeren Fischsalate und Rollmöpse! Hmm!« Sie legte den Daumen mit Zeige- und Mittelfinger zusammen an die Lippen und schloss die Augen.

Marie kicherte, während sich bei Susanne ein fader Beigeschmack einstellte, denn der Fisch wurde in der Firma ihres Exfreundes produziert, und von dem wollte sie nichts mehr wissen.

»Aber nicht nur wegen des Fischs«, fuhr Frederike fort. »Es ist ein nettes Restaurant mit freundlichen Mitarbeitern und einer kleinen, aber feinen Speisekarte.«

Sie steuerten auf das Strandgut zu und suchten sich einen freien Tisch im Außenbereich.

Der Regenschauer hatte um Warnemünde einen Bogen gemacht, wie sie vom Kellner erfuhren. Einzig zwei, drei Tropfen waren gefallen. Dann hatte sich der Spuk Richtung Rostock verzogen.

»Dann hattet ihr richtig Glück«, meinte Rike. »Wir wollten in der Stadt noch eine Tasse Kaffee trinken, doch der Schauer hat uns einen Strich durch die Rechnung gemacht.«

»Also doppeltes Glück für uns«, grinste der Kellner, ein flotter Mitzwanziger. »Was soll's denn sein?«

Sie bestellten sich aus der Karte etwas zu essen und dazu ein Glas Wein.

Nachdem die Bedienung gegangen war, sagte Rike: »Die Restaurants sind fast schon wie im Hochsommer gefüllt.« Sie wies auf die gegenüberliegende Straßenseite, wo es sich die Urlauber gut gehen ließen und das Maiwetter genossen.

»Ist kein Wunder«, fand Sanne. »Ostern ist vorbei, der 1. Mai ebenfalls. Nächste Woche steht Christi Himmelfahrt ins Haus, danach schon wieder Pfingsten. Die Pension wäre fast ausgebucht, wenn wir nicht für die kommenden Tage den Anfragen eine Absage hätten erteilen müssen, weil es da ein Brautpaar gibt, das mit seiner Verwandtschaft sämtliche Zimmer blockiert.« Sie tat beleidigt und hatte dabei alle Mühe, sich das Grinsen zu verkneifen.

»Ach wirklich?«, stieg Rike auf die Frotzelei ein. »Kennen wir diese Übeltäter?«

»Sicher nicht«, meinte Sanne und winkte ab. »Ist so 'ne Berliner Großstandgöre, die sich einen Hamburger Rechtsanwalt geangelt hat.«

Sie kicherten vergnügt.

»Ich glaub, ich sollte mal langsam meinen Göttergatten darüber in Kenntnis setzen, dass ihm noch ein Spaziergang bevorsteht«, sagte Marie und holte ihr Telefon aus der Tasche, um Johannes anzurufen.

»Er soll sich aber Zeit lassen«, mahnte Sanne. »Wir haben noch nicht mal gegessen.«

Als wäre es das Stichwort gewesen, wurde das Essen serviert.

»Na, ihr Schnapsdrosseln!«, wurden sie eine Stunde später von Johannes begrüßt. »Schönen Mädelstag gehabt? – Schon wieder!« Um seine Mundwinkel zuckte es.

»Aber sicher doch!«, rief Rike und hob ihm ihr Glas entgegen, in dem sich nur noch eine Pfütze befand, während Marie abwehrend die Hände hob.

»Das war kein Mädelstag zum Vergnügen, Schatz«, berichtigte sie Rikes Aussage und reckte Johannes das Kinn entgegen. »Wir hatten Wichtiges zu erledigen.«

»O ja, ich vergaß, ihr ward shoppen.« Er grinste von einem Ohr zum anderen und ließ sich auf dem freien Stuhl nieder.

»Waren wir nicht, lieber Beinahschwager«, stellte nun auch Rike klar. »Nur ich bin Geld losgeworden, doch das hat für uns drei gereicht.« Sie kicherte und merkte, dass sie nicht nur vor Glück trunken war. Auch der Wein wirkte bereits. Trotzdem trank sie den letzten Schluck und stellte das Glas auf den Tisch.

»Können wir dann los?«

»Wieso, hast du was Dringendes vor?«, fragte Marie, winkte aber den Kellner an den Tisch, um zu zahlen.

Als sie wenig später aufbrachen, merkte Rike, dass ihr der Wein tatsächlich in die Beine gefahren war. Auch im Kopf drehte er seine Kreise. »Ich kann auch nichts mehr ab«, stellte sie lachend fest und hakte sich bei ihrer Freundin ein.

»Konntest du das überhaupt jemals?«, kam von Sanne die Gegenfrage.

Grinsend schüttelte Rike den Kopf.

Sie bogen in die Straße ein, wo Marie das Auto abgestellt hatte, doch wo es hätte stehen sollen, befand sich eine Lücke.

»Sind wir in der verkehrten Straße?«, fragte Sanne verwirrt.

»Kann nicht sein«, überlegte Marie und drehte sich nachdenklich eine Haarsträhne um den Finger. »Ich weiß genau, dass sich gegenüber ein Kindergarten befand.« Sie wies auf das bunt gestrichene Haus, das unschwer als solcher zu erkennen war.

Nachdenklich kratzte sich Johannes an der Stirn. »Und wo genau habt ihr geparkt?«

»Na da!« Seine Frau wies auf den freien Platz am Straßenrand.

»Wurde das Auto geklaut?«, kam von Rike ein möglicher Erklärungsversuch, aber Johannes winkte ab.

»Wohl eher abgeschleppt«, meinte er. »Euch ist nicht zufällig aufgefallen, dass ihr im Halteverbot und obendrein auch noch im Zufahrtsbereich für die Feuerwehr gestanden habt?«

Entgeistert blickten die Frauen erst ihn, dann sich an, bevor sie die Straße nach Hinweisen für Johannes' Behauptungen absuchten.

»Das kann nicht sein!« Marie hatte die entsprechenden Verkehrsschilder entdeckt, die sie bei ihrer Ankunft übersehen haben musste. »Und was nun?«

»Nun müssen wir herausfinden, wo das Auto hingebracht wurde«, stellte Johannes sachlich fest. »Und eine saftige Geldstrafe wird es dafür auch noch geben, vielleicht sogar einen Punkt in Flensburg, aber der geht auf dein Konto, Schatz.«

Marie wurde etwas blass um die Nase. »Meinst du, Falschparken wird nicht nur mit Geld, sondern auch mit einem Punkt abgestraft?«

»Keine Ahnung. Ich bin zwar Anwalt, aber nicht für Verkehrsrecht. Den Bußgeldkatalog habe ich nicht im Kopf. Und da ich vorher schaue, wo ich mein Auto abstelle, verfüge ich auch nicht über einen diesbezüglichen Erfahrungsschatz.« Er zückte sein Smartphone, als sich Rikes Kehle ein gequältes Stöhnen entrang.

»Mein Brautkleid!«, stieß sie heraus. »Es liegt im Kofferraum!« Die weinselige Röte floh aus ihrem Gesicht und machte Platz für käsiges Weiß.

»Dem passiert schon nichts«, versuchte Sanne, sie zu beruhigen. »Spätestens heute Abend ist es wieder da, oder?« Fragend richtete sich ihr Blick auf Johannes, der nicht reagierte. Er war beim Telefonieren. Also nahm sie ihre Freundin in den Arm und drückte sie, während Johannes in Erfahrung brachte, wo er sein Auto abholen konnte.

*W*ie betäubt stolperte Rike nach Hause zurück. Ihr Kleid! Ihr wunderschönes Brautkleid lag im Kofferraum von Marie und Johannes' Auto, und dieses stand irgendwo auf einem Sammelhof für abgeschleppte Parksünder am anderen Ende der Stadt!

»Ist doch kein Beinbruch!«, hatte Sanne sie zu trösten versucht.

»Johannes fährt hin und holt es gleich«, Marie hinzugefügt.

Trotzdem fühlte sich Rike elend.

Warum hatten sie das Kleid auch nicht erst nach Hause gebracht, wo es sicher aufgehoben war? Stattdessen saßen sie kichernd und schmausend in einem Lokal, während das Auto an den Haken genommen und abgeschleppt worden war.

Wer hätte denn ahnen können, dass das geschieht?

Wir hätten besser aufpassen müssen, wo wir parken!

Mensch, krieg dich wieder ein. Dein Kleid wurde doch nicht gestohlen oder ist kaputt! Du bekommst es zurück.

»Stimmt!«, murmelte sie und wischte sich eine Träne von der Wange, die den Weg aus ihren Augen gefunden hatte. Es war in der Tat dämlich, sich deswegen Vorwürfe zu machen. Ändern würde es nichts, und das Kleid lag trocken und sicher im Kofferraum. Bereits am Abend wäre es wieder da.

Zu Hause angekommen, machte sich Rike erst einmal einen Kaffee und setzte sich mit dem Becher in der Hand in der Küche ans Fenster, um dem Treiben am Alten Strom zuzusehen. Sie wollte sich ablenken, um nicht ständig auf die Uhr zu schauen.

Die *Sturmschwalbe*, Opas Kutter, auf dem er bis zu seinem Ruhestand gearbeitet hatte, lag schräg gegenüber an der Pier vertäut, was sie wunderte. War Anfang Mai nicht noch die Frühjahrsheringssaison in vollem Gang?

Wahrscheinlich sind sie bereits im Morgengrauen aufgebrochen und zum frühen Nachmittag mit prall gefülltem Laderaum zurückgekehrt, vermutete sie und pustete, bevor sie den ersten Schluck Kaffee trank. Er sollte ihre Lebensgeister wieder auf Trab bringen. Vom Wein lagen sie leicht umnebelt brach.

Die Möwen zeigten reges Interesse an dem Fischkutter, was ihre Vermutung bestätigte. Auf der *Sturmschwalbe* gab es noch was zu holen. Und dann bemerkte sie ein vertrautes Gesicht, das mit einem ihr unbekannten Mann aus dem Ruderstand trat.

»Hallo Opa Willi, was machst du denn da?« Opas Anblick zauberte ihr ein Lächeln auf die Lippen.

Die beiden Männer schienen bester Laune zu sein. Ihr Großvater trug eine abgewetzte Jeans und hatte sich dazu einen seiner alten Strickpullis übergezogen, passend, um auf einem nach Hering riechenden und mit Fischschuppen verklebten Kutter herumzuspazieren. Sein Bekannter trug Wathosen und Gummistiefel, dazu einen dunkelblauen, dicken Rollkragenpullover und auf dem Kopf eine Schiffermütze. Er hatte sich die Ärmel des Pullovers bis zu den Ellenbogen hochgeschoben. Selbst am Wasser waren die Temperaturen auf zwanzig Grad geklettert. Während er mit Opa sprach, pulte er sich die Fischschuppen von den Unterarmen.

Rike kniff die Augen zusammen, um ihn sich genauer anzuschauen. Er hatte ein wettergegerbtes Gesicht, trug einen Vollbart und war Mitte vierzig. Ihm fehlte nur noch die qualmende Piepe im Mund. Dann wäre das Klischee des Seebären perfekt gewesen, doch er war ihr nicht bekannt.

Ein weiterer Mann tauchte mit Schrubber und Eimer bewaffnet hinter dem Deckshaus auf und gesellte sich zu Opa Willi und seinem Kollegen.

Das war Fiete. Ihn kannte sie von Kindesbeinen an. Eigentlich hieß er Friedrich Wolfgang, Rufname Wolfgang, doch sein erster Vorname hatte ihm das Fiete eingebracht.

Die Männer lachten und genossen die Wärme der Maisonne im Gesicht. Kurz überlegte Rike, ob sie sich anziehen und zu ihnen gesellen sollte. Als Kind hatte Opa sie oftmals mit auf die *Sturmschwalbe* genommen. Im Anschluss hatte Oma Trudchen sie in die Wanne gesteckt und von Kopf bis Fuß abgeschrubbt, um sie wieder wohlriechend zu bekommen. Das war inzwischen fünfzehn, zwanzig Jahre her, aber Rike erinnerte sich noch immer gerne daran.

Das Läuten an der Haustür holte sie aus ihren Erinnerungen. Sie stellte den Kaffeebecher auf den Tisch und eilte zur Tür. Konnte es sein, dass Johannes ihr schon ihr Brautkleid brachte?

Wohl eher nicht, sagte ihr die Vernunft. So schnell konnte er unmöglich bis ans andere Ende von Rostock gefahren und wieder zurückgekommen sein.

Es war Vroni, die bepackt, als wolle sie erneut auswandern, vor ihrer Eingangstür stand.

»Da bin ich wieder!«, wurde sie von ihr fröhlich begrüßt. Sie zwängte sich mit den Taschen und Tüten in den Flur, blieb wieder einmal im Türrahmen hängen und stolperte auf Rike zu, die geistesgegenwärtig ihren Sturz abfing.

»Ich schätze, wir sollten den Türrahmen verbreitern, solange du bei uns wohnst«, konnte sich Rike nicht verkneifen und grinste amüsiert.

»Muss nicht sein«, entgegnete Vroni lachend und zwängte sich an ihr vorbei Richtung Küche. In der Tür blieb sie abrupt stehen, überlegte es sich, ging weiter und stellte ihr Gepäck auf dem Küchentisch ab und riss dabei fast auch noch Rikes Kaffeebecher um.

»Pass doch ein bisschen auf!«, murrte Rike, die aufgrund des Missgeschicks mit ihrem Brautkleid noch recht dünnhäutig war.

»Entschuldige, was ist denn los?« Vroni musterte sie skeptisch. »Ist was mit deinem Kleid schiefgelaufen? Passt es nicht?«

»Nee, passen tut's wie angegossen.« Rike nahm Vronis Einkäufe vom Tisch und stellte sie auf den Boden. Dann kochte sie ihr einen Kaffee und erzählte ihr von dem Missgeschick beim Parken.

»Das ist ja ein Mist!«, befand Vroni anteilnehmend, winkte im selben Moment aber ab. »Na egal. Im Kofferraum kommt es ja nicht weg. Johannes wird es dir heute noch bringen. Dann ist wieder alles im grünen Bereich.« Sie lächelte zuversichtlich und beugte sich Rike zu. »Ich hätte da noch eine ganz große Bitte.« Beschämt wich sie Rikes Blick aus.

»Was ist geschehen? Musst du noch eine Nacht bei uns bleiben?«

Zögerlich nickte Vroni. »Finn Lasse rief an, das habt ihr ja mitbekommen. Da er wegen mir das Zimmer umgebucht hat und die Doppelsuite erst ab morgen Nachmittag frei ist, was ich gestern wirklich nicht gewusst habe ...« Sie hob den Kopf und sah Rike treuherzig an.

»Na, er hat deshalb seine Passage auf der Fähre umgebucht und erreicht erst morgen Mittag den Rostocker Überseehafen. Aber dann seid ihr mich wirklich los. Das verspreche ich.«

Rike konnte sich ein Lächeln nicht verkneifen. »Weißt du, Vroni, seit ich weiß, dass du in festen Händen bist, sehe ich das nicht mehr so eng. Zudem wolltest du ja noch mit Henning reden, damit er endlich begreift, dass du vergeben bist. Oder hast du das heute Morgen schon getan?«

Veronika schüttelte den Kopf. »Heißt das, ich darf bleiben?«

»Aber sicher doch!«

»Du bist mit diesem, diesem Küchenzwerg zusammen?« Henning suchte nach Worten und gebrauchte dabei welche, die nicht gerade schmeichelhaft mit der Person von Finn Lasse Johannsen umsprangen.

»Sag mal, geht's noch?«, giftete Vroni zurück und bewies eine gänzlich andere Seite ihres ansonsten so fröhlichen Gemüts.

Mit vor Erstaunen aufgerissenen Augen sog Rike die Luft scharf ein und hielt sie an.

»Wie redest du über einen sternedekorierten Koch und Gastronomen, den du vor ein paar Tagen nicht einmal namentlich kanntest?«, fauchte Vroni und fuhr ihre Krallen aus.

Ihr rigoroses Auftreten verfehlte auch bei Henning nicht seine Wirkung. Perplex starrte er sie an, dann fasste er sich und erwiderte: »Der Knabe ist siebenundvierzig, Vroni ...«

»Na und, was geht dich das an?«

»... und wenn die Damen auf den Fotos im Internet nicht alle um die ein Meter neunzig sind, muss er ein Hämpfling sein.«

»Das ist ja wohl ...!« Vroni schnappte nach Luft, aber auch Rike bedachte ihren Zukünftigen mit einem erbosten Blick und stieß die angehaltene Luft wieder aus.

»Henning, mäßige dich!«, fuhr sie ihn an. »Ich erkenne dich kaum wieder! Was ist denn in dich gefahren?«

Er ignorierte sie. »Warum hast du nicht schon früher erzählt, dass du mit diesem Kerl zusammen bist?«

»Weil es niemanden etwas angeht, bevor er nicht geschieden ist, dich ebenfalls nicht.«

»Ach ja«, höhnte Henning, »verheiratet ist der Knabe ja auch noch. Das vergaß ich, zu erwähnen. Stand ebenfalls im Internet.« Er stemmte die Hände in die Seiten. »Seit wann leidest du unter einem Vaterkomplex?«

»Henning!« Rike baute sich vor ihm auf und packte ihn an den Armen. »Was ist los? Vroni ist nicht mehr deine Freundin. Sie kann tun und lassen, was sie will, ob es dir passt oder nicht! Und es geht dich nichts an, mit wem sie zusammen ist.«

»Danke, Rike!«, sagte Vroni hinter ihr. »Ich geh ins Gästezimmer. Das muss ich mir nicht antun.« Aufgebracht rauschte sie von dannen, und ihre Schritte verhallten auf der Treppe, die ins Obergeschoss führte.

»Sag mal, spinnst du?«, stellte Rike Henning zur Rede, nachdem Vroni die Stube verlassen hatte. »Was regst du dich darüber auf? Du hast kein Recht, dich in ihr Leben einzumischen? Oder stehst du so sehr in ihrem Bann, dass du dich für sie verantwortlich fühlst?«

»Kein Kommentar!« Er befreite sich aus ihrem Griff und musterte sie beleidigt. »Dass du überhaupt auf einen solchen Einfall kommst.« Er schnaufte verärgert. »Ich bin müde und geh ins Bett.« Dann ließ er sie stehen und stapfte hinaus auf den Flur, um ebenfalls ins Obergeschoss zu gehen.

Hauptsache, er verläuft sich nicht zu ihr ins Zimmer, dachte Rike und schlich ihm auf Zehenspitzen hinterher, um die Treppe emporzuspähen, doch Henning verschwand im richtigen Zimmer.

So ein Spinner!, grollte sie verärgert und ging zurück in die Wohnstube. Dort gönnte sie ihrem Hochzeitskleid, das in der Schutzhülle über der Sofalehne ruhte, einen traurigen Blick. Inzwischen mochte sie Vroni wirklich, doch dank Hennings saudummen Verhalten konnte sie der Stolperstein auf ihrem Weg zum Traualtar sein. Zum Glück zog sie morgen aus.

Enttäuscht nahm sie ihr Smartphone und rief ihre Freundin an.

»Na, Süße, ist dein Kleid wohlbehalten wieder zu dir zurückgekehrt?«, wurde sie von Susanne begrüßt.

»Ja, Sanne, diese Last ist mir von den Schultern genommen, aber apropos Schulter. Henning werde ich die nächste Zeit mal die kalte zeigen.«

»Was ist denn passiert? Bei euch hängt doch nicht etwa so kurz vor der Trauung der Haussegen schief? So ganz gerade schien er eh schon die letzten Tage nicht zu sein.«

»Wie recht du doch hast, doch keine Sorge«, beruhigte Rike sie. »Deshalb trennen wir uns nicht gleich. Er will aber weder sich selbst noch mir eingestehen, dass Vroni einen Platz in seinem Herzen hat, und spielt sich auf wie ihr Vater oder Freund.«

»Ach, Süße, was ist denn nun vorgefallen.«

Ausführlich schüttete Rike ihrer Freundin das Herz über all das aus, was sie berührte. Sie erzählte ihr, dass

Henning zwar immer wieder betonen würde, wie sehr er sie liebt, dann aber mit Vroni turtelte, wenn er annahm, dass sie es nicht mitbekam, und es wohl gern sähe, wenn sie zu ihrer Hochzeit käme.

»Typisch Mann!«, urteilte Sanne. »Wir werden die Kerle wohl nie verstehen, so wie sie uns nie verstehen werden und uns unschuldig wie kleine Kinder ansehen, wenn wir über ihr Verhalten nur mit dem Kopf schütteln. Aber geh nicht so streng mit ihm ins Gericht, Süße. Immerhin ist er dir nur mit den Augen untreu geworden, anders als Matthias, der mit seiner Buchhalterin gleich im Bett gelandet ist und sie geschwängert hat. Ist das Kind eigentlich schon da«, schweifte sie vom Thema ab, »oder ist es dafür noch zu früh?«

»Nicht, dass es mich interessieren würde«, antwortete Frederike, »doch durch Onkel Paul und Tante Hilde bekomme ich einiges über das Liebesleben ihres Enkels mit. Bisher ist das Baby noch nicht da, doch es müsste bald soweit sein. Wie Hilde neulich erwähnte, wollen sie sich nach der Niederkunft das Ja-Wort geben.«

Sanne seufzte. »Das freut mich für ihn. Dann war sie wohl die Richtige, nicht ich, und es war das Beste, dass wir uns getrennt haben.«

»Schön, dass du das so entspannt siehst.«

»Tja, aus heutiger Sicht schon, aber damals war ich verletzt, auch wenn man es mir nicht angemerkt hat. Ich schätze, es war eine halbherzige Sache, eine Fernbeziehung zu einer festen zu machen, indem man einfach im Leben des anderen aufkreuzt: Hallo, ich bin jetzt da!«

»Nun ja, es hätte an der Tatsache, dass er dich betrogen hat, auch nichts geändert, wenn ihr deinen Umzug zu ihm nach Warnemünde abgesprochen hättet«, gab Rike zu bedenken.

»Stimmt, doch es wäre vielleicht gar nicht so weit gekommen. Vielleicht hätte Matthi dann den Hintern in der Hose gehabt und mir gesagt, dass er sich inzwischen mit seiner Buchhalterin vergnügt.«

»Damit hast du natürlich recht«, überlegte Rike. »Dann hättest du wahrscheinlich aber auch nicht Sven Ole wiedergetroffen und wärst nach Warnemünde gezogen, um bei ihm zu arbeiten.«

»Tja, Süße. Hätt der Hund nicht geschissen, hätt er den Hasen gekriegt, wie meine Mutter in solchen Fällen zu sagen pflegt.« Sie kicherte vergnügt. »Und nun vergiss deinen Frust und schlaf dich aus, damit wir morgen Abend deinen Junggesellinnenabschied gebührend feiern können. Ich hole dich mit Marie um neunzehn Uhr ab.«

»Ja, Sanne, bis morgen! Ich freu mich schon drauf!«

Rike legte das Handy auf den Tisch und holte sich ein Glas Wasser, mit dem sie es sich auf der Couch bequem machte. Es war noch nicht einmal einundzwanzig Uhr. Als sie eine Stunde später das Schlafzimmer betrat, rollte sich Henning gerade auf die andere Seite und drehte ihr den Rücken zu.

Soll er nur, dachte sie. Ab morgen zeige ich ihm auch mal die kalte Schulter.

*a*ls Rike die Augen aufschlug und sich streckte, war das Bett neben ihr leer. Was war geschehen? Konnte Henning nicht mehr schlafen oder war er auf dem Klo? In die Kanzlei musste er nicht. Ab heute hatte er frei, um sich auf seinen Törn in den Hafen der Ehe vorzubereiten.

Noch immer grollte sie ihm, wie er sich Vroni gegenüber benommen hatte. Was bildete er sich ein, sie bevormunden zu wollen? Sie konnte eine Beziehung aufbauen mit wem auch immer. Das ging Henning nichts an. Sie waren getrennte Leute. Nur weil sie ihn damals ohne ein Wort hatte sitzen lassen – innerlich musste Rike grinsen, dass dies auch mal einem Mann widerfuhr –, bedeutete nicht, dass sie noch irgendetwas verband. Für Vroni schien das außer Frage zu stehen. Sie benahm sich ihm gegenüber wie eine Frau, die einen alten Kumpel wiedergetroffen hat. Nur Henning taxierte sie, als wäre er noch bis über beide Ohren in sie verliebt. Und das war der Punkt, der Rike störte. Sie fürchtete nicht, dass er wegen seiner Ex die Hochzeit platzen ließe, aber für Rike war jeder verliebte Blick, den er Veronika schenkte, ein Stich ins Herz.

Dem werde ich es zeigen, nahm sie sich vor. Zur Abwechslung wollte sie ihm sein Verhalten mit gleicher Münze zurückzahlen. Auch bei ihm sollten mal die Alarmglocken schrillen. Mal sehen, wie er sich dann fühlte. Er war zwar kein übertrieben eifersüchtiger Mann, aber er sah es auch nicht gern, wenn sie mit anderen Kerlen zu heftig flirtete.

Leise Geräusche drangen von der anderen Seite der Tür an ihr Ohr. Jemand stieg die Treppe hinauf und blieb vor ihrer Zimmertür stehen. Dann ging diese leise auf, und dieser Jemand lugte in den Raum hinein.

Rike stellte sich schlafend und blinzelte nur durch ihre Wimpern.

»Guten Morgen, Mausezahn! Bist du schon wach?«

Sie gab keinen Mucks von sich und atmete gleichmäßig weiter.

Auf Zehenspitzen näherte sich Henning dem Bett und beugte sich zu ihr hinab. »Schatz, das Frühstück ist fertig.«

Das konnte sie riechen.

Zusammen mit Henning drang der angenehme Duft frisch gefilterten Kaffees und aufgebackener Brötchen in ihre Nase, sodass ihr das Wasser im Mund zusammenlief, doch sie musste hart bleiben. Er sollte ruhig noch ein wenig schmoren.

Da sie sich nicht rührte, richtete er sich auf und schien zu überlegen, ob er sie wachrütteln oder weiterschlafen lassen sollte, und schlich schließlich aus dem Raum.

Kaum dass sich die Tür hinter ihm geschlossen hatte, rollte sich Rike auf den Rücken und starrte an die Decke. Der Duft des Kaffees und der Brötchen hing in der Luft und kitzelte sie in der Nase. Sogar ihr Magen begann zu knurren. Also stand sie auf, zog sich einen Kimono über und ging ins Badezimmer, um sich die Zähne zu putzen. Dabei lauschte sie auf die Geräusche im Obergeschoss, doch von Vroni war nichts zu hören. Oder saß sie womöglich schon mit Henning in der Küche?

In Anbetracht der Tatsache, sich womöglich ihrem Gast gegenüber zu sehen, entschloss sie sich, sich ihres Nachthemdes zu entledigen und sich ordentlich anzuziehen. Dann stieg sie hinunter ins Erdgeschoss.

Als sie die Küche betrat, saß Henning mutterseelenallein am Tisch und starrte hinaus auf den Strom.

»Guten Morgen!«, begrüßte er sie und sprang von seinem Stuhl auf. »Möchtest du Kaffee und ein Brötchen mit Marmelade?« Er wollte sie in den Arm nehmen, doch sie wich aus.

»Den Kaffee schon, doch das Brötchen schmiere ich mir allein.« Sie schlüpfte an ihm vorbei und setzte sich. Dabei bemerkte sie den Rosenstrauß, der gestern noch nicht da gewesen war.

»Ich war beim Bäcker und habe dir von unterwegs ein paar Rosen mitgebracht«, sagte er auf ihren Blick hin, »rote Rosen, wie du sie liebst.« Er raspelte Süßholz und musste aufpassen, dass er davon keine Karies bekam. Ihm schien bewusst zu sein, dass er sich gehörig danebenbenommen hatte. »Es tut mir leid, Mausi, was gestern vorgefallen ist.« Er reichte ihr die gefüllte Tasse und im Anschluss den Korb mit den Brötchen, und sie nahm ihm beides aus der Hand.

»Und damit sind die Wellen für dich geglättet?«

»Ich werde mich auch bei Vroni entschuldigen«, gelobte er und nahm wieder Platz. »Ich habe kein Recht, über ihr Leben zu urteilen oder über die Partner, mit denen sie zusammenleben will.«

»Und weiter?«, fragte Rike und griff nach dem Marmeladenglas.

»Was, und weiter?«, fragte er zurück und schenkte ihr einen Blick, als wüsste er wahrlich nicht, was sie meinte.

»Bist du noch in sie verliebt?«

»Was ich?« Er räusperte sich und wich ihrem Blick aus, indem er nach der Thermokanne griff und sich Kaffee nachschenkte.

»Ja, du! Wer denn sonst!« Rike ließ ihn nicht aus den Augen und biss von ihrem Brötchen ab.

»Nein, ich bin nicht mehr in sie verliebt. Ich liebe nur dich.«

Na toll, dachte sie. Das klang genau nach der Antwort, von der er ausging, dass sie sie erwartete!

Sie trank einen Schluck Kaffee und würdigte ihn keines weiteren Blickes.

Warum konnte er nicht ehrlich zu ihr sein? Sie würde sogar Verständnis aufbringen, wenn er sagen würde: Schatz, ich empfinde noch etwas für sie, doch unsere Liebe ist stärker. Stattdessen versuchte er, sie für dumm zu verkaufen. Das tat mehr weh als die Wahrheit.

Auf der Treppe wurden Schritte laut. Kurz darauf betrat Vroni gähnend die Küche.

»Moin!«, grüßte sie und ließ sich Rike gegenüber mit untergeschlagenem Bein am Tisch nieder.

»Na, ausgeschlafen?«, fragte Henning, obwohl sich diese Frage nach einem Blick in Vronis Gesicht erübrigte.

»Seh ich so aus?«, fragte sie zurück und gähnte erneut. »Ich habe die halbe Nacht nicht geschlafen, aber egal, ich liege heute Abend eh sicher früh im Bett.«

Oha, dachte Rike schadenfroh und registrierte Hennings verdatterte Miene. Das war mehr als zweideutig gewesen und hatte sein Ziel erreicht.

»Etwa wegen gestern Abend?«, fragte er verstört und zog den Kopf ein. »Es tut mir leid, was ich zu dir gesagt habe und über deinen Koch.« Er stand auf und trat an die Spüle, wo ein weiterer in Papier eingewickelter Blumenstrauß stand, den er nahm und ihr reichte. »Entschuldige, Vroni, es war nicht so gemeint. Sind wir wieder Freunde?« Er bedachte sie mit einem Blick, der Rikes Blutdruck steigen ließ.

Na klasse!, durchfuhr es sie. Er verschenkt Blumensträuße gespickt mit bettelnden Blicken und glaubt, damit sei alles wieder im Lot. Ob das ebenfalls rote Rosen sind, oder stand Vroni auf eine andere Farbe?

Sie war enttäuscht.

Auf der einen Seite kratzte er sich bei ihr ein und bat um Schönwetter. Dann machte er eine Kehrtwendung und riss alles mit dem Hintern wieder ein.

»Für mich?« Überrascht sah Vroni zu ihm auf, bevor ihr Blick schuldbewusst zu Rike flog.

»Nimm ihn ruhig. Henning scheint heute der Rosenkavalier zu sein. Ich habe auch einen bekommen.« Sie wies auf die roten Rosen in der Vase auf dem Tisch. »In seiner Welt scheint es nichts zu geben, das man nicht mit einem Blumenstrauß aus selbiger schaffen kann. Welche Farbe haben denn deine?«

Eine Antwort erhielt sie darauf nicht.

Enttäuscht ließ Henning die Schultern sinken. »Ich mache wohl derzeit alles falsch.« Er setzte sich wieder und nippte an seinem Kaffee.

»Danke!«, murmelte Vroni und legte die Blumen hinter sich auf die Küchenzeile. Die Situation war ihr sichtlich unangenehm.

Schweigend aß Rike weiter. Vroni machte sich eine Schale mit Müsli und stocherte appetitlos darin herum. Henning sah kurz darauf ein, dass er fehl am Platz war, stand auf und verließ die Küche.

»Na endlich!, murmelte Rike und wandte ihre Aufmerksamkeit Vroni zu. »Und dein Freund will im Neptun kochen?«, fragte sie, kaum dass er gegangen war.

Wortlos nickte Vroni und starrte in ihr Müsli.

Rike entging nicht, dass die Atmosphäre angespannt war. »Es tut mir leid, was eben vorgefallen ist. Es ging nicht gegen dich, sondern Henning muss sich diesen Schuh anziehen. Und nun lass es uns vergessen und über was anderes reden. Wie sagt Marie immer so schön? Apropos Holz! Was macht der Kopf?« Sie kicherte, und auch auf Vronis Gesicht zeigte sich der Anflug eines Lächelns.

»Dem Kopf geht's gut, und ja, das Management hat bei ihm angefragt, ob er nicht an zwei Abenden ihre Gäste verwöhnen kann.«

»Das scheint er regelmäßig zu machen«, versuchte Rike, die Unterhaltung in Gang zu bringen.

Erstaunt hob Vroni den Blick. »Wie kommst du darauf, aber ja, es stimmt.«

»Sanne hat ihn mal in London für eine Gala kochen sehen, besser, sie hat sein Essen serviert.« Sie zwinkerte Vroni zu.

»In Dänemark ist er ein gefeierter TV-Koch, inzwischen wohl in ganz Skandinavien und sogar Holland. In seinen Restaurants veranstaltet er gelegentlich ein Showkochen. Allein seine Anwesenheit lässt die Gästebuchungen explodieren. Nur in Deutschland ist er noch nicht so bekannt.«

»Hat er viele Restaurants?«

»Zwei sind in Kopenhagen, eines in Stockholm. In Indien hat er jenes kleine Ressort, und dann gibt es noch Gourmettempel in Holland und dem Vereinigten Königreich. Nur bis nach Amerika hat er es noch nicht geschafft und auch nicht nach Deutschland.« Sie beugte sich über den Tisch nach der Thermokanne. »Möchtest du auch noch eine Tasse?«

»Warum nicht. Ich muss ja heute nicht los.« Rike reichte Vroni ihre Kaffeetasse, die diese füllte. »Hat er denn Ambitionen, sich in Deutschland eine weitere Existenz aufzubauen?«

»Desinteressiert scheint er daran nicht unbedingt zu sein, aber er hat noch nichts ins Auge gefasst«, erwiderte Vroni und löffelte nun heißhungrig ihr Müsli. Zwischen zwei Löffeln sagte sie: »Finn Lasse dachte, ich wäre schon wieder in Hamburg. Wir hatten das letzte Mal vor einer Woche telefoniert. Als er erfuhr, dass ich in Warnemünde bin, war er hocherfreut und konnte sein Glück kaum fassen. Ich ebenfalls nicht«, setzte sie lachend hinzu, und ihr Blick verklärte sich, während ihre Wangen zu einem hellen Rosa wechselten. »Ich freu mich so auf die paar Tage mit ihm. Das Hotelzimmer war bereits reserviert. Nun hat er es auf eine Doppelsuite upgegradet, die wir heute ab vierzehn Uhr beziehen können.«

Rike schmunzelte. Dass Vroni glücklich war, konnte niemand übersehen. »Und ihr habt euch während der Arbeit in Indien kennengelernt? Das ist ja fast der Aufstieg vom Tellerwäscher zum Millionär.« Sie kicherte, und Vroni fiel mit ein, wurde dann aber wieder ernst.

»Genau das ist der Punkt, warum ich mein Verhältnis zu ihm nicht an die große Glocke hänge, und natürlich der Umstand, dass er derzeit noch verheiratet ist. Ich möchte nicht, dass es heißt, ich hätte meinen *Aufstieg* ...«, sie hob die Hände in die Höhe und malte mit Zeige- und Mittelfingern Gänsefüßchen in die Luft, »... nur dem Umstand zu verdanken habe, dass ich mit ihm zusammen bin.«

Nun hob Rike die Hände, allerdings zur entschuldigenden Geste. »Ich wollte dir weder was unterstellen noch dir zu nahe treten. Das war vielmehr ein Scherz.«

»Keine Bange, so habe ich es auch verstanden«, versicherte Vroni ihr. »Als ich in Indien vorsprach, hatte

147

ich keine Ahnung, wem die Hotelanlage gehört. Ich hatte auch noch nie von Finn Lasse Johannsen gehört. Ich brauchte einfach nur einen Job, egal ob als Kartoffelschäler oder Zimmermädchen. Ich hätte jede Arbeit übernommen, selbst den Pool gereinigt, doch ich landete in der Küche, wo er das Zepter schwang. Anfangs war er der gestrenge Küchenchef, der mich mehr als einmal Maß genommen hat, bis er mitbekam, dass ich was vom Backen und von Tortendekoration verstehe.«

»Und wo hast du das gelernt?«

»Wie ich schon sagte, Rike, Naturtalent, zumindest, was das Dekorieren betrifft. Das Backen habe ich in Wellington gelernt. Ich war dort eine Zeit lang als Aushilfe in einer kleinen Bäckerei angestellt, wo ich mir viel abgeschaut habe. Dann fing ich in Melbourne in einer Hotelküche an und bin dort den Konditoren zur Hand gegangen. Das meiste habe ich aber in Signapur gelernt, wo ich zum Schluss sogar selbst Torten backen und dekorieren durfte.« Sie putzte ihre Müslischale leer und schob sie zur Seite.

»Hut ab«, gab Rike ehrlich zu. »Dann scheinst du in der Tat ein Naturtalent zu sein. Ich hab es in puncto Backen nicht sehr weit gebracht.«

Sie kicherte. »Das scheint das Los von Henni zu sein, dass seine Freundinnen nicht backen können. Als wir damals zusammen waren, habe ich auch stets jeden Kuchen angebrannt. Und war er nicht schwarz, dann von innen noch fast roh.« Sie griff nach ihrem Kaffee und schloss die Hände um den Becher, als wollte sie sich an der Keramik wärmen. »Na jedenfalls sind Finn Lasse und ich uns mit der Zeit nähergekommen, bis der Blitz so richtig eingeschlagen hat, und das nicht nur im übertragenen Sinne.« Sie kicherte und trank einen Schluck.

»Erzähl schon«, bat Frederike, »du hast mich neugierig gemacht.«

»Es war während der Zeit des letzten Monsuns. Finn Lasse und ich waren in die nächste Stadt zum Markt gefahren, um Gewürze zu kaufen, und wurden auf dem Rückweg von einem plötzlichen Unwetter überrascht. In einer Scheune auf einem Bauernhof fanden wir Unterschlupf. Anfangs beobachteten wir das beeindruckende Naturschauspiel. Blitze, so riesig, wie ich sie selten gesehen habe, teilten den Himmel. Die Regentropfen schlugen Blasen in den Pfützen. Irgendwann ließ unser Interesse an den Naturgewalten nach, dafür nahm das an dem jeweils anderen zu, und wir machten es uns im Stroh bequem, bis einen Meter neben uns ein Blitz einschlug und das Heu entzündete.«

Entsetzt keuchte Rike auf und schlug sich die Hand vor den Mund.

»Den gleißend hellen Blitz, dem ein grollender, ohrenbetäubender Donner folgte, werde ich mein Leben lang nicht vergessen. Und natürlich nicht den Schreck, der mir in die Glieder fuhr. Geistesgegenwärtig packte Finn Lasse meine Hand und zog mich aus der Scheune raus, die kurz darauf trotz des starken Regens lichterloh brannte. Ich stand regelrecht unter Schock, ich fror und zitterte und hätte mich nicht allein rühren können. Ich verdanke ihm mein Leben, und das hat uns letztlich zusammengeschweißt. Seitdem sind wir ein Paar.«

»Ach wie schrecklich, aber auch schön! Ich wäre vor Schreck sicher auch nicht imstande gewesen, einen klaren Gedanken zu fassen«, überlegte Rike und griff spontan über den Tisch nach Vronis Hand, um sie zu drücken. »Und du sagst, er ist noch verheiratet?«

»Zurzeit noch, doch aus diesem Grund ist er nach

Kopenhagen zurückgekehrt. Er hat die Scheidung von seiner Frau eingereicht.«

»Haben sie Kinder?«

Vroni verneinte. »Er hätte gerne welche, nur seine Frau wollte keine, weil es ihrer Karriere geschadet hätte.«

»Ihrer Karriere?« Fragend hob Rike die Brauen.

»Sie ist Model«, antwortete Vroni und zuckte mit den Schultern.

»Dann drücke ich dir ganz fest die Daumen, dass er bald geschieden wird. Ziehst du dann zu ihm nach Dänemark?«

»Aber sicher doch. Was soll ich noch hier? Weder Henning noch Johannes sind mehr frei?« Sie zwinkerte Rike verschmitzt grinsend zu.

Befreit lachte Rike auf.

Vroni wurde ihr immer sympathischer. Wenn sich Henning nicht so zickig anstellen würde, hätte sie nichts mehr dagegen einzuwenden, wenn Vroni mit ihrem Finn Lasse zu ihrer Hochzeit käme.

»Doch nun verrate mir bitte, wer ist dein Frisör des Vertrauens? Schicke Klamotten habe ich gestern bekommen, doch keinen Friseur gefunden, der mich auf die Schnelle annehmen wollte. Die Dreadlocks müssen aber ab. In Indien waren sie gesellschaftsfähig, doch in Mitteleuropa will ich wieder eine normale Frisur, vor allem an der Seite von Finn Lasse.«

Rike holte ihr Smartphone aus dem Wohnzimmer, wo Henning auf dem Sofa lag und die Zeitung las, und kehrte damit zurück in die Küche.

»Soll ich für dich einen Termin organisieren?«

»Gern, und am liebsten einen für gestern.«

17

*N*ach dem Anruf beim Frisör verließ Vroni eilends das Haus. Rike hatte tatsächlich für denselben Vormittag noch einen Termin für sie bekommen, weil eine Kundin kurzfristig abgesagt hatte. Henning folgte ihr auf dem Fuß. Angeblich müsste er noch einmal in die Kanzlei, wie er Rike mitteilte. Rike war es egal, obwohl sie misstrauisch wurde. Dann sagte sie sich, was soll's? Sie wollte ihm eh die kalte Schulter zeigen, und Vroni hatte kein Interesse mehr an ihm.

Um sich die Zeit zu vertreiben, putzte sie das Haus. Dabei drehte sie den Lautstärkeregler der Stereoanlage höher als sonst und tanzte und hüpfte durch die Räume, sodass sie fast das Läuten des Telefons überhörte.

»Hallo!«, begrüßte sie etwas atemlos den Anrufer am anderen Ende der Leitung.

»Huch, was ist denn passiert? Hab ich dich durchs halbe Haus gescheucht? Du bist ja völlig außer Puste.«

»So ungefähr, Ruth. Ich mache sauber und habe dabei die Musik etwas lauter gedreht. Was kann ich für dich tun?«

»Nichts. Ich wollte dich und Henning zum Mittag einladen.«

»Oh, das ist toll. Dann muss ich mich darum nicht kümmern. Ich komme alleine. Henning musste noch mal in die Kanzlei.«

»Hat er nicht ab heute frei?«, fragte Ruth verwirrt.

»Schon, doch er scheint unabkömmlich zu sein.«

»Also gut. Dann um halb eins.« Sie zögerte. »Ist euer Gast noch da?«

»Schon fast abgereist«, wich Rike aus.

»Okay, sonst hättest du sie mitbringen können. Bis dann.«

Rike ging ins Badezimmer zurück, wo sie gerade die Wanne geputzt hatte. Dabei summte sie den Song mit, der im Radio lief. Sie freute sich schon auf den Abend und den Junggesellenabschied. Ein Mittwoch war dafür nicht gerade günstig, doch es hatte sich leider nicht anders einrichten lassen, weil die Hochzeit bereits am Samstag war und Henning an den letzten Wochenenden gearbeitet hatte.

Macht nichts, dachte sie und polierte die Wanne mit einem trockenen Tuch nach. Bis auf zwei Kolleginnen und ein paar Bekannte von Hennings Seite konnten alle anderen morgen ausschlafen.

Um halb eins stand sie vor Opa Willis Haus und läutete, bevor sie den Schlüssel ins Schloss steckte und aufsperrte.

»Da bist du ja, min Deern!« Opa Willi nahm sie in den Arm und schmatzte ihr den gewohnten Kuss auf die Wange. Dann musterte er sie von Kopf bis Fuß. »Bereit für den großen Tag?«

Rike grinste. »Opa, der große Tag ist erst am Samstag. Heute findet der Abschied vom Junggesellinnenleben statt.«

»Ich freu mich ja so für dich und deinen Henning«, setzte Ruth hinzu, die aus der Küche in den Flur trat, und nahm sie ebenfalls in den Arm.

Dann gingen sie in die Küche zurück, wo Ruthchen den Tisch gedeckt hatte und eine deftige Kartoffelsuppe mit Schinkenknackern und Wiener Würstchen auf dem Herd köchelte.

»Hm, riecht das gut!« Rike lief das Wasser im Mund zusammen.

»Sett di hen, mine Lütte!« Ruth wies auf die Sitzbank, die Rike so liebte. Von dort hatte sie einen fantastischen Blick auf den Alten Strom.

»Sag mal, Opa, wer war gestern der Mann auf der *Sturmschwalbe*, mit dem du geredet hast?«

»Hast du mich gesehen?«

Frederike nickte. »Fiete habe ich natürlich erkannt, aber der bärtige Mann mit der Schippermütze war mir fremd.«

»Das ist der neue Kapitän«, erklärte Opa Willi und nahm ihr gegenüber Platz.

»Ich wusste gar nicht, dass es einen Wechsel gab.«

Opa zuckte mit den Schultern. »Hin und wieder gibt es halt Veränderungen. Sein Vorgänger hatte das Rentenalter erreicht.«

Ruthchen stellte die Terrine auf den Tisch und füllte die Teller. »Und nun Mahltied!« Sie setzte sich, und sie begannen zu essen.

»Hm, ist die wieder lecker!«, lobte Rike ein weiteres Mal und mampfte in einer Geschwindigkeit, als gäbe es einen Weltrekord im Schnellessen zu brechen.

»Iss langsam, Kindchen«, mahnte Ruth, »sonst steht dir die Suppe noch vor dem Magen. Du hast heute noch was vor.«

»Es schmeckt aber so gut, und fürs Trinken sollte man immer eine gute Grundlage haben!«

»Aber keine Suppe«, hielt ihr Opa dagegen.

»Egal!« Rike winkte ab. Ihr Teller war leer. Sie griff nach der Kelle und schaufelte sich zwei weitere aus der Terrine auf ihr Geschirr. »Ich könnt mich in deine Suppen reinlegen, Ruthchen, egal, welche es ist. Die sind alle so gut.«

»Ich esse sie lieber«, meinte Opa Willi. Er grinste verschmitzt und reichte ihr seinen Teller.

»Klookschieter!«, lachte Ruthchen und tätschelte ihm die Hand. »Es freut mich aber, wenn es euch schmeckt.« Sie wandte sich Rike zu. »Wann geht es denn heute Abend los?«

»Um sieben holen mich Sanne und Marie von Zuhause ab. Dann stürzen wir uns ins Getümmel. Unterwegs sammeln wir noch zwei Kolleginnen von mir ein, aber dann ...«

»So ein Getümmel wird es sicher nicht werden«, vermutete Opa. »Es ist mitten in der Woche und Anfang Mai, noch keine Hochsaison.«

»Zum Glück. Dann kommen wir wenigstens ohne Reservierung in alle Lokale rein.«

»Stimmt auch!« Opa lachte sie an und nahm seinen Teller aus ihren Händen entgegen. »Übertreib es nur nicht, min Deern. Denk an letztes Jahr, als du mit Lütt Matten am Strand gewesen bist.«

»Opa, bitte, erinnere mich nicht daran.« Rike spürte, wie sie rote Ohren bekam. Damals hatte sie zu tief in die Flasche geschaut, und Matthias hatte sie nach Hause gebracht. Unterwegs sollte sie ihn dann in Grund und Boden geknutscht haben, aber bis heute fehlte ihr jegliche Erinnerung daran. »Auf der anderen Seite, was sollte diesmal geschehen? Ich habe meine beiden Anstandswauwaus sowie meine Kolleginnen dabei.«

»Na, dann bist du in guten Händen.«

Nach dem Mittagessen plauderten sie noch eine Weile bei einer Tasse Kaffee, bis Rike sich verabschiedete und wieder nach Hause ging. Dass über Henning und ihr eine dunkle Wolke schwebte, erzählte sie ihnen nicht.

Im Haus war es völlig ruhig. Henning schien noch

nicht wieder aus Rostock zurück zu sein. Und auch von Vroni fehlte jede Spur. Dafür fand sie auf dem Küchentisch eine Nachricht von ihr.

Ihr Lieben,
nochmals danke, dass ich bei Euch unterkommen durfte. Ich bin nun ausgezogen und wohne für die nächsten Tage im Hotel Neptun. Den Haustürschlüssel habe ich in den Briefkasten geworfen. Für heute Abend wünsche ich Euch viel Spaß. Genießt den Junggesellenabschied in vollen Zügen! :-) Und alles Gute für Eure bevorstehende Vermählung!
Liebe Grüße
Vroni

Rike ging zur Haustür zurück. Bis auf den Schlüssel lag noch ein Brief im Kasten, der an Henning adressiert war und von der Versicherung kam. Sie platzierte ihn zu Vronis Schreiben auf dem Küchentisch. Dann kochte sie sich einen Tee, nahm sich ihren Roman und machte es sich auf dem Sofa bequem.

Gegen halb vier kam Henning heim. »Entschuldige, es gab noch so viel zu klären. Eigentlich dachte ich, ich hätte ab heute Urlaub.« Er ließ sich auf den anderen Schenkel der Couch fallen und atmete durch. »Hattest du einen schönen Tag?«

Rike tauchte hinter ihrem Buch auf und lugte über den oberen Rand. »Ich habe das Haus geputzt und war bei Opa Willi und Ruthchen zum Mittag eingeladen«, entgegnete sie einsilbig. »Für dich liegt ein Brief von der Versicherung in der Küche.« Dann verschwand sie wieder hinter ihrem Roman und ignorierte ihn.

»Hatte Ruth was Leckeres gekocht?«

»Ja.«

»Okay!« Das Wort kam gedehnt. Henning spürte, dass sie nicht zum Plaudern aufgelegt war. Also stand er auf und ließ sie für den Rest des Nachmittags in Ruhe.

»Na, Süße, bereit, dich in den Trubel zu stürzen und Abschied von der Freiheit zu nehmen?«, lachte Sanne, als sie mit Marie, Johannes und Sven Ole um kurz vor neunzehn Uhr vor der Haustür stand.

»Klar, ich bin fertig. Muss nur noch meine Jacke überziehen, dann kann's losgehen. Henning braucht noch 'nen Moment.« Sie schnappte sich ihren Blazer von der Garderobe, griff nach der Handtasche und trat aus der Tür. »Geht nur hinein!«, forderte sie Johannes und Sven Ole auf. »Er ist im Bad.«

»Wo steckt denn Vroni?« Marie reckte den Hals und spähte an Rike vorbei in den Flur, bis ihr die Männer die Sicht versperrten, die ins Haus traten. »Hat sie es etwa geschafft, zu gehen? Wie Johannes erzählte, war sie auch noch letzte Nacht bei euch.«

»Stimmt!«, entgegnete Rike, während sie überlegte, woher Johannes das wusste. Wahrscheinlich hatten er und sein Bruder gestern noch miteinander telefoniert. »Als ich heute Mittag von Opa und Ruth nach Hause kam, lag ein Zettel auf dem Tisch. Sie hat sich für alles bedankt und ist nun weg.«

»Worüber du sicher nicht böse bist, oder?«, vermutete ihre Schwägerin.

Rike hob die Schultern und ließ sie sinken. »Sie wollte eh nicht mitkommen, und inzwischen mag ich sie sogar. Vroni hat mir einiges über sich erzählt, sodass ich sie besser einschätzen kann. Nicht auf sie muss ich ein wachsames Auge werfen, sondern auf meinen zukünftigen Ehemann. Sie ist in festen Händen und hat kein Interesse mehr an Henning, zumindest nicht als Mann fürs Leben.«

Sanne grinste, während sie auf den Alten Strom zuhielten. »Und was machst du nun mit ihm?«

»Ich lass ihn noch ein wenig zappeln«, entgegnete Frederike und schmunzelte verschmitzt. »Vielleicht sollte ich ihn heute Abend eifersüchtig machen, zumindest ein klein bisschen.«

»Männer! Denk nicht drüber nach«, empfahl Marie. »Auch Johannes scharwenzelt um Vroni herum, wenn er denkt, ich bekomm es nicht mit. Sie muss damals ein scharfer Zahn gewesen sein.«

»Das ist sie sicher auch heute noch, hätte sie eine andere Frisur und würde nicht diesen abtörnenden Schlapperlook tragen, der ihre Weiblichkeit verbirgt«, stellte Sanne fest.

»Das ist ab heute garantiert vorbei«, orakelte Rike. »Sie hat sich in Rostock neu eingekleidet, und ich habe ihr für heute Vormittag noch einen Frisörtermin verschafft.«

»Für heute? Wann hast du den denn organisiert?« Verwirrt riss Sanne die Augen auf.

»Heute Vormittag«, grinste Rike. »Es hatte 'ne Kundin kurzfristig abgesagt.«

»Das nenne ich mal Glück!«, stellte ihre Freundin fest.

»Hast du sie gesehen, wie sie nun aussieht?«, wollte Marie wissen. »Garantiert fast komplett kahl.«

Frederike schüttelte den Kopf. »Ich sagte doch, es lag ein Zettel auf dem Tisch. Sie war bereits weg.«

Sie steuerte den ersten Anlaufpunkt an, und Marie und Sanne folgten ihr.

Es handelte sich um eine Gaststätte direkt am Alten Strom, wo zwei von Rikes Kolleginnen bereits auf sie warteten. Sie setzten sich zu ihnen an den Tisch und bestellten sich ein Glas Sekt, um auf einen lustigen Abend anzustoßen. Ihre fröhliche Runde rief drei Männer auf den Plan, die am Tresen saßen und aus Berlin kamen. Als sie erfuhren, dass sowohl Sanne als auch Rike ehemalige Hauptstädter waren, gesellten sie sich zu ihnen und spendierten eine weitere Runde Sekt.

»Und ihr wohnt alle in Warnemünde?«, fragte einer von ihnen, ein stämmiger Kerl mit rotblondem Schopf und Sommersprossen, und Marie schüttelte den Kopf.

»Ich nicht. Ich komme aus Hamburg.«

»Also auch ein Nordlicht«, stellte sein untersetzter Kumpel fest.

»Wir aber, wir sind aus Rostock«, fügte Rikes Kollegin hinzu, und die andere nickte zustimmend.

»Wir sollten über einen Ortswechsel nachdenken«, lachte der Dritte, ein schlaksiger Typ von gut eins fünfundneunzig mit leichtem Lispeln in der Stimme. »Im Norden scheinen die Schönheiten zuhauf aus dem Boden zu sprießen.«

»Wenn sie nicht aus Berlin importiert wurden«, gab der Untersetzte grinsend zu bedenken. »Wie kommt es, dass ihr Berlin den Rücken gekehrt und an die Küste gezogen seid?«

»Einzig der Liebe wegen«, verkündete Sanne. »Doch wenn es euch beruhigt. Mein Freund ist zumindest im Gegensatz zu deren Männern ein waschechter Preuße.«

Sie lachten.

»Ob uns das beruhigt, weiß ich nicht so genau«, überlegte der Rotschopf und wiegte den Kopf. »Es bedeutet nämlich, dass ihr alle bereits vergeben seid.«

»Ein Grund, doch auch kein Hindernis«, stellte sein hoch aufgeschossener Kumpel grinsend fest und orderte eine weitere Runde.

»Für mich bitte nicht!« Abwehrend hob Rike die Hände, doch ihr Einspruch wurde einfach weggewischt.

»Kneifen gibt es nicht!«

Seufzend stimmte Rike zu, nippte aber nur noch an ihrem Glas.

Als es schließlich Zeit wurde, das Lokal zu wechseln, zogen die Berliner Jungs enttäuscht einen Flunsch.

»*Wollt ihr wirklich schon gehen? Der Tag ist noch fern*«, rezitierte der Untersetzte etwas abgewandelt ein Zitat aus einer Tragödie und grinste. »Shakespeare.«

»Ich weiß«, lachte Rike. »*Es war die Nachtigall und nicht die Lerche. – Romeo und Julia.*«

»Ja, meine Julia!« Der Scherzkeks deutete vor Rike einen Kniefall an und erntete das Gejohle seiner Kumpel. »Also bleib doch noch. Die Nacht ist noch jung.« Bittend reckte er die Arme zu ihr empor.

»Oder nehmt uns mit, damit ihr in männlicher Begleitung seid«, schlug der Sommersprossige vor, doch Marie winkte ab.

»Das wäre den Männern in den anderen Lokalen gegenüber ungerecht, wenn wir mit euch im Schlepptau auftauchen.« Rike warf ihm und seinen Freunden einen Handkuss zu, hakte sich bei Susanne ein und spazierte mit ihr auf den Ausgang zu. Marie und ihre Kolleginnen folgten ihnen kichernd.

»Lustiger Einstieg in den Abend!«, befand Marie und schloss den Reißverschluss ihrer Jacke. Es war Anfang Mai und die Abende noch frisch.

In der Mühlenstraße statteten sie weiteren Lokalen einen Kurzbesuch ab, auch dem Strandgut.

»Die Herrenrunde war schon da«, teilte ihnen der

Inhaber mit und spendierte auf Kosten des Lokals eine Runde Sekt.

»Wenn ich so weiterpichle, fall ich bald vom Stuhl«, raunte Rike ihrer Freundin zu. Mit drei Gläsern Sekt in solch kurzer Zeit hatte sie ihr Limit schon weit überschritten, und nun stand das vierte Glas vor ihr auf dem Tisch.

»Aber Süße, du willst doch wohl heute nicht kneifen?«, neckte Susanne sie. »Du hast morgen frei, und wenn du es alleine nicht mehr nach Hause schaffst, trägt dich Henning eben heim.«

»Wieso«, fragte eine von Rikes Kolleginnen, »treffen wir ihn heute noch?«

Rike bejahte. »Geplant ist, dass wir uns spätestens um Mitternacht in der Bar des Neptuns einfinden. Dort gibt es noch einen gemeinsamen Absacker, und dann geht es ab nach Haus.«

»O Gott!«, stöhnte ihre Kollegin. »Aber ohne mich. Ich muss morgen früh wieder raus.«

»Ich ebenfalls«, bestätigte die andere. »Schade, dass eurer Junggesellenabschied mitten in die Woche fällt.«

»Ging halt nicht anderes«, erklärte Rike.

»Macht nichts«, winkte die erste Kollegin ab. »Mitternacht ist ausreichend genug.«

Marie beugte sich Rike zu. »Hast du nicht genug gegessen, bevor wir dich abgeholt haben? Dann bestell dir was, damit du eine gute Grundlage hast.«

»Habe ich«, beruhigte sie Frederike. »Ich habe sogar darauf geachtet, dass es fetthaltig war.«

»Braves Kind. Nimm vor dem Saufgelage stets einen Löffel Öl zu dir, und es wird dir blendend gehen.« Sie kicherte.

Rike hingegen schüttelte es. »Ich fürchte, mir wäre bereits nach dem Löffel Öl sehr schlecht.«

Um dreiundzwanzig Uhr verabschiedeten sie sich dann und zogen weiter zum Teepott.

Als sie dort ankamen, trafen sie auf Henning und seine Begleiter, die mit zehn Leuten deutlich in der Überzahl waren.

»Weißt du, wer das da ist?«, fragte Rike ihre Freundin, nachdem sie am Nebentisch Platz genommen hatten, und wies mit dem Kopf auf den Golfkumpel von Henning.

»Nee. Sollte ich?«

»Das ist der Typ, mit dem Matthis Buchhalterin zu meinem Geburtstag erschienen ist.«

Erstaunt hob Sanne die Augenbrauen und musterte ihn. »Attraktiver Mann. Ob ihn die Nachricht, dass seine Flamme zum damaligen Zeitpunkt bereits schwanger und mit einem anderen zusammen war, ebenso hart getroffen hat wie mich?«

Darüber hatte sich Rike nie Gedanken gemacht. »Keine Ahnung. Da bei ihm aber die Damen recht schnell ausgetauscht werden, wie Henning sagt, ist es ihm vielleicht überhaupt nicht aufgefallen.« Sie kicherte und merkte, dass sie bereits eine schwere Zunge hatte, obwohl sie sich nach dem Sekt im Strandgut vehement geweigert hatte, etwas Alkoholisches zu trinken.

»Ich setz jetzt mal ein oder zwei Runden aus«, sagte sie zu Marie. »Der Alkohol zeigt bei mir bereits Wirkung.«

»Nichts da!«, rief Johannes, der ihre Worte vernommen hatte. »Gekniffen wird heute nicht!« Er winkte die Bedienung an den Tisch und bestellte passend zum Kneifenwollen eine Runde Kleine Feiglinge.

Rike stöhnte, als kurz darauf die Kellnerin mit den kleinen Fläschchen erschien und verteilte. Sie würde wohl erst übermorgen wieder klar geradeaus denken können, wenn das so weiterging. Tapfer klopfte sie trotzdem mit dem Verschluss auf den Tisch und trank das Fläschchen in einem Zug aus.

»Und nachher in die Sky Bar?«, rief Johannes ihnen fröhlich zu und drehte den Deckel wieder auf das Fläschchen, um es zu den anderen auf den Tisch zu legen.

»Sie hatten wohl schon einige davon«, raunte Rike ihrer Schwägerin zu, die grinsend nickte und sich ihrem Mann zuwandte.

»Warum fragst du? War doch so abgesprochen.«

»Wollte euch nur noch mal daran erinnern, Schatz.« Er grinste frech und verzog das Gesicht zu einer hämischen Fratze.

Rike hingegen sah aus den riesigen Panoramafenstern hinaus auf die dunkle See.

Ihr war leicht übel. Der Kleine Feigling rang mit den dreieinhalb Gläsern Sekt in ihrem Magen, doch das wollte sie sich nicht anmerken lassen. Der Abend war einfach zu schön. Sie musste nur aufpassen, dass er für sie nicht vorzeitig beendet war. Deshalb freute sie sich auf den Spaziergang die Strandpromenade entlang. Die frische Luft würde ihr sicher guttun.

18

Es war kurz vor Mitternacht, als sie die Bar im obersten Stockwerk des Hotel Neptun erreichten. Der gemächliche Spaziergang auf der Strandpromenade und die kühle Luft hatten im Zusammenspiel Rikes Schwips einigermaßen besiegt. Ganz klar war sie aber noch immer nicht. Im Gegenteil, als sie in den Aufzug stiegen, der sie in den *Himmel* bringen sollte, begann sich alles ein wenig zu drehen, allerdings auch in ihrem Magen.

Muss wohl am Lift und an der Wärme liegen, überlegte sie und wischte sich den leichten Schweißfilm von der Stirn. Jetzt bloß keine Schwäche zeigen und sich übergeben!

Tapfer schluckte sie gegen das leichte Würgen in ihrer Kehle an.

Ich hätte nicht so viel trinken sollen, ärgerte sie sich über sich selbst. Doch was hätte sie tun sollen? Ständig hatten ihr die anderen in den Ohren gelegen, jetzt nur keine Schwäche zu zeigen. Es war wohl doch etwas zu viel gewesen, obwohl sie es sogar geschafft hatte, ein paar Runden zu überspringen.

Was aber zu wenig war. Du verträgst leider so gut wie keinen Alkohol!

Als sich endlich die Fahrstuhltür öffnete und sie die Bar betraten, atmete Rike auf. Zum Glück war die Luft gut temperiert, und es war auch nicht so voll, sodass sich ihr Zustand zusehends besserte.

Sie suchten sich einen Tisch, an dem alle Platz fanden, was inzwischen nicht mehr schwierig war. Ihre Anzahl hatte sich auf sechs Personen reduziert, nachdem sich Hennings Kollegen und Geschäftspartner am Teepott verabschiedet hatten.

Die Männer bestellten sich Rum Cola, während die Frauen sich weiterhin an Sekt hielten. Auch Rike nahm pflichtschuldig ein Glas, trank aber nicht. Stattdessen ging sie erst mit Sanne, später mit Marie auf die Tanzfläche, um sich den restlichen Alkohol aus dem Hirn zu schwitzen. Bewegung half gegen einen Schwips.

»Wie lange willst du noch deinen Zukünftigen quälen?«, schrie ihr Marie ins Ohr. »Mein armer Schwager tut mir inzwischen fast schon leid.«

»Wieso, vergeht er in Sehnsucht nach mir?« Rike kicherte und schenkte Henning einen Blick. Bisher hatte er keine großen Ambitionen gezeigt, mit ihr Händchenhalten zu wollen. Immerhin durfte er heute noch einmal so richtig auf den Putz hauen. Und das tat er auch.

Er führte gerade sein Mixgetränk an den Mund, doch bevor das Glas seine Lippen berührte, erstarrte er in der Bewegung. Selbst aus der Ferne und trotz der schummrigen Beleuchtung konnte sie sehen, wie sich seine Augen verwundert weiteten. Er schien so überrascht oder perplex zu sein, dass er gar nicht mitbekam, dass sein Glas den Mund noch nicht berührte. Cola und Rum schwappten nach vorn und ergossen sich über sein Kinn und von dort auf das Hemd und landeten schließlich auf seiner Hose.

Na super!, stöhnte Rike im Geiste. Trotzdem musste sie lachen, als sie sah, wie er schlagartig aus seiner Starre erwachte, das Glas vom Mund wegriss und sich mit dem Handrücken über Lippen und Kinn wischte.

Dann erst folgte sie seinem Blick und bemerkte das Pärchen, das Arm in Arm auf ihren Tisch zuhielt.

Na logisch, er hat 'ne tolle Frau entdeckt! Erst dann registrierte sie, um wen es sich handelte.

»Vroni?« Entgeistert riss Rike die Augen auf und stieß Marie an, die von alldem nichts mitbekommen hatte. »Sieh doch nur!«

Vroni war kaum wiederzuerkennen. Es war nicht nur ihre neue Frisur, wenn man überhaupt davon sprechen konnte, denn die Entfernung der Dreadlocks hatte ihr eine Fünf-Millimeter-Rasur beschert. Es war vielmehr ihr Äußeres. Sie trug eine elegante schwarze Hose und dazu eine rote, mit Strasssteinen besetzte Chiffonbluse sowie hochhackige Pumps. Und auch ihre Brille war modisch und neu.

»Sie sieht umwerfend aus!«, murmelte Rike anerkennend.

Vroni erinnerte an eine erfolgreiche Geschäftsfrau. Nichts deutete mehr auf den Lodder-Flodder-Look oder die Hippiefrisur hin, die sie noch heute Morgen beim Frühstück zur Schau getragen hatte.

»Gewagte Frisur«, lachte Marie und hakte sich bei ihr ein, »steht ihr aber gut. Sie erinnert mich an diese irische Sängerin aus den Achtzigern, deren Name mir gerade entfallen ist.«

»Stimmt«, pflichtete Rike ihr bei. Ihr Blick schweifte wieder zu ihrem Schatz.

Henning saß noch immer mit offenem Mund und einem leicht dümmlichen Grinsen da und starrte Veronika ungläubig an. Dass er von oben bis unten mit Rum und Cola besudelt war, schien ihn nicht zu interessieren. Auch Johannes und Sven Ole blickten nicht viel intelligenter aus der Wäsche. Sanne war nicht am Tisch. Sie war wohl zur Toilette gegangen.

»Ich schätze, wir sollten uns zu unseren Männern begeben«, schlug Marie kichernd vor. »Denen fallen sonst noch die Augen aus dem Kopf, und ihr Unterkiefer knallt auf den Tisch.«

Das sah Rike ebenso. »Ist das ihr Koch?«, raunte sie ihrer Schwägerin zu, als sie die Tanzfläche verließen und sich dem Tisch näherten.

»Davon gehe ich aus«, erwiderte Marie

Finn Lasse Johannsen war nicht größer als Vroni, deren hohe Hacken sie ihm ebenbürtig machten. Dunkles Haar, Schläfen und Bart etwas angegraut, gebräunter Teint. Er sah vielmehr einem Mann aus wärmeren Gefilden ähnlich als einem Koch aus Skandinavien. Er war aber äußerst attraktiv.

»Ich hätte dich fast nicht erkannt!«, begrüßte Rike Veronika und musterte sie von Kopf bis Fuß. »Du siehst klasse aus – neue Frisur, neues Outfit. Sogar eine neue Brille hast du auf.«

Veronika winkte ab. »Die habe ich mir in Melbourne anfertigen lassen. Ich trage sie aber nur zu besonderen Anlässen, aber Dankeschön!« Trotz des spärlichen Lichts war nicht zu übersehen, dass ihr die Röte in die Wangen kroch. »Darf ich vorstellen, das ist mein Freund Finn Lasse Johannsen. Er spricht übrigens fließend Deutsch. Ihr müsst euch also keinen abbrechen.« Sie kicherte vergnügt und schenkte ihrem Dänen einen verliebten Blick.

»Und warum hast du ihn dann am Telefon in Englisch begrüßt?«, fragte Marie.

»Reine Gewohnheit«, entgegnete Vroni. »In Indien wurde nur in Englisch kommuniziert. Da haben wir uns auch privat kaum auf Deutsch unterhalten. Ich kann nämlich so gut wie kein Wort Dänisch, was ich tunlichst ändern sollte«, fügte sie mit einem weiteren verliebten Blick hinzu und gab ihrem Finn Lasse einen Kuss auf die gebräunte Wange, bevor sie sich an seine Seite schmiegte. »Zudem fand ich es ihm gegenüber ungerecht, wenn er sich einer Fremdsprache bedienen muss und ich in meiner Muttersprache rede.«

»Vielleicht hätte ich dir während unserer Freizeit Dänisch beibringen sollen«, lachte er und küsste sie auf den Mund.

Hennings Mundwinkel sackten etwas tiefer, wie Rike zufrieden bemerkte.

»Setzt euch doch zu uns!«, forderte sie die beiden aus Höflichkeit auf und stellte Finn Lasse die anderen am Tisch vor.

In diesem Moment kam Susanne von der Toilette zurück und blieb wie angewurzelt stehen.

O mein Gott! War das nicht Finn Lasse Johannsen? Dass sie ihn jemals wiederträfe, hätte sie nie vermutet. Ihr Blick flog zu der Frau an seiner Seite, und sie erkannte in der fast kahl geschorenen Dame in den edlen Designerklamotten Vroni Beese.

»Ich werd verrückt!«, murmelte sie bestürzt und schluckte. Ob er sie wiedererkennen würde? Es war ein paar Jahre her, dass sie sich in London begegnet waren.

Mit einem Kribbeln im Bauch ging sie zum Tisch.

»Das ist Susanne Richter, meine allerbeste Freundin«, hörte sie Rike sagen und schaute nur kurz hoch, »und das Finn Lasse Johannsen, Vronis Freund aus Dänemark.«

»Angenehm!« Sanne nickte ihm flüchtig zu und tat, als würden sie sich nicht kennen.

Auch Finn Lasse zeigte keine Reaktion, oder hatte ein kurzes Schmunzeln gerade seinen Mund umspielt?

Sie war sich nicht sicher, doch es wäre besser für alle, vor allem für Finn Lasse und seine Beziehung zu Vroni, wenn niemand erführe, was in London geschehen war. Deshalb vermied sie auch jeglichen Blickkontakt mit dem Dänen und ließ sich neben Sven Ole nieder. Erst als sich Finn Lasse wieder auf seine Vroni konzentrierte, wagte sie, ihn verstohlen anzusehen.

Er war noch immer sehr attraktiv, auch wenn er für sie viel zu klein und schon zu alt war. Trotzdem war er ein scharfer Typ. Vroni hatte mit ihm einen guten Fang gemacht.

Sie griff Sven Oles Hand und streichelte sie.

»Alles in Ordnung?«, fragte Sven Ole und gab ihr einen Kuss.

Sie nickte. »Ein schöner Abend, findest du nicht auch?«

»Ja, leider müssen wir irgendwann heim, damit wir morgen aus den Federn kommen.«

Je schneller, desto besser!, dachte Sanne.

Sie und der dänische Starkoch waren sich rein zufällig in der Küche über den Weg gelaufen und schließlich in einem Abstellraum gelandet. Eine Dreiviertelstunde später hatten sich ihre Wege wieder getrennt.

Ja, ja, die berühmten Londoner Besenkammern! Ein Grinsen huschte über Sannes Gesicht.

Das war der Grund, warum niemand erfahren musste, dass sie sich kannten. Ein Quickie in einer Besenkammer war nicht unbedingt das, womit man vor seinen Freunden prahlte. Zudem könnte es die jeweiligen Beziehungen gefährden, obwohl es vor ihren Zeiten gewesen war.

»Wir wollten eigentlich nur Hallo sagen«, erklärte Vroni und holte Sanne aus ihren Gedanken.

»Das kommt überhaupt nicht infrage«, riefen die Hansen-Zwillinge wie aus einem Mund, sahen sich an und lachten.

»Wir gehen erst mal an die Bar und nehmen zusammen einen Drink«, setzte Henning hinzu. »Das kannst du mir heute nicht abschlagen.« Bittend ruhte sein Blick auf Veronika.

»Solltest du dich nicht zuvor erst einmal säubern«, erinnerte ihn Frederike daran, dass er noch immer mit Rum und Cola bekleckert war.

Henning nickte und trollte sich Richtung Toilette.

»Und Sie haben hier im Neptun eine Veranstaltung zu bekochen, Herr Johannsen?«, fragte derweil Marie, um die etwas steife Atmosphäre aufzulockern.

»Ja, aber nennt mich einfach Finn Lasse«, bat Vronis Begleiter, »und vergesst das förmliche Sie. Wir in Skandinavien duzen uns, wenn wir nicht gerade zum Königshaus gehören.«

Seine Aufmerksamkeit schweifte zu Susanne, die seinem Blick auswich. Trotzdem entging ihr nicht, dass für den Bruchteil einer Sekunde erneut ein kurzes Lächeln über seinen Mund huschte. Er hatte sie erkannt. Dann wandte er sich wieder Marie zu.

»Am Mittwoch und Donnerstag kommender Woche gibt es ein Bankett, für das ich kochen werde, natürlich nicht nur ich alleine. Das wäre kaum machbar bei den vielen Gästen, aber alles steht unter meiner Leitung.«

»Wie lange werden Sie, ähm, wie lange wirst du in Warnemünde bleiben?«, verbesserte sich Rike.

»Vielleicht nun ein wenig länger, als ursprünglich geplant.« Er schmunzelte erneut und legte Vroni liebevoll den Arm um die Taille. »Vielleicht unternehmen wir noch einen kurzen Trip die Küste entlang. Sie wünscht es sich, und ich habe derzeit keine weiteren Termine.«

Ach, wie schön!, dachte Sanne verträumt. Die beiden schienen in der Tat schwer verliebt zu sein, so wie Finn Lasse seine Vroni ansah. Schade, dass Henning gerade zur Toilette war und es nicht mitbekam. Dass würde ihm hoffentlich den Wind aus den Segeln nehmen und ihm begreiflich machen, dass sie nicht mehr seine Freundin war. Dann hätte er wieder Augen und Zeit für Frederike.

Doch dieser fromme Wunsch wurde leider nicht erfüllt, im Gegenteil. Selbst Sven Ole schenkte Vroni verstohlene Blicke, was nachvollziehbar war.

Vroni Beese hatte in nur einem Tag die Mutation von der hässlichen Raupe zu einem wunderschönen Schmetterling durchgemacht. Sie sah umwerfend aus. Das musste auch Sanne neidlos eingestehen. Zwar waren ihre kurzen Haare, die eher einem Dreitagebart glichen als einer Frisur, nicht das, was Sanne erstrebenswert fand. Es ließ sich aber nicht ändern, und wenn sie ehrlich war, hatte ihr fast kahler Schädel sogar etwas Erotisches.

Das fand wohl auch Henning, der mit feuchten Flecken auf Hemd und Hose wieder bei ihnen am Tisch erschien und, anstatt sich an die Seite seiner zukünftigen Ehefrau zu gesellen, sich lieber um seine Exfreundin bemühte.

»Du siehst super aus«, säuselte er, und Susanne verdrehte die Augen. »So kurze Haare kann nicht jede tragen, doch du würdest auch mit Glatze top aussehen.«

Sannes Blick schweifte zu ihrer Freundin.

Frederike seufzte kaum hörbar und schenkte ihrem Zukünftigen einen unwilligen Blick.

»Wollen wir dann an die Bar gehen?«, fragte Henning in die Runde und wandte sich von Vroni ab den anderen zu, die, zumindest die Herren, zustimmend nickten.

Als sie aufstanden und an die Bar gingen, schmiegte sich Sanne an ihren Sven Ole und sah zu, dass sie zu Finn Lasse Abstand hielt, und vermied auch weiterhin den Blickkontakt mit ihm. Trotzdem konnte sie nicht anders, sie musste ihn erneut taxieren, als er es nicht mitbekam.

Er war noch immer ungeheuer sexy. Sein Schläfenhaar war inzwischen ergraut, Silbrige Fäden durchzogen den kurz geschnittenen Bart. Seine dunklen Augen sprühten noch immer vor Lebensfreude und Fröhlichkeit, und beim Lachen bildeten sich kleine Grübchen in seinen Wangen, ein Umstand, dem Sanne bei Männern stets erlegen war. Sie musste zugeben, er gefiel ihr noch immer ungemein, doch das durfte niemand erfahren, vor allem nicht Vroni und Sven Ole.

Und dann trafen sich ihre Blicke. Er trat auf sie zu, nahm ihre rechte Hand in seine und drückte ihr seine Lippen auf.

»Hallo schöne Frau! Lang ist es her. Ich hätte nicht gedacht, dich jemals wiederzusehen, doch ich freue mich sehr.« Sein Blick schweifte zu Sven Ole. »Es stört dich doch sicher nicht, wenn ich dir mal kurz deine Frau entführe?«

Überrumpelt nickte Sven Ole nur und sah ihnen verdattert hinterher.

1 9

*F*rederike hatte Henning noch nicht gänzlich verziehen und wollte ihn eigentlich noch ein wenig schmoren lassen. Nur er wollte einfach nicht schmoren. Er amüsierte sich und schien nicht einmal mitzubekommen, dass sie ihn ignorierte. Was würde es da bringen, mit einem anderen zu flirten? Und so stand sie an ihrem Junggesellinnenabschiedsabend allein an der Bar und nippte an ihrem Orangensaft.

Ich könnte zu Veronika gehen. Sie teilt gerade mein Schicksal. Soeben hatte sich ihr Koch in Richtung Susanne abgesetzt und führte diese von Sven Ole ein Stück weg ans andere Ende des Bartresens.

Was ging da vor? Kannten die beiden sich doch näher, als ihre Freundin zugegeben hatte? Nur weil sie sich in der Küche über den Weg gelaufen waren, würde er sich doch nicht mehr an sie entsinnen, oder etwa doch? Zudem hatte Sanne ihn vorhin kaum angeschaut, als hatte sie verhindern wollen, dass er sie erkennt.

Äußerst seltsam!, überlegte es sie.

Ihre Freundin war attraktiv, eine Frau, die man nicht ignorierte. Trotzdem erschien es ihr komisch, aber es gab im Leben ihrer besten Freundin sicher Dinge, die sie vor anderen in ihrem Herzen verborgen hielt.

Seufzend riss sie den Blick los, nahm ihr Glas und gesellte sich zu Johannes, Marie und Henning.

»Na, amüsierst du dich gut?«, fragte sie ihren Schatz, um den Schein zu wahren.

»Ja, du auch?«, fragte er zurück. Er nahm sie in den Arm und zog sie an seinen Körper heran, um ihr einen Kuss zu geben. »Hast du dich wieder eingekriegt?«

Autsch, falsche Frage!, dachte sie, und verdrängte die bissige Antwort, die ihr bereits auf der Zunge lag. Sie wollte nicht auf Oberzicke machen. Dafür gab es absolut keinen Grund. Sie fragte sich eh schon, ob sie nicht in den letzten Tagen etwas zu überempfindlich war. Vielleicht ging das ja allen Bräuten kurz vor der Hochzeit so.

»Du warst heute Nachmittag etwas grummelig, Hasi, als wäre dir eine Laus über die Leber gelaufen.«

Die Laus warst du!

Er gab ihr einen weiteren Kuss, dieses Mal auf die Schläfe. »Was möchtest du trinken?«

»Ich habe schon was.« Sie hob ihm ihr Glas entgegen.

»Das ist O-Saft«, bemerkte er mit kritischem Blick.

»Ja, ich würde vorerst gern auf Alkoholisches verzichten«, erwiderte sie und schmiegte sich an seine Seite. Er duftete verführerisch gut. »Ich fürchte, ich habe schon leicht einen in der Krone.«

»Ach wirklich?« Er grinste auf sie herab. »So siehst du nicht aus. Keine glasigen Augen, auch deine Aussprache ist verständlich und gut.« Er zwickte sie in die Seite, und sie quiekte auf. »Okay. Dann bleib vorerst bei deinem Saft.«

Rike spürte, wie sie seine Nähe genoss. Vielleicht spielten ihre Hormone verrückt? Sie war siebenundzwanzig. Allmählich wurde es Zeit, sich mit einem Partner ein Nest zu bauen und Kinder zu bekommen. Ihre innere Uhr tickte mit jedem neuen Lebensjahr lauter. Henning war der passende Mann dafür. Er würde sicher ein toller Ehemann und Papa sein.

Sie sah zu ihm auf und gab ihm einen Kuss auf die Wange.

Johannes und Marie kicherten über etwas, was sie nicht mitbekommen hatte, oder lachten sie gerade über ihren verliebten Blick? Doch sie schauten zu Vroni, die ihrerseits zu ihnen herübersah. Als sich ihre Blicke trafen, nahm sie ihr Glas und trat auf sie zu.

»Wo hast du deinen Finn Lasse gelassen?«, fragte Marie und kicherte. »Klingt lustig, Finn Lasse gelassen.«

»Da drüben.« Vroni wies ans andere Ende der Bar und schwang sich auf den Hocker neben Rike. »Er hat sich zu Rikes Freundin gesellt. Kennen die beiden sich?«

»Nicht, dass ich wüsste«, antwortete Frederike. »Sanne erwähnte nur, dass er mal in London gekocht hat.«

»Ich hole ihn einfach mal wieder zu mir.« Veronika winkte zu ihm herüber. Als er es nicht mitbekam, rutschte sie von ihrem Hocker herunter und ging zu ihm.

»Weißt du wirklich nicht mehr?«, raunte Marie Rike zu, als Vroni außer Hörweite war.

»Nein, keine Ahnung, was da läuft.«

Vroni kehrte mit Finn Lasse zu ihnen zurück. »Hab ihn wieder eingekascht!«, lachte sie.

»'tschuldigung, war mal kurz auf Abwegen«, grinste er. »Ich hatte gar nicht richtig mitbekommen, wer das Brautpaar ist?« Finn Lasse richtete seinen Blick auf

Rike und Henning. »Das seid ja ihr! Und ich dachte schon, es wäre Susanne und ihr Freund.«

»Kennst du sie?«, fragte Vroni und musterte ihn aufmerksam.

»Wir sind uns mal in London über den Weg gelaufen«, tat er ihre Frage kurz und knapp ab und wandte sich Henning zu. »Dann bist also du derjenige, der mir um Haaresbreite meine Vroni vor der Nase weggeschnappt hätte. Der Hochzeitstermin stand ja schon fest.«

Frederike fiel fast das Glas aus der Hand, nachdem sie gegriffen hatte. Im selben Moment bemerkte sie das Blitzen an Veronikas linker Hand, als sie diese ihrem Freund auf den Unterarm legte.

War das ein Verlobungsring? Von wem? Von Finn Lasse? Sie trug ihn heute zum ersten Mal.

Es handelte sich um einen filigranen Ring aus Roségold, der mit winzigen Brillantsplittern besetzt war. Er erinnerte sie stark an das Modell, das Henning ihr am Neujahrstag an den Finger gesteckt hatte, nur dass ihrer in Gelb- und Weißgold gefertigt war und zusätzlich einen kleinen Rubin besaß, weil sie Rubine und Brillanten in Kombination liebte.

Eine dunkle Ahnung bemächtigte sich ihrer und ließ sie erstarren. War das womöglich sogar jener Ring, den Henning Vroni zur Verlobung geschenkt hatte?

Nein, das konnte unmöglich sein. Sie waren seit Jahren nicht mehr zusammen. Es machte sie aber stutzig, weil sich beide Ringe so sehr glichen. Zudem sah keiner von ihnen wie ein typischer Verlobungsring aus. Was, wenn Vroni ihn wie einen Alltagsring trug?

Bestürzt schaute sie zu ihrem Freund auf, doch Henning hatte den Ring nicht bemerkt. Vroni hingegen war ihr Blick nicht entgangen.

»O Gott!« Sie verdeckte ihn mit der anderen Hand und drehte die Fassung so, dass, als sie ihre Hand wieder wegzog, nur noch die Ringschiene zu sehen war.

»Ist der von Henning?«, stellte Rike sie scharf zur Rede und funkelte sie wütend an.

»Es tut mir leid«, flüsterte Veronika. »Ich konnte nicht ahnen, dass ich euch hier treffen würde.«

»Das hatte ich dir aber erzählt, ist letztlich jedoch egal!« Rike schnappte nach Luft. »Warum trägst du ihn? Ihr seid seit vier Jahren nicht mehr zusammen. Eure Verlobung ist damit gelöst!«

»Was ist denn los?«, fragte Henning, der noch nicht begriff, worum es ging, und anscheinend auch nicht hingehört hatte.

Anders Finn Lasse.

Dem Dänen dämmerte, welche ursprüngliche Bestimmung dem Schmuckstück einst zugedacht gewesen war. »Sagtest du nicht, es wäre ein Geschenk deiner Oma?«

Vronis Kopf glühte inzwischen wie ein Feuerball. Selbst durch die Haarstoppel leuchtete das Verlegenheitsrot der Kopfhaut durch. »Ich konnte dir unmöglich gestehen, dass ich den Ring von einem anderen habe«, wandte sie sich Finn Lasse zu.

»Ist das etwa meiner?«, platzte Henning heraus, bei dem nun endlich der Groschen gefallen war.

»Ja, und es ist mir megapeinlich.« Vronis Augen füllten sich mit Tränen. Sie stand kurz vor einem Heulanfall. »Ich hätte ihn nicht aufsetzen sollen, zumindest nicht in eurer Gegenwart, doch er ist einfach zu schön, um ihn nicht mehr zu tragen.«

»Geschmacklos!«, kommentierte Marie ihre Worte und legte Rike die Hand tröstend um die Schulter.

Hennings Gesichtsausdruck war schwer zu deuten. Er schien sich unschlüssig zu sein, ob es ihn freuen sollte, dass Veronika seinen Ring so in Ehren hielt, oder ob er darüber wie die anderen entsetzt sein sollte. Dann zuckte er mit den Schultern, als sei es das Normalste von der Welt. »Stimmt, du konntest nicht ahnen, dass du uns hier triffst.«

Rike schenkte ihm einen verbitterten Blick.

»Henning!« Johannes' Stimme glich einem warnenden Singsang. Der Blick, den er seinem Bruder dabei schenkte, unterstrich das, und ihr schwante was.

»Hast du gewusst, dass die beiden verlobt gewesen sind, dass sie diejenige ist, die dein Bruder als Einzige heiraten wollte?« Aufgebracht schnappte sie nach Luft, und ihr Blick bohrte sich in Johannes. »Natürlich! Du hast es gewusst. Und trotzdem bittest du mich, sie bei uns einzuquartieren!« Wütend ballte Rike die Fäuste. »Und du«, wandte sie sich ihrem Verlobten zu, »besitzt ebenfalls die Dreistigkeit, es mir zu verschweigen?«

»Ich habe dir erzählt, dass ich Vroni heiraten wollte«, verteidigte sich Henning.

»Ja, vor anno Knips oder so, aber nicht, als ich sie mit nach Hause gebracht habe! Hatte ich dich nicht sogar danach gefragt?«

»Was kann ich denn dafür, wenn du mir nicht zugehört hast?«, verteidigte er sich beleidigt.

»Stimmt, ich hätte besser aufpassen sollen!«, grollte

Rike und ärgerte sich über sich selbst. »Trotzdem begreife ich nicht, wie du mich um so etwas bittest!«, warf sie Johannes vor. »Wusstest du es etwa auch?«, giftete sie in Maries Richtung.

Entsetzt hob diese die Hände. »Nein, das war mir nicht bekannt, Frederike.« Sie schenkte ihrem Mann einen bitterbösen Blick. »Ich war von Anfang an nicht gut auf deinen Vorschlag zu sprechen«, fuhr sie Johannes an. »Und nun erfahren wir, dass dein Bruder sie sogar ehelichen wollte. Sag mal, geht's noch?«

»Aber das ist doch egal«, versuchte Vroni, die Situation zu retten und hob beschwichtigend die Hände. Den Ring hatte sie inzwischen abgesetzt und in ihrem Portemonnaie verschwinden lassen. »Das zwischen Henning und mir war vor langer Zeit.« Verunsichert flog ihr Blick zwischen Rike und den anderen hin und her und blieb letztlich auf Frederike haften. »Ich habe dir gesagt, dass ich keinerlei Interesse an deinem Freund mehr habe, und so ist es auch. Er gehört dir.«

»Ich gehöre niemandem!«, brummte Henning beleidigt dazwischen.

»Wer's glaubt, wird selig«, zeterte Rike.

Johannes stieß seinem Bruder in die Seite. »Los, entschuldige dich. Ich tue es ebenfalls.« Er sah Rike abbittend an. »Tut mir leid, Schwägerin. Ich habe nicht darüber nachgedacht.«

Rike quittierte seine Worte mit einem kurzen Nicken.

»Ja, Mausi, ich ebenfalls nicht«, kam Henning widerwillig der Aufforderung seines Bruders nach und starrte dabei in sein Glas.

»War das alles?« Verwundert hob Marie die Augenbrauen, während Johannes auf Henning zutrat.

»Alter, sieh zu, dass du die Wogen glättest!«, raunte er ihm ins Ohr. »Oder willst du die Hochzeit platzen lassen? Deine Rike scheint kurz davor zu sein.«

»Unsinn!« Henning schenkte Rike einen knappen Blick. Sie sah ihn nicht einmal an. »Sie hat ja recht«, räumte er flüsternd ein. »Es ärgert mich nur, wie sie in den letzten Tagen reagiert. War Marie vor eurer Hochzeit auch so gereizt und dünnhäutig?«

»Ein wenig schon. Allerdings habe ich ihr nicht eine meiner Verflossenen vor die Nase gesetzt.«

Henning seufzte. Damit hatte sein Bruder recht.

Er wandte sich Frederike zu und nahm ihre Hände in seine. »Ich liebe nur dich. Das musst du mir glauben. Und egal, ob hier all meine früheren Freundinnen auftauchen würden, es gibt für mich nur noch dich. Unsere Liebe kann nichts auseinanderbringen. Als du Vroni mit nach Hause gebracht hast, bin ich davon ausgegangen, dass du weißt, wer sie ist und es macht dir nichts aus, weil es mehr als vier Jahre her ist. Wenn sich nun herausstellt, dass es sich so nicht verhalten hat, entschuldige ich mich, dass ich dich nicht mit der Nase darauf gestoßen habe. Ich hätte es mir allerdings denken müssen, denn ich war einigermaßen überrascht, sie in unserem Heim zu sehen.«

Das stimmte, erinnerte sich Rike, doch sie hatte es des unerwarteten Wiedersehens wegen vermutet.

»Du hättest ihr trotzdem was sagen können«, mischte sich Susanne ein.

Henning zuckte mit den Schultern. »Ich wollte kei-

179

ne schlafenden Hunde wecken. Vroni sollte ja nur für eine Nacht bleiben.«

»Doch warum wolltest du sie dann nicht wieder gehen lassen«, bohrte Sanne erbarmungslos weiter, und Rike war ihr dankbar dafür. Vielleicht würde sie endlich Antworten erhalten.

»Ich wollte sie einfach kein zweites Mal so schnell wieder verlieren.« Er seufzte. Nun war es raus.

Nachdenklich musterte Rike ihn.

Endlich rückte er mit der Sprache heraus und sah dabei ziemlich unglücklich aus. Betreten verlagerte er sein Gewicht auf den anderen Fuß und wagte kaum, ihr in die Augen zu schauen.

Ihr Blick flog weiter zu Veronika, die ebenfalls alles andere als zuversichtlich dreinschaute. Dann winkte sie den Barkeeper heran. »Einen Sex on the beach, aber bitte mit der doppelten Ration an Alkohol!«

2 O

F rederike hatte sich mit ihrem Longdrink an den Tisch zurückgezogen, und Marie leistete ihr Gesellschaft.

»Solltest du nicht auch zu ihr gehen, Henni?« Vroni hatte Mühe, das Zittern in ihrer Stimme zu unterdrücken. Sie war fix und fertig.

Warum hatte sie nicht daran gedacht, dass der Junggesellenabschied seinen Ausklang in der Bar des Hotel Neptun finden sollte? Rike hatte es ihr erzählt und sie nicht daran gedacht. Jetzt sah es so aus, als hätte sie die Feiernden treffen wollen, und dann noch der Fauxpas mit dem Verlobungsring. Warum hatte sie dieses dämliche Ding nicht einfach verkauft oder zu einem anderen Schmuckstück umarbeiten lassen? Stattdessen war Frederike nun auf sie und die Hansen-Zwillinge sauer, und auch Finn Lasse hatte sich von ihr abgewandt und sich erneut Susanne geschnappt, um mit ihr zu tuscheln. Irgendetwas schien zwischen den beiden zu laufen! Nur was?

Verzweifelt suchte ihr Blick die brünette Schönheit, die gut und gerne ein Model sein könnte, groß, schlank, wunderhübsch. Warum beschlich sie das Gefühl, dass die beiden mehr verband als nur ein flüchtiges Kennenlernen in einer Hotelküche? Lag es an Finn Lasses Hand, die vertraulich auf Sannes Arm ruhte und nun den Weg in Richtung ihrer Hand einschlug? Oder war es vielmehr die Nähe der beiden zueinander? Zwar wich

Susanne stets ein Stück zurück, wenn er ihr näher kam, und ihr Blick huschte zu ihrem Freund. Im Gegenzug suchte sie aber auch Finn Lasses Nähe, indem sie sich zu ihm beugte, wenn sie sprach. Vielleicht aber redete sie sich das auch nur ein, so wie Rike in ihr eine Rivalin sah, wegen der Henning ihr untreu sei.

Sie sah ihren einstigen Verlobten an. Hatte er ihr auf ihre Frage überhaupt eine Antwort gegeben? Sie wusste es nicht. Er stand aber mit seinem Bruder noch immer neben ihr.

»Möchtest du noch etwas trinken?« Henning legte ihr den Arm um die Schulter. »Vielleicht wie früher einen Piña Colada? Dann kommst du wieder auf fröhlichere Gedanken.« Er schenkte ihr einen bettelnden Blick. »Komm schon, Vroni! Heute ist mein Junggesellenabschied. Den lass ich mir durch nichts versauen.«

Vroni befreite sich aus seiner Umarmung. »Danke, Henni. Ich gehe lieber zu deiner Frau und entschuldige mich.« Sie stand auf und trat auf Frederike zu.

Die Entscheidung, sich aus Frust einen Longdrink mit einer doppelten Portion Likör und Wodka hinter die Binde zu gießen, bereute Rike schon nach kurzer Zeit, als es sich bei ihr im Kopf zu drehen begann. Der hohe Zuckergehalt des Mixgetränks leistete der Wirkung des Alkohols Vorschub. Sie hatte ihren Schwips recht gut besiegt gehabt, was sich nun minütlich änderte. Zwar redete Marie pausenlos auf sie ein, doch sie hörte ihr kaum zu. Vielleicht hätte sie Safer Sex oder einen weiteren O-Saft bestellen sollen, doch dafür war es zu spät.

Finn Lasse hatte sich wieder Susanne zugewandt.

Sven Ole stand verlassen allein an der Bar. Henning und Johannes beruhigten Vroni, die regelrecht am Boden zerstört war. Warum eigentlich? Wenn jemand Grund zum Jammern hätte, wäre es sie, Frederike. Warum kümmerte er sich nicht um sie? Wieso stand er nicht seiner zukünftigen Braut zur Seite, sondern seiner verflossenen Liebe? Übte Veronika Beese einen so starken Einfluss auf ihn aus, dass er sich nicht von ihr abwenden konnte?

»So sind eben die Männer«, hörte sie ihre zukünftige Schwägerin sagen und erschrak. Hatte sie eben laut gedacht? »Zumindest weißt du nun endlich, warum er stets wollte, dass sie noch bleibt.«

Na toll! War es das, was sie hören wollte?

Sie griff nach ihrem Glas und stürzte sich den Rest des Drinks die Kehle hinunter.

Und dann stand plötzlich Vroni vor ihrem Tisch.

»Darf ich dich kurz sprechen, Rike? Bitte! Es ist wirklich wichtig für mich.«

»Meinetwegen.« Rike gab ihr zu verstehen, sich neben sie zu setzen, damit sie sich nicht anschreien mussten Marie stand auf und gesellte sich zu Sven Ole.

»Es tut mir leid, dass das alles passiert ist«, hob Veronika zaghaft an und senkte die Augen. »Ich hätte das Angebot, bei euch zu schlafen, ablehnen sollen. Und ich hätte den Ring nie wieder aus der Schatulle nehmen sollen, doch es ist geschehen. Er ist einfach so hübsch und sieht nicht wie ein Verlobungsring aus. Selbst Finn Lasse ist nie auf die Idee gekommen, es könnte einer sein.« Sie warf einen verzweifelten Blick zu ihrem Freund. Selbst aus der Ferne konnte jeder sehen, dass er sich mit Susanne prächtig verstand.

»Ist schon gut«, entgegnete Rike. Es brachte nichts, Vroni deswegen weiterhin Vorwürfe zu machen. »Ich bin in den letzten Tagen nicht ich selbst, warum auch immer. Ich bin keine Zicke, doch zurzeit benehme ich mich oftmals so, vor allem dir gegenüber. Sorry!« Sie seufzte. »Doch du musst mich auch verstehen. In ein paar Tagen wollen Henning und ich heiraten, und er schleicht um dich herum wie ein liebestoller Kater. Du kannst nichts dafür. Das habe ich spätestens erkannt, seit du mir anvertraut hast, dass du in einer festen Beziehung bist. Deshalb tut es mir auch leid, dass du unter meinem derzeitigen Gefühlschaos zu leiden hast. Doch du hast auch nicht von alleine erkannt, dass es unpassend ist, bei uns zu wohnen, und dann trägst du den Ring, den er dir zur Verlobung gab, und ich wusste nicht mal, dass er dich heiraten wollte. Das ist mir allmählich zu viel.«

»Ich verstehe dich!« Veronika hob den Blick und sah ihr offen in die Augen. »Es war unüberlegt von mir, dich mit dem Angebot, eure Hochzeitstorte backen zu wollen, unter Druck zu setzen. Ich bin eben manchmal zu spontan und denke nicht über die Folgen nach.«

»Da kannst du dir mit Susanne die Hand reichen, Vroni.« Der Anflug eines Lächelns huschte über Rikes Gesicht, und sie merkte, dass sie allmählich eine schwere Zunge bekam, obwohl ihr Hirn noch voll funktionstüchtig war.

»Das hat mir Henni schon erzählt.« Grinsend spielte Vroni mit der Serviette, die vor ihr auf dem Tisch lag.

»Soll's noch mal dasselbe sein?«, fragte prompt die Bedienung, die sich ihnen unbemerkt genähert hatte.

Sowohl Rike als auch Vroni lehnten dankend ab.

»Hättest du mich auf 'ner Parkbank übernachten lassen, wenn du gewusst hättest, dass Henni und ich heiraten wollten?« Nervös hielt Vroni die Luft an.

Unentschlossen zuckte Rike mit den Schultern. »Das

kann ich jetzt nicht mehr sagen, doch so herzlos bin ich nicht.«

Erleichtert stieß Vroni die angehaltene Luft wieder aus. »Das beruhigt mich.«

»Wie lange wart ihr eigentlich zusammen?«

»Hat er dir überhaupt nichts über mich erzählt?«

»Doch, hat er, irgendwann, aber ich habe weder richtig zugehört noch es mir gemerkt, weil es mir letztlich einerlei ist, mit wem meine Freunde zuvor zusammen waren. Interessiert es etwa dich?«

Ein schelmisches Grinsen huschte über Vronis Gesicht. Sie lehnte sich bequem zurück und schlug ein Bein über das andere. »Ab heute garantiert.«

Nun musste auch Rike lachen. Wenn ihr bloß nicht der Alkohol so heftig zusetzen würde. Geistig war sie fit wie ein Turnschuh, hätte spielend noch mathematische Gleichungen lösen können. Nur die Physis spielte verrückt. Ob es Vroni auffiel? Wenn ja, ließ sie es sich nicht anmerken.

»Ich kenne Henning und Johannes seit der neunten Klasse«, fuhr Veronika fort und umschlang ihr Knie mit den Händen. »Meine Eltern sind damals von Lüneburg nach Hamburg gezogen, und ich kam in ihre Klasse. Während der Schulzeit war nichts zwischen uns. Zugegeben, ich hatte zwar ein Auge auf die beiden Zwillis geworfen, aber das hatte wohl jedes Mädel meiner Altersklasse getan.« Sie kicherte. »Nach der Schulzeit verloren wir uns aus den Augen. Ich bin Henning erst Jahre später in einem Reisebüro wiederbegegnet.« Verträumt starrte sie auf einen Fleck hinter Rike, als wolle sie sich den Moment in Erinnerung rufen. »Es war Liebe auf den ersten Blick, also eher auf den zweiten, denn wir kannten uns ja. Keine Ahnung, ob Amor auf einem der Prospektregale saß und seine Pfeile auf uns abgeschossen hat, auf jeden Fall trafen sie mitten ins Herz. Es hat sofort zwischen uns gefunkt.«

Wie romantisch!, musste Rike zugeben. Fast so wie zwischen Sanne und Sven Ole oder auch wie zwischen Henning und ihr. Auch bei ihnen hatte der Blitz aus heiterem Himmel ohne Vorwarnung eingeschlagen. So musste es wohl sein, wenn daraus echte Liebe entstehen sollte.

»Schon nach kurzer Zeit sind wir zusammengezogen, also ich zu ihm, denn Henning hatte eine bei Weitem größere Wohnung als ich. Und nach drei Jahren machte er mir einen Heiratsantrag und schenkte mir den Ring. Das war zu Weihnachten.«

Bei mir hat er sich schneller entschieden, durchfuhr es Rike. Vielleicht hatte er Angst, auch die nächste Braut könnte stiften gehen, wenn er sie nicht schleunigst ehelichte.

»Und warum seid ihr dann nicht vor den Traualtar getreten? War es *der Ruf*, der dich in die Welt gezogen und vom Heiraten abgehalten hat?«

Vroni lachte. Es klang befreit und fröhlich, wie von ihr gewohnt. »Du sprichst den Ruf genau wie alle anderen mit gerümpfter Nase aus. Ich bin keine durchgeknallte spirituelle Spinnerin, auch wenn ich noch heute Morgen wie ein Hippie ausgesehen habe. Ich schätze, der Ruf war eher ein entsetzter Aufschrei, der mich kurz vor meinem siebenundzwanzigsten Geburtstag, also nur zwei Monate nach Hennings Antrag, daran erinnerte, dass ich schon bald verheiratet wäre, ohne bisher wirklich etwas erlebt zu haben. Ich bekam schlichtweg kalte Füße und bin kurzerhand abgehauen.«

Rike klappte der Mund auf. »Weiß Henning, dass das der Grund gewesen ist?«

Veronika schüttelte den Kopf. »Ich habe nicht mal

eine Nachricht für ihn hinterlassen. Abends habe ich mich von ihm verabschiedet, um meine Eltern zu besuchen. Dass ich eine gepackte Reisetasche mitgenommen habe, ist ihm nicht merkwürdig vorgekommen. Meinen Eltern habe ich nur am nächsten Tag mitgeteilt, ich müsse in die Welt hinaus. Dann habe ich mir ein Ticket gekauft und bin losgeflogen mit nichts weiter als dem, was in eine große Reisetasche passt.« Sie nahm die Brille ab und putzte sie. »Keine Ahnung, warum ich mich dermaßen bescheuert verhalten habe. Ich hab mich auch nie bei ihm gemeldet oder ihm eine Postkarte geschrieben. Ich bin einfach über Nacht aus seinem Leben verschwunden. Du weißt doch: *Ich geh mal schnell Zigaretten kaufen!*« Sie grinste kurz und wurde ernst. »Ich mag mir gar nicht vorstellen, wie sich Henning gefühlt haben muss.«

Beschissen!, dachte Rike. Und nun tauchte sie in seinem Leben wieder auf, und in seinem Herzen loderte schmerzhaft die bereits erkaltete Glut einstiger Liebe auf. Doch warum eigentlich, wenn sie ihre Liebe mit Füßen getreten hatte und kurz vor der Hochzeit ohne ein Wort verschwunden war?

Ein Windstoß bläst die Flamme aus, aber die Glut wieder an, erinnerte sie sich an Ruths Worte.

Allmählich verstand Rike, wie sich Henning fühlen musste und warum er seiner Exfreundin oftmals wehmütige Blicke zuwarf, die sie immer verkehrt deutete. Das war keine echte Liebe. Es war der Zwiespalt, in dem er sich befand. Vronis Auftauchen hatte in seinem Herzen eine alte Wunde aufgerissen, auch wenn sie es aufgrund ihres damaligen Verhaltens eigentlich nicht wert war, dass er ihr eine Träne nachtrauerte. Doch er kannte ja nicht den wahren Grund.

Sie sah hinüber zu ihrem Schnuckiputz, der mit seinem Bruder am Tresen lehnte und sich unterhielt. Hatte sie ihm die vergangenen Tage Unrecht getan?

Nur bedingt! Immerhin hat er sich auch nicht gerade mit Ruhm bekleckert und dir das Gefühl vermittelt, an zweiter Stelle zu stehen!

Trotzdem blutete ihr mit einem Mal das Herz!

»Wie habt ihr euch eigentlich kennengelernt?«, holte Vroni sie aus ihren schwermütigen Gedanken zurück in die Gegenwart. »Oder magst du darüber mit mir nicht reden?«

»Kein Problem«, winkte Rike ab und verkniff sich ein Gähnen. »'tschuldigung, ich habe wohl den Sex on the beach nicht so gut vertragen, aber solange wir uns unterhalten, bleibe ich munter, oder klinge ich schon betrunken?«

Vroni winkte ab. »Ich bin auch nicht mehr stocknüchtern«, lachte sie.

»Das beruhigt mich.« Rike lächelte. »Henning und ich sind uns hier in Warnemünde über den Weg gelaufen. Das war letztes Jahr im Juli. Ich stand auf der Drehbrücke, die den Alten Strom überspannt, und mein Handy klingelte. Da ich wusste, dass es meine Mutter war, mit der ich gerade nicht reden wollte, ging ich nicht ran. Und dann bemerkte ich diesen Wahnsinnstyp neben mir, der mich schelmisch musterte und fragte, ob ich keine Lust hätte, mich im Urlaub nerven zu lassen.« Nun war es an Rike, ob der Erinnerung verträumt zu lächeln. »Als dann meine Mutter erneut anrief und mir offenbarte, dass sie versehentlich meinem Exfreund verraten habe, wohin ich geflohen sei, hätte ich mich am liebsten von der Brücke gestürzt, aber Henning überredete mich stattdessen zu einem Glas Wein.«

»Och wie süß! Ja, so ist er, der Henning Hansen aus

Hamburg.« Vroni kicherte, und das Licht der Kerzen und Lampen spiegelte sich in ihren Brillengläsern wider.

»Ach, du kennst den Spruch auch?«

»Aber sicher doch. Klingt wie Bond, James Bond, geschüttelt, nicht gerührt.«

»Genau!« Lachend warf Rike den Kopf in den Nacken, was ihrem Hirn nicht so gut bekam. Also nüchtern war sie auf keinen Fall. »Dasselbe habe ich zu ihm gesagt, als er sich mir so vorgestellt hat. Ich schätze, in diesem Moment war das Eis zwischen uns gebrochen.«

»Na, ihr beiden Kichergänslein!«, rief Marie ihnen grinsend zu, als sie an ihnen vorbei in Richtung Toilette verschwand. »Alles wieder paletti?«

»Aber sicher doch!«, entgegnete Rike und merkte, dass es Zeit wurde, mal an die frische Luft zu gehen.

»Warte, Marie, ich komme mit«, rief hingegen Vroni und eilte ihr hinterher.

Rike blieb am Tisch zurück und sah sich nach einer Begleitung um.

Sven Ole stand schon wieder allein am Tresen. Susanne quatschte noch immer vertraut mit Finn Lasse. Die Hansen-Zwillinge waren verschwunden. Also blieb nur ihr ehemaliger Schulkamerad übrig, um sie an die frische Luft zu begleiten.

Entschlossen nahm sie ihre Handtasche und trat mit unsicherem Schritt auf ihn zu.

*D*ie frische Luft vorm Hotel traf Rike wie ein Hammer. Sollte sie ihr eigentlich das Hirn freipusten, bewirkte sie, dass sich in ihrem Kopf alles zu drehen begann. War das das kleine Männlein mit dem Riesenhammer, der einen ohne Vorwarnung aus den Latschen haut? Sie hatte davon schon gehört und war auch schon betrunken gewesen. So etwas war ihr aber noch nie passiert. Von einer Minute auf die andere konnte sie kaum noch gerade stehen. Sie torkelte, sodass Sven Ole sie stützen musste, damit sie nicht stolperte und fiel.

»Was ist denn plötzlich mit dir los, Rike? Haut dich die frische Luft um?«

Rike murmelte etwas und lehnte erschöpft den Kopf an seine Schulter. Ihr fielen sofort die Augen zu. Wie gerne würde sie sich hinlegen und schlafen. Sie war so müde. Es drehte sich nicht nur in ihrem Kopf, sondern auch in ihrem Magen. Warum hatte sie nicht auf Marie gehört und noch etwas gegessen?

»Soll ich dich nach Hause bringen?«, bot Sven Ole mitfühlend an. Es war nicht zu übersehen, dass für sie der Junggesellenabschied beendet war.

Ihr Kopf wackelte unsicher vor und zurück, als säße er nicht fest auf ihrem Hals.

»Dann komm!« Sven Ole legte ihr den Arm um den Oberkörper, doch sie entwand sich ihm und torkelte auf einen Strauch zu, wo sie sich geräuschvoll übergab.

Kichernd kehrten Marie und Vroni von der Toilette zurück und hielten auf ihren Tisch zu, aber Frederike saß nicht mehr auf ihrem Platz. Sie stand auch nicht bei Henning und Johannes an der Bar oder hatte sich an die Seite von Susanne und Finn Lasse gesellt.

»Ist sie tanzen?«, fragte Marie und suchte die Tanzfläche nach ihrer Schwägerin ab, doch bis auf einige Paare, die sich eng umschlungen im Rhythmus der Musik bewegten, fand sie Rike dort ebenfalls nicht.

»Mit wem denn?«, entgegnete Veronika und spähte zur Bar.

»Mit Sven Ole, doch auf der Tanzfläche kann ich sie nicht entdecken.«

»Dann sind sie vielleicht an der frischen Luft«, überlegte Veronika und reckte den Hals, um zum Balkon zu schauen. »Rike sagte, es ginge ihr nicht so gut.«

»Kein Wunder, wie sie zugeschlagen hat«, grinste Marie, »und dann auch noch den Sex on the beach mit doppelter Dröhnung.«

Beschämt senkte Vroni den Kopf, denn ihr war bewusst, dass sie und dieser vermaledeite Verlobungsring der Auslöser dafür waren.

Maries Blick schweifte derweil weiter und blieb auf Susanne und Finn Lasse ruhen. Sie standen noch immer zusammen. Als seine Finger wie selbstverständlich die Hand von Rikes Freundin berührten, hob Marie erstaunt die Augenbrauen und warf einen prüfenden Seitenblick auf Vroni, der es ebenfalls nicht entgangen war. Dennoch machte sie gute Miene zu bösem Spiel.

»Gehen wir zu deinem Mann und Henning«, schlug sie vor. »Mein Schatz scheint ja sehr beschäftigt zu sein.«

Sie traten zu den Brüdern an die Bar.

»Na, du Nochjunggeselle!«, rief Veronika lachend und kuschelte sich an Hennings Seite.

Sie hatte scheinbar ihre miese Phase überwunden, oder wollte sie Finn Lasse eifersüchtig machen und es ihm heimzahlen, weil er so vertraut mit Susanne tat?

Schmunzelnd legte Marie den Arm um ihren Mann und gab ihm einen Kuss. Zum Glück hatten sie nicht solche Probleme.

»Selber na!«, konterte derweil Henning und nahm sie in den Arm. »Bei euch alles im grünen Bereich?«

»Wie man es nimmt«, murmelte Vroni.

»Habt ihr Rike und Sven Ole gesehen?«, beantwortete stattdessen Marie die Frage ihres Schwagers mit einer weiteren.

»Wieso, sind sie nicht da?«

Johannes und Henning reckten den Hals.

»Sie ist vielleicht auf dem Klo«, überlegte Henning laut, als er sie nirgendwo entdeckte.

»Mit Sven Ole?«, kicherte Marie. »Eher unwahrscheinlich! Außerdem kommen wir gerade von der Toilette. Sie war nicht da.«

»Dann schöpfen die beiden vielleicht frische Luft«, kombinierte Johannes. »Rike meinte im Teepott, sie sei schon ziemlich angesäuselt.« Er grinste, und Henning fiel mit ein.

»Ja, ja, meine Rike, sie kann überhaupt nichts ab.«

»Solltest du nicht nach ihr suchen und sie fragen, ob sie nach Hause will?«, meinte Vroni und löste sich von ihm. Sie wollte nicht, dass Rike sie in dieser vertraulichen Situation sehen würde, sollte sie mit einem Mal vor ihr stehen. Immerhin hatten sie sich gerade versöhnt.

Doch weder Rike noch Sven Ole tauchten auf. Dafür gesellten sich Susanne und Finn Lasse zu ihnen.

»Wo steckt Sven Ole?« Sanne sah auf die Uhr. »Es wird allmählich Zeit, dass wir nach Hause fahren, sonst kommen wir morgen überhaupt nicht aus dem Bett.«

»Er ist verschwunden, genau wie Rike«, antwortete Marie. »Sie sind weder auf dem Balkon noch auf der Tanzfläche und auf der Toilette ebenfalls nicht.«

»Dann kann ich mir denken, was er macht«, grinste Sanne. »Er bringt sie gentlemanlike nach Haus.«

»Warum hat sie nicht mich darum gebeten?«

»Hättest du denn Zeit für sie gehabt?« Susanne musterte Henning abschätzend. »Vielleicht will sie dir jetzt mal die kalte Schulter zeigen. Das mit dem Verlobungsring hat ja wohl das Fass zum Überlaufen gebracht.«

»Und ist das meine Schuld!«, verteidigte sich Henning beleidigt.

»Das habe ich nicht behauptet.«

»Ja, ja, ich weiß, ich bin die Übeltäterin!« Vroni senkte den Blick. »Obwohl, wir haben uns vorhin ausgesprochen, und sie ist nicht mehr böse auf mich.«

»Aber auf mich?«

Vroni zuckte auf Hennings Frage nur mit den Schultern.

»Ich ruf Sven Ole mal an«, beschloss Susanne. Sie suchte ihr Smartphone aus der Handtasche heraus und wählte seine Nummer.

Nachdem sie den Anruf beendet hatte, grinste sie. »Ich hatte recht. Er bringt sie nach Hause, damit sie dort sicher ankommt. Sie ist komplett durch den Wind, kann kaum noch alleine stehen. Die frische Luft hat sie umgehauen.« Sie grinste und sah zu Marie und Johannes. »Kommt ihr mit? Sonst bestell ich mir allein ein Taxi.«

»Ich würd noch gern bleiben«, rief Johannes sofort, was Marie sich denken konnte.

Aber auch Henning schien keinerlei Ambitionen zu verspüren, den Abend beenden zu wollen. »Ich leiste dir Gesellschaft, Brüderchen.«

»Ich wohl eher dir«, konterte Johannes. »Immerhin ist es dein Junggesellenabschied, nicht meiner.«

»Solltest du deiner Frau nicht folgen?«, fragte verwundert Marie.

»Warum?« Henning hob die Schultern und ließ sie sinken. »Auf Sven Ole ist Verlass.«

Kopfschüttelnd trat sie auf die Männer zu und versuchte es ein letztes Mal. »Es ist schon spät. Vronis Tränen sind getrocknet. Ihr müsst sie nicht mehr trösten. Zudem hat sie dafür ihren Finn Lasse. Nehmt sie nicht ständig in Beschlag.«

»Meine Güte, fängst du jetzt auch mit dem Rumzicken an?«, beschwerte sich Johannes. »Rike bekommt es eh nicht mehr mit, ob Henning ihr folgt. Bis sie ihren Rausch ausgeschlafen hat, ist er wieder zu Haus.«

»Und ich stelle in der Zwischenzeit auch keinen Unfug an«, gelobte sein Bruder grinsend.

»Dann eben nicht.« Marie wandte sich Susanne zu, die ihr Telefonat beendet hatte. »Ich komme mit.«

»Prima! Das Taxi ist unterwegs.« Sanne schenkte den Hansen-Brüdern einen fragenden Blick. »Letzte Chance!«

Sowohl Henning als auch Johannes verneinten.

»Wir haben an unserem Tisch noch zwei Plätze frei«, lud Finn Lasse sie ein. »Wenn ihr also noch bleiben wollt, Männer, kommt zu uns. Wird sicher lustig.«

Dämlack!, grollte Marie stumm in die Richtung des Dänen und griff nach Tasche und Jacke. »Bis morgen dann.« Sie hauchte ihrem Mann einen Kuss auf die Wange und nickte den anderen zu. Dann verließen sie und Susanne die Bar.

Sven Ole mühte sich redlich, Rike auf den Beinen zu halten. Sie wankte zwischen Wachsein und Schläfrigkeit hin und her. Mal hing sie ihm am Hals und beteuerte, wie sehr sie damals in ihn verknallt gewesen sei. Dann wiederum fielen ihr beim Laufen fast die Augen zu. Im nächsten Moment erlebte sie dann ihren nächsten wachen Moment und schüttete ihm ihr Herz aus, dass sie Henning wohl Unrecht tat. Er sei nur noch immer nicht über den Trennungsschmerz hinweg.

Sven Ole ließ alles geduldig über sich ergehen, auch wenn sich die kurze Strecke zwischen dem Hotel und der Alexandrinenstraße heute Nacht als äußerst lang erwies. Er hatte dummerweise den Weg auf der Strandpromenade gewählt, die Rike aufgrund ihres Zustandes regelmäßig auszumetern versuchte. Sie zog ihn nach rechts, dann drückte sie ihn torkelnd nach links, sodass der Weg doppelt so lang als gewöhnlich erschien.

»Isch hätte mich nich von Jo-hick-han-nennes – hick – breitschlschla-hick-gen laschen ...« Sie sank in seinen Arm und schloss die Augen.

»Rike, wachbleiben, nicht einschlafen, Mädchen!« Sven Ole tätschelte ihr die Wange und rüttelte sie an der Schulter, bis sie die Augen wieder aufschlug und fast von alleine stand.

»'tschuldigung – hick, isch bin besoffen!«

Sven Ole lachte. »Das ist mir nicht entgangen, aber auch ich bin nicht mehr völlig klar im Kopf. War ein wirklich schöner Abend.«

Wenn da nicht dieser dreiste Däne wäre. Hatte er doch rotzfrech seiner Sanne die Lippen auf die Hand gedrückt und gemeint, er, Sven Ole, hätte sicher nichts dagegen, wenn er sie ihm mal kurz entführt.

Kurz!, grollte Sven Ole still. Fast eine halbe Stunde waren sie am anderen Ende der Bar verschwunden gewesen, nicht zu reden davon, dass sie recht vertraut miteinander schienen. Er wurde das Gefühl nicht los, dass die beiden sich nicht zum ersten Mal begegnet waren. Morgen würde er Sanne zur Rede stellen.

Endlich bogen sie in die Alexandrinenstraße ein. Zum Glück, ihm schmerzte inzwischen die gesamte rechte Seite. Er war kein Schwächling, doch eine betrunkene Person abzuschleppen, war nicht wirklich leicht, vor allem dann nicht, wenn man selbst nicht mehr ganz fest auf den Beinen stand.

»In drei Tagen – hick – heirate i-hick!«, schmetterte Rike fröhlich lallend, als sie kurz vor der Haustür standen.

»Psst, Frederike, du weckst noch die ganze Nachbarschaft auf.« Sanft legte er ihr seine Hand auf den Mund. Es musste nicht jeder mitbekommen, wie abgefüllt sie war. Dabei entglitt sie beinahe seinem anderen Arm. Sie stolperte zwei Schritte vorwärts und rutschte unbeholfen mit dem Fuß vom Bordstein ab, sodass sie wegknickte und fiel. Dabei zog sie ihn mit sich zu Boden, und zu allem Unglück landete er noch auf ihr.

»Aua!«, jammerte sie. »Pass doch auf!«

Er rappelte sich von ihr herunter und wieder auf die Füße und half ihr beim Aufstehen. Anscheinend hatte sie sich den Fuß verstaucht, denn sie konnte kaum noch auftreten und klagte bei jedem Schritt.

Im Haus auf der gegenüberliegenden Straßenseite ging im Obergeschoss ein Fenster auf, und ein Kopf lugte heraus. »Alles in Ordnung?«

»Alles gut«, antwortete Sven Ole gedämpft. War das Rikes Opa? Es war zu dunkel, um den Mann genauer erkennen zu können. Dann fiel ihm ein, dass Rikes Großvater zwei Häuser weiter auf derselben Straßenseite wohnte. Das Fenster gegenüber ging leise zu.

»Aua, hick, das tut weh!«, lamentierte derweil Frederike unentwegt.

»Wir haben's gleich geschafft. Wo hast du deinen Haustürschlüssel?« Sven Ole erwartete nicht wirklich eine Antwort auf seine Frage. Rike war zu betrunken und mit ihrem verstauchten Fuß voll beschäftigt. Beherzt griff er nach ihrer Handtasche und durchsuchte sie, bis er den Schlüssel fand.

Kaum hatten sie den Flur betreten, traf ihn die warme Luft mit voller Wucht. Nach der Kälte im Freien gab sie nun ihm den Rest. Zwar war er nicht so außer Gefecht gesetzt wie Rike. Er spürte aber, wie sich in seinem Kopf ein Karussell zu drehen begann. Glücklicherweise rebellierte nicht auch noch sein Magen.

Ich muss sie wenigstens ins Bett bekommen, nahm er sich vor, doch das Schlafzimmer befand sich im Obergeschoss.

»O Mein Gott!«, stöhnte er.

Mit der einen Hand tastete er nach dem Lichtschalter, mit der anderen hielt er Rike fest. Blieb ihm nur noch sein Fuß, mit dem er die Haustür hinter sich geräuschvoll schloss.

Oder ich lege sie einfach auf die Couch in der Stube, suchte er nach einer Lösung, sich die Treppe zu ersparen, aber Rike machte ihm einen Strich durch seinen genialen Einfall.

»Nach oben«, hauchte sie ihm ins Ohr, »ins Schlafzimmer.« Ihr sackte der Kopf auf die Brust.

»Wenn's sein muss!« Er riss sich zusammen und nahm sie auf den Arm. Mit ihrem Fuß würde es ewig dauern, bis sie oben angekommen wären. Zweimal verlor er beinahe das Gleichgewicht. Der Schweiß rann ihm in die Augen und trübte seinen ohnehin nicht mehr ganz klaren Blick. Dann hatte er das Schlafzimmer erreicht und fiel mit ihr aufs Bett.

»Aua, hick, du liegst schon wieder auf mir!«, beschwerte sie sich, doch bereits im nächsten Moment schnarchte sie leise vor sich hin.

Er rollte sich von ihr herunter und blieb auf dem Rücken liegen.

»Ich bin erledigt!«

Er hatte das Licht nicht angemacht. Ein schwacher Schein drang vom Flur ins Zimmer. Als die Tür von allein ins Schloss fiel, wurde es stockdunkel. Einzig die Helligkeit der Straßenlaternen fiel noch in den Raum.

»Nur einen kurzen Moment!, dachte er, nur eine Minute erholen, dann verfrachte ich sie richtig ins Bett und ziehe ihr zumindest Jacke und Schuhe aus. Im Anschluss rufe ich mir ein Taxi ...

Ihm fielen die Augen zu.

Die Röte am östlichen Horizont kündete den neuen Tag an, als Henning und Johannes endlich die Bar verließen und vor das Hotel traten.

»War das ein toller Junggesellenabschied!«, resümierte Henning und reckte die Arme über den Kopf, um sich zu strecken. Sie hatten kaum getanzt, mehr am Tisch oder an der Bar gesessen und sich mit Vroni und Finn Lasse unterhalten.

»Finn Lasse ist ein cooler Typ«, fand Johannes. »Die beiden passen trotz des Altersunterschieds gut zusammen.« Er musterte seinen sieben Minuten jüngeren Bruder. »Akzeptierst du endlich, dass sie nicht mehr zu haben ist?«

»Das hatte ich bereits, als sie bei uns im Flur stand«, entgegnete Henning. »Ich hatte nie vor, mich erneut an sie ranzumachen, oder dachtest du ernsthaft, ich lasse wegen ihr die Hochzeit mit Rike platzen?« Grinsend schüttelte er den Kopf.

»Okay, dann hast du dich teilweise gut verstellt«, urteilte Johannes. »Selbst ich war mir manchmal nicht sicher, wie tief deine Gefühle für Veronika noch wirklich sind.«

»Nicht tief genug, als dass ich Frederike gehen ließe. Dafür ist sie mir zu lieb und zu wichtig.« Er seufzte leise.

Dass ihm dennoch das Herz schmerzte, wenn er sie an der Seite eines anderen sah, musste er seinem Bruder nicht anvertrauen. Das Kapitel Veronika Beese war seit vier Jahren vorbei. Nach ihr hatte es andere Frauen in seinem Leben gegeben. Nun war er mit Rike zusammen und liebte sie so sehr, dass er ihr einen Verlobungsring an den Finger gesteckt hatte und sie übermorgen heiraten wollte. Bei keiner war er sich so sicher gewesen wie bei ihr. Selbst bei Vroni nicht. Trotzdem hatte das Wiedersehen mit ihr eine Wunde in seinem Herzen aufgerissen, die besser vernarbt geblieben wäre.

Er spürte Johannes' Blick auf sich ruhen. »Was?«, fragte er und hob die Brauen. »Du kannst es mir glauben, die letzten Stunden haben mir gezeigt, dass sie jetzt zu einem anderen gehört und ich nicht versuchen sollte, ihren Aufenthalt künstlich zu verlängern. Ich habe es begriffen und akzeptiere es.«

Johannes schmunzelte zufrieden. »Dann sage Rike nachher noch einmal, dass es dir leidtut und du sie liebst.«

»Das werde ich tun.«

Ein Taxi kam die Auffahrt zum Hotel hochgefahren und hielt vor ihnen an.

»Soll ich dich zu Hause absetzen?«, fragte Johannes.

»Muss nicht sein. Ein Spaziergang tut mir sicher gut. Die Luft ist lau, und vielleicht sehe ich sogar noch die Sonne aufgehen.«

Johannes grinste. »Wie romantisch. Das sollte man aber mit der Frau an der Seite tun, die man liebt.«

»Klar, ich eile nach Hause und hole Rike aus dem Bett. Die wird mir ein paar Takte erzählen.« Henning lachte.

»Das wird sie dir so oder so, mein Lieber, wenn sie erfährt, wo du die ganze Nacht gewesen bist«, prophezeite ihm sein Bruder. »Meine Marie übrigens auch. Sie war schon heute Nacht nicht davon begeistert, dass ich nicht mitgekommen bin.«

»Also meinst du, es ist mal wieder Zeit für einen Rosenstrauß?« Henning unterdrückte ein Gähnen. »Ich habe gerade gestern Rosen verschenkt. Hat nicht geholfen, sondern nur Ärger gebracht.«

»Logisch, weil du Dussel gleichzeitig auch Rosen für Vroni gekauft hast«, tadelte Johannes ihn. »Du bist einunddreißig und hast die weibliche Psyche noch immer nicht verstanden.«

»Ach, und du mit deinen sieben Minuten mehr an Lebenserfahrung verstehst die Frauen?«. Henning lachte auf. »Ich schätze, du kannst hundert Jahre alt werden, und wirst sie nicht verstehen. Sie ticken halt anders als wir, und das erzeugt Reibung, glaube mir.«

»Manchmal so, dass die Funken stieben«, kicherte Johannes und öffnete den Wagenschlag. »Geh nach Hause, Bruderherz, und wärme ihre Schulter, damit sie dir nicht mehr die kalte zeigt. Wenn du ihr sagst, wie sehr du sie liebst und dich wie früher um sie bemühst, wird alles wieder gut.« Er nahm auf der Rückbank Platz. »Ich sehe dich übermorgen auf dem Standesamt.« Dann schloss er die Tür, und das Taxi fuhr los.

Henning sah dem davonfahrenden Auto hinterher. Dann wandte er sich um und spazierte gemächlich die Auffahrt hinab, um auf der Promenade Richtung Leuchtturm zu gehen. Er wollte noch ein wenig die frische Luft genießen, um den Kopf frei zu bekommen. Der Abend war lang gewesen, und er hatte einiges getrunken. Zudem hoffte er in der Tat, den Sonnenaufgang über dem Meer mitzuerleben. Es wäre nicht das erste Mal, dass er dieses Naturschauspiel sah, doch es war es wert, dafür ein paar Minuten zu opfern.

Als er Teepott und Leuchtturm erreichte, wo er nach Hause hätte abbiegen müssen, stand dieser Moment kurz bevor.

Henning dachte nicht lange nach. Er spurtete die Treppe hinab und eilte zur Mole, um von dort die ungetrübte Sicht zu genießen. Dabei rannte er fast einen älteren Mann über den Haufen, der verschlafen um die Ecke bog. Geschickt wich Henning ihm aus, murmelte eine Entschuldigung und schwenkte auf die Mole ein. Als er ihr Ende erreichte, tauchte die Sonne am Horizont auf – erst nur ein kleines rotes Fitzelchen, das sich augenscheinlich schnell aus der Ostsee erhob. Dann wurde es größer und runder, bis es schon bald wie ein leuchtend roter Ball über dem Wasser schwebte, und mit zunehmender Höhe seine Farbe in ein gleißendes Weiß änderte und seinen täglichen Weg über den Himmel antrat.

Versonnen blickte Henning über die noch dunkle Ostsee zum tiefroten Horizont, der an Helligkeit gewann. Es wurde Zeit, nach Hause zu gehen.

So wie Henning, bewunderten auch Veronika und Finn Lasse das Auftauchen des Feuerballs über dem Meer. Eng umschlungen standen sie auf dem Balkon ihrer Hotelsuite und genossen das wundervolle Spektakel.

»Erinnerst du dich noch an unsere erste gemeinsame Nacht?«, fragte Finn Lasse und lehnte den Kopf an ihren. »Wir sind aufgestanden und haben den Sonnenaufgang bewundert.«

Vroni nickte und stahl sich einen Kuss von seinen Lippen. War es der rechte Moment, ihn noch einmal auf Susanne anzusprechen?

Sicher nicht. Es würde die Magie des Augenblicks zerstören, doch sie würde es zu gegebener Zeit tun.

Die Sonne stieg immer höher. Ihre Strahlen erhellten inzwischen einen schmalen Streifen auf dem dunklen Meer. Es sah fast wie ein gewaltiger Catwalk aus, der von gleißenden Scheinwerfern ins rechte Licht gesetzt wurde, um den Superstar Sonne zu präsentieren. Doch mit jeder Minute, die verstrich, verflog diese Illusion. Es wurde heller und heller.

»Lass uns schlafen gehen.« Vroni wandte den Blick von der Ostsee und richtete ihn auf Finn Lasse. »Ich bin müde.«

Sie gingen ins Zimmer zurück und schlossen die Balkontür.

»Warum hast du mir gesagt, dass der Ring ein Geschenk deiner Oma sei?«

Vroni, die sich gerade die Bluse aufknöpfte, hielt in der Bewegung inne. »Das habe ich dir doch in der Bar erklärt. Ich konnte es dir unmöglich erzählen.«

»Es wäre bei mir auch nicht gut angekommen«, brummte Finn Lasse. »Trauerst du ihm noch nach?«

»Wie kommst du denn auf die Idee?« Sie schnappte nach Luft. Der Moment war gekommen, ihn wegen Susanne zur Rede zu stellen. »Nein. Ich mag ihn als Menschen, so wie ich auch Rike und ihre Schwägerin mag. Wie verhält es sich aber mit dir und Susanne?«

»Darauf habe ich dir schon eine Antwort gegeben«, erwiderte er. »Wir kennen uns aus London.«

Sie musterte ihn mit schief gelegtem Kopf. »War was zwischen euch?«

»Was meinst du?«

»Finn Lasse, stell dich jetzt nicht dumm. Du weißt genau, was ich meine.« Vroni spürte, wie der Ärger in ihr wuchs. So musste sich Rike die vergangenen Tage gefühlt haben, als Henni stets um sie herumgesprungen war und sie nicht wusste, ob da was zwischen ihnen lief.

Er wich ihrem anklagenden Blick aus. »Verzeih mir, Vroni!« Es bedurfte eines tiefen Atemzuges, bevor er den Mut zur Wahrheit aufbrachte. Dann sagte er: »Es war ein Quickie in einer Abstellkammer. Ich hätte nie gedacht, sie jemals wiederzusehen.«

Veronika knickten die Beine ein, und sie landete schmerzhaft mit dem Gesäß auf der Bettkante. »Aua!« Jammernd rieb sie sich die Stelle. »Ihr habt miteinander geschlafen?«

»Das war kein *miteinander schlafen*. Wir haben uns eine Dreiviertelstunde lang heiß vergnügt. Das war vor unserer Zeit, also vor ungefähr zweieinhalb Jahren.« Er trat auf sie zu und ging vor ihr in die Hocke. »Ich schätze, wir haben beide unsere kleinen Geheimnisse, die wir vor dem anderen verbergen wollten. Es tut mir leid.« Er nahm ihr Kinn in die Hand und berührte mit seinen Lippen sanft ihren Mund. »Kannst du mir verzeihen?«

Vronis Augen wurden feucht. Sie nickte. »Du mir ebenfalls?«

Anstatt einer Antwort nahm er sie in den Arm und zog sie auf die Matratze.

Es war kurz nach sechs Uhr, als Henning endlich die Haustür aufschloss. Noch im Türrahmen zog er sich die Schuhe aus und schlich auf Socken ins Haus, um Frederike nicht zu wecken.

Sie hatte vergessen, das Licht im Flur zu löschen. Er grinste und zog sich die Jacke aus. Dann spähte er die Treppe hoch. Die Tür zum Schlafzimmer war geschlossen.

Im Anschluss ging er in die Küche und klappte den

Fensterflügel an. Die Luft im Haus war abgestanden und warm. Er nahm ein Glas aus dem Schrank und füllte es mit Wasser aus der Leitung. Kurz überlegte er, ob er auf der Couch schlafen sollte, um sie nicht zu wecken, wenn er ins Schlafzimmer trat; dann verwarf er diesen Gedanken. Rike wäre auf jeden Fall vor ihm wach und müsste dann auf ihn Rücksicht nehmen.

Gähnend stellte er das Glas in die Spülmaschine und stieg die Stufen ins Obergeschoss hinauf, dabei darauf achtend, kein Geräusch zu verursachen.

Die immer höher steigende Sonne schickte die ersten Strahlen in den Raum und vertrieb die Schatten der Nacht, als er ins Schlafzimmer trat. Staub tanzte im einfallenden Licht. Es war warm und roch nach Alkohol, obwohl er selbst nicht nüchtern war. Rike lag bis zu den Ohren eingemummelt auf der Seite und drehte ihm den Rücken zu.

Ein Lächeln huschte über Hennings Gesicht. Selbst im Schlaf zeigte sie ihm die kalte Schulter.

Er trat am Fußende des Bettes vorbei zum Fenster, um den Flügel anzuklappen und die frische Morgenluft in den Raum zu lassen. Dabei bemerkte er, dass es noch eine zweite Person gab, die neben Rike im Ehebett lag. Es war nicht mehr als ein strohblonder Schopf zu sehen, aber Henning wusste sofort, zu wem er gehörte. Und Frederike kuschelte sich an ihn!

Fassungslos starrte er auf seine Freundin und Sven Ole hinab. Hatten sie miteinander geschlafen?

Hennings Vernunft versuchte vergeblich, den aufwallenden Zorn zu bezwingen. So dämlich würden sie doch nicht sein. Trotzdem ballten sich seine Hände zu Fäusten, und sein Hirn begann zu rattern.

War Rikes Unwohlsein, ihre Trunkenheit, nur vorgetäuscht gewesen, um mit dem früheren Mädchenschwarm ihrer Schule ins Bett zu gehen? Immerhin war ihm gar nicht aufgefallen, dass sie angesäuselt war.

Und warum bleibt Sven Ole dann hier? Damit du ihn und Rike inflagranti erwischen kannst?

Darauf wusste Henning keine plausible Antwort. Es half aber auch nicht, seine Wut abzukühlen. Vielleicht beabsichtigte sie, ihn eifersüchtig zu machen? Immerhin schmiegte sie sich an ihn!

Seine Hände wurden allmählich weiß und fingen zu schmerzen an, so fest hielt er die Fäuste geballt, und seine Nägel gruben sich schmerzhaft in sein Fleisch.

Bevor er dazu kam, etwas Unüberlegtes zu tun oder Sven Ole wachzurütteln, um ihn zur Rede zu stellen, rollte sich Rike auf den Rücken und schmatzte vor sich hin. Dabei zitterten ihre Wimpern unter den hin und her rollenden Augäpfeln.

Wurde sie wach?

Er verharrte.

Kurz darauf seufzte sie und reckte die Arme über den Kopf. Dann öffnete sie die Augen und blinzelte schlaftrunken zu ihm auf.

»Bist du schon aufgestanden? Wie spät ist es?«

»Hoffentlich nicht schon zu spät«, entgegnete er verstimmt.

Verständnislos sah sie ihn an und gähnte ungeniert. »Wie meinst du das? Du sprichst in Rätseln.«

Im selben Moment nahm ihr Blick einen verwirrten Ausdruck an.

*J*rgendetwas stimmte gerade nicht! Wieso stand Henning am Fußende des Bettes? Hatte sie sich nicht gerade an seinen Rücken geschmiegt? Und wieso trug er noch immer das Hemd und die Hose vom Vorabend? War er angezogen ins Bett gegangen?

Wenn ihr nur nicht so der Schädel brummen würde. Sie konnte kaum einen klaren Gedanken fassen. Die Helligkeit tat den Augen weh, und ihre Kehle war wie ausgedörrt.

»Ich habe Durst«, flüsterte sie und quälte sich aus dem Bett, blieb aber auf der Kante sitzen, denn ihr Hirn fuhr gerade Karussell. »Es war wohl gestern etwas viel«, stellte sie krächzend fest und fasste sich an die Stirn, hinter der es schmerzhaft pochte. Wie war sie nach Hause gekommen? Hatte Henning sie gebracht?

Sie sah an sich herab. Auch sie trug noch immer ihre Bluse, hatte aber keine Hose an, sondern nur noch den Slip. Selbst den Schmuck hatte sie nicht abgelegt. War Henning ebenfalls so betrunken wie sie gewesen, um sich auszuziehen?

Das Letzte, woran sie sich entsann, und auch das nur unter höllischem Kopfweh, war der Sex on the beach, den sie getrunken hatte, während sie erst mit Marie, später mit Vroni am Tisch gesessen hatte. Dann waren beide zur Toilette gegangen, und sie hatte sich nach jemandem umgesehen, mit dem sie an die frische Luft gehen konnte. War das nicht Sven Ole gewesen? Sie erinnerte sich nicht so genau. Die letzten Ereignisse des vergangenen Abends verloren sich in dunklen Schwaden, aus denen nicht einmal ein kleiner Fetzen Erinnerung herausblitzte.

Verdammt, warum hatte sie beim Trinken nicht ein wenig mehr Vorsicht walten lassen, wo sie doch wusste, dass sie nichts vertrug?

»Hast du mich nach Hause gebracht?«, fragte sie und räusperte sich.

»Sven Ole war so frei, was nicht zu übersehen ist.«

»Wieso?«

Verständnislos wandte Rike den Kopf und sah zu Henning auf. Erneut sprach er in Rätseln. Musste das sein? Es fiel ihr so schon schwer genug, ihre Gedanken zu sortieren. In ihrem Schädel summte ein wildgewordener Bienenschwarm. Musste er da so kryptisch sein?

»Ich verstehe nicht, was du meinst?«, wiederholte sie ihre Frage, auf die er ihr keine Antwort gegeben hatte. »Und wieso trägst du noch die Sachen von gestern Abend und ich liege halb angezogen im Bett?«

Ein Erkenntnisblitz durchzuckte sie, noch bevor er zum Antworten kam. Hatte er nicht gesagt, Sven Ole hätte sie nach Hause gebracht? Dann war es verständlich, dass sie nicht ihr Nachthemd trug.

Sie bekam ein schlechtes Gewissen. Hatte Sven Ole sie ins Bett gebracht und entkleidet?

»Weil ich bis eben unterwegs gewesen bin«, hörte sie Henning sagen und hob wieder den Blick zu ihm. Er hatte sich vor ihr aufgebaut und vergrub die Fäuste in den Taschen. »Warum du allerdings nur mit Bluse und Hemd neben einem anderen Mann im Bett liegst, solltest du mir gefälligst erklären.«

»Keine Ahnung, Schatz. Woher soll ich das wissen? Ich kann mich an nichts erinnern.« Sie stutzte. Was hatte Henning gerade gesagt, sie lag neben einem anderen Mann im Bett?

»Also, ich warte auf deine Antwort, Frederike! Wieso schläft Sven Ole in meinem Bett?«

»Sven Ole? – In deinem Bett? – Wieso? Ist er hier?« Sie verstand noch immer nicht, wovon er sprach.

»Ja! Dreh dich doch um, Frederike. So blau kannst du doch unmöglich noch sein, dass du nicht kapierst, wovon ich rede.« Henning platzte so langsam der Kragen.

Seine gehobene Stimme ließ allmählich den Inhalt seiner Worte in Rikes Hirn vordringen.

Sven Ole war hier! Er lag neben ihr im Bett!

Wie von der Tarantel gestochen, sprang sie hoch und sank sofort wieder auf die Bettkante zurück. »Verdammt, mein Kopf! Ich brauch was zu trinken und 'ne Tablette. Mir platzt gleich der Schädel.« Dann drehte sie sich langsam um und riss verstört die Augen auf. Ein blonder Schopf lugte unter der Zudecke im Nebenbett hervor. »O mein Gott!«, keuchte sie entsetzt. Ob auch er nur noch halb bekleidet war?

Das schlechte Gewissen übermannte sie erneut, auch wenn sie sich an nicht entsinnen konnte. Trotzdem war sie sich sicher, nicht mit Sven Ole geschlafen zu haben.

»Ich weiß nicht, was er da macht«, stammelte sie, und alles nur wegen des Verlobungsrings und dem darauf zu starken Sex on the beach.

Ihre Handflächen wurden feucht. Hoffentlich war es wegen des Mixgetränks nicht zu einem *Sex in the bed* mit ihrem früheren Schulkamerad gekommen!

Beklommen erhob sie sich und klaubte ihre Sachen vom Boden auf.

Henning reichte es.

Da Rike ihm keine befriedigende Antwort gab, trat

er auf Sven Ole zu und rüttelte ihn so lange an der Schulter, bis er wach wurde.

»Los, aufstehen! Raus aus meinem Bett!«, fauchte er ihn an.

»Was ist denn los, Sanne?«, murmelte Sven Ole schläfrig, ohne zu realisieren, dass die Stimme seiner Freundin heute Morgen ziemlich männlich klang. »Lass mich schl...!« Er stutzte und schlug verwirrt die Augen auf. »Henning? Du? Was willst du hier? Was machst du in meinem Schlafbüro?«

»Die Frage lautet wohl eher, was machst du in meinem Bett?«, knurrte Henning zurück und verlagerte das Gewicht seines Körpers auf den anderen Fuß.

»Wie, in deinem Bett?« Sven Ole verstand nicht, was er meinte. Dann nahm er die Umgebung wahr, die nicht der seiner Kammer entsprach, und riss verstört die Augen auf. In Sekundenschnelle saß er in der Senkrechten im Bett. »O mein Gott! Bin ich etwa eingeschlafen, doch wie komme ich ins Bett?« Er blickte zur Seite, wo Frederike nur in Bluse und Schlüpfer mit ihrer Jeans und den Socken in der Hand vor dem Bett stand und seinem Blick auswich. Hatte er sie gestern Abend noch entkleidet? Doch warum lag er neben ihr im Bett?

»Ja, o mein Gott!«, echote derweil Henning. »Kannst du mir bitte erklären, wieso du mit meiner Frau in den Federn liegst? Hast du mit ihr geschlafen?«

»Aber Henning!« Rike schenkte ihrem Zukünftigen einen empörten Blick. »Ich weiß zwar nicht, wie ich in mein Bett, nein, wie ich überhaupt nach Hause gekommen bin. Doch ich lag mit Sven Ole nicht *im* Bett, sondern nur nebeneinander.«

»Ach ja, und woher willst du das wissen, wenn du dich an nichts entsinnen kannst? Du hast dich sogar an ihn gekuschelt.«

»Weil ich im Schlaf wohl davon ausgegangen bin, dass du es bist, und dass ich nicht mit ihm geschlafen habe, weiß ich eben. So etwas würde ich nicht tun.«

»Ich ebenfalls nicht«, warf Sven Ole ein und kratzte sich an der Stirn. »Du wolltest an die frische Luft, weil du zu viel getrunken hattest«, erinnerte er sich. »Und dann habe ich dich nach Hause gebracht, weil du in der Tat ein wenig Hilfe nötig hattest. Mehr nicht.«

Er kroch aus dem Bett, und entsetzt sog Frederike die Luft scharf ein, während die Falte auf Hennings Stirn eine bedrohliche Tiefe annahm.

»Und warum bist du splitternackt?«, fragte er erbost.

»Keine Ahnung, ich muss mich wohl entkleidet haben. Ich schlafe immer nackt. Frag Susanne.«

Sven Ole bückte sich, suchte seine Siebensachen vom Teppich zusammen und begann, sich anzukleiden. »Wie geht es deinem Fuß?«, fragte er Frederike.

»Wieso, wie sollte es ihm gehen? Alles in Ordnung«, erwiderte sie und sah verwundert von Sven Oles Rücken zu Henning.

»Du bist kurz vor der Haustür umgeknickt«, erklärte er, während er sich Socken und Hose anzog und nach seinen Schuhen Ausschau hielt. »Ich wollte dich in die Stube auf die Couch bringen, doch du wolltest unbedingt hoch ins Schlafzimmer. Also habe ich dich die Treppe hochgetragen und aufs Bett gelegt.« Er hatte den einen unter der Kommode entdeckt. Der zweite blieb vorerst verschwunden.

»Ja und?«, fuhr Henning unwirsch dazwischen und trat widerwillig zur Seite, um Sven Ole auf der Suche nach dem Schuh Platz zu machen.

»Ich war fix und fertig, als ich mit deiner Frau oben angekommen bin«, sprach Sven Ole Henning nun direkt an. »Ich habe sie den ganzen Weg vom Hotel bis zu euch mehr gestützt und getragen, als dass sie selbst gelaufen ist. Die Strecke war heute Nacht mindestens doppelt so lang ...«

»Ach, und da dachtest du dir, du hast dir noch 'ne Belohnung verdient!«, fuhr Henning ihm unwirsch ins Wort und baute sich vor ihm auf, während Rike beschämt zu Boden sah.

»Unsinn, das würde ich niemals tun«, gab Sven Ole beleidigt zurück und blickte ihm fest in die Augen. »Ich dachte, das wäre dir bekannt. Ich bin mit Sanne liiert und lass prinzipiell die Finger von Frauen, die in einer festen Beziehung sind.«

Na ja, dachte Rike, so ganz entsprach das nicht der Wahrheit. Susanne hatte ihr erzählt, dass Sven Ole bei ihrem ersten Besuch in der Pension nichts gegen ein Schäferstündchen mit ihr einzuwenden gehabt hätte, obwohl sie zu diesem Zeitpunkt noch mit Matthias zusammen war. Das teilte sie aber Henning lieber nicht mit.

»Sieh zu, dass du Land gewinnst!«, forderte Henning Sven Ole grimmig auf. »Ich hätte Lust, die Feierlichkeiten und die Übernachtungen in deiner Pension zu stornieren.«

»Sag mal, spinnst du, Henning?« Rike reichte es. Auch wenn sie sich an nichts erinnern konnte, was nach dem Barbesuch geschehen war, sie war sich sicher, nicht mit Sven Ole geschlafen zu haben. »Findest du nicht, dass du ein wenig übertreibst? Glaubst du ernsthaft, wir wären so dusslig und er bleibt die ganze Nacht hier, damit du ihn finden kannst, wenn wir zuvor Sex gehabt hätten?«

»Ich habe deine Frau nicht angerührt!«, beteuerte zum wiederholten Mal auch Sven Ole. »Ich hab sie noch nicht mal entkleidet. Ich erinnere mich, dass ich ihr die Schuhe ausziehen und sie ordentlich ins Bett legen und zudecken wollte. Dann muss ich eingeschlafen sein.«

»Und wer war es dann, die Heinzelmännchen? Und warum liegst du nackt in meinem Bett?«

Ratlos hob Sven Ole die Schultern und ließ sie sinken. »Ich weiß es nicht. Vielleicht bin ich wach geworden, ohne zu merken, wo ich bin, keine Ahnung. Vielleicht hat deine Frau sich selbst aus ihrer Hose gepellt.«

Henning reichte es. Auf der einen Seite beteuerte Sven Ole, sich an alles zu entsinnen, dann wiederum fehlten ihm entscheidende Momente. Er wies zur Schlafzimmertür. »Du kennst den Weg. Verschwinde, sofort!«

»Wenn ich meinen zweiten Schuh gefunden habe, gern.« Sven Ole ging in die Knie und lugte unters Bett, wo er fündig wurde.

»Komm, ich bringe dich noch zur Tür«, bot sich Rike an und schenkte Henning einen vernichtenden Blick. Sie wurde das Gefühl nicht los, dass Sven Ole und ihr gerade großes Unrecht widerfuhr.

»Frederike!« Unwillig schüttelte Henning den Kopf. »Findest du das jetzt angebracht?«

»Auch nicht unangebrachter, als wie du die letzten Tage um Veronika herumscharwenzelt bist. Anstatt dich um mich zu kümmern, dich vielleicht mal bei mir zu entschuldigen, musstest du gestern Abend Vroni trösten, weil sie versehentlich deinen Verlobungsring getragen hat. Ein toller Freund bist du!« Sie reckte ihm ihr Kinn entgegen und drückte das Rückgrat durch. »Wo warst du eigentlich die ganze Nacht?« Dann schlüpfte sie in ihre Jeans und brachte Sven Ole hinunter zur Tür.

»Du solltest bei ihm bleiben«, raunte ihr Sven Ole zu, als sie die Stufen hinabstiegen.

»Nein, ich bin mir keiner Schuld bewusst.« Frederike schenkte ihm einen Blick über die Schulter und erhaschte dabei einen auf Henning, der am Treppenabsatz stand und ihnen mit verkniffenem Gesicht hinterhersah. »Hauptsache, Sanne macht dir nicht eine ähnliche Szene wie er.«

Sven Ole winkte ab. »Ich werde es sicher überleben. Ich habe mir nichts vorzuwerfen. Zudem darf sie mir erst mal erklären, woher sie diesen Finn Lasse kennt.«

Das würde mich ebenfalls interessieren, durchfuhr es Rike.

»Komm gut nach Hause. Soll ich dir ein Taxi rufen?«

»Lass mal gut sein«, winkte er ab. »Das mache ich allein.« Er reichte ihr die Hand.

»Hey, was soll das?« Sie umarmte ihn und drückte ihm wie gewohnt einen Abschiedskuss auf die Wange. »Danke, dass du mich nach Hause gebracht hast.« Dann öffnete sie die Tür, und Sven Ole verließ das Haus. Sie hingegen verschwand in der Küche, um sich eine Tablette und ein Glas Wasser zu gönnen.

Als sie wieder ins Obergeschoss trat, sah sie noch, wie sich hinter Henning die Tür zum Gästezimmer schloss.

Gut so, dachte sie grimmig. Somit hatte sie vorerst vor ihm ihre Ruhe.

24

Rike und Henning gingen sich vorerst aus dem Weg, auch wenn das zwei Tage vor der Hochzeit nicht der beste Einfall war. Trotzdem verspürte weder sie noch er Lust zu einer sachlichen Aussprache, die nötig gewesen wäre, um alles zu klären. Jeder zog sich zurück, um seine seelischen Wunden zu lecken. Ob sie berechtigt waren oder nicht, hinterfragte vorerst keiner. Rike kroch noch einmal ins Bett und schlief bis zum Mittag. Henning kam erst zum späten Nachmittag aus dem Gästezimmer heraus und verschwand sofort im Badezimmer, wo kurz darauf das Wasser plätscherte. Rike wappnete sich in der Zwischenzeit für das Gespräch mit ihm, doch sie bekam ihn nicht zu Gesicht. Dafür hörte sie nur, wie er vom Bad ins Schlafzimmer ging. Eine Viertelstunde später fiel die Haustür hinter ihm ins Schloss.

»Na toll!«, murrte sie leise vor sich hin. Anscheinend war er noch immer verletzt, weil er glaubte, dass sie mit Sven Ole geschlafen hatte.

Enttäuscht griff sie zu ihrem Telefon und rief Susanne an.

»Na, du kleine Schnapsdrossel!«, wurde sie von ihr begrüßt. Ein Kichern folgte. »Bist du gut nach Hause gekommen, aber was frage ich. Bei dem tollen Begleiter konnte dir nichts geschehen.«

Wenn du wüsstest!, dachte Frederike, hielt aber den Mund.

»Sag mal, was ist denn losgewesen, dass Sven Ole bei euch übernachtet hat? Ich war in Sorge, als er heute Morgen nicht neben mir lag und auch nicht in seinem Zimmer war.«

»Was fragst du mich? Ich kann mich an nichts entsinnen«, wich Frederike aus. »Ab dem Moment, als ich ihn gebeten habe, mich an die frische Luft zu begleiten, ist Daddeldu. Die Meeresbrise hat mir wohl den Rest gegeben.«

»Kein Wunder, wenn du dir den Sex on the beach mit doppelter Alkoholdröhnung bestellst.«

»Ist mir bewusst, doch ich war auf Vroni wütend und auf Henning und Johannes. Ich brauchte das in jenem Moment.«

»Du hast dich doch aber später mit Vroni ausgesprochen, richtig? Zumindest habe ich sie bei dir am Tisch gesehen.«

»Das stimmt.« Rike erzählte von der Unterhaltung.

»Das freut mich, dass ihr beiden im Reinen seid. Es gäbe da nur noch eine Frage zu klären: Warum hat Sven Ole bei euch im Gästezimmer übernachtet?«

Im Gästezimmer?, wäre es Rike beinahe entschlüpft. Sie biss sich auf die Zunge. Hatte Sven Ole gelogen, damit seine Freundin keine falschen Schlüsse wie Henning zog?

»Ich sagte doch, ich weiß von nichts«, wich sie abermals aus, während sie fieberhaft darüber nachsann, wie sie sich verhalten sollte. Sollte sie Susanne reinen Wein einschenken oder die Scharade weiterführen, die Sven Ole angefangen hatte? Was aber, wenn ihre Freundin die Wahrheit erfuhr? Dann stände alles wie eine Vertuschungsaktion da.

»Ich weiß nur, er hat nicht im Gästezimmer übernachtet«, rückte sie bangen Herzens mit der Wahrheit heraus. »Nach seinen Worten hat er mich ins Schlaf-zimmer gebracht, wohl eher getragen, und ist dann ne-ben mir in Hennings Bett wieder erwacht ...«

»In Hennings Bett, neben dir!«

Rike konnte den Zorn in Sannes Stimme hören. »Wie-so er dort lag, frage mich nicht. Ich kann ...«

»Hattet ihr Sex?«, fuhr sie ihr scharf ins Wort.

»Um Gotteswillen, nein, was denkst du von mir? Sven Ole muss zu betrunken und erschöpft gewesen sein ...«

»Er war weder betrunken noch erschöpft«, giftete Sanne erneut dazwischen.

»... um zur Stoltera zu fahren. Da ist er neben mir wohl eingeschlafen, aber nicht so, wie du jetzt denkst ...«

»Das würde ich jetzt auch behaupten!«

»Sanne, bitte!« Rikes Stimme wurde energischer. »Ich mag mich zwar nicht mehr daran entsinnen, wie ich nach Hause in mein Bett gekommen bin. Das bedeu-tet aber nicht, dass ich nicht mehr Herr meiner Ent-scheidungen war. Ich würde so etwas niemals tun, so-lange ich noch klar denken kann.«

»Kannst du das denn, wenn du abgefüllt bist?«

»Ja, allerdings! Ich kann mich nur nicht mehr am nächsten Tag an alles erinnern, aber ich weiß, wo die Grenzen sind. Immerhin will ich Henning übermor-gen das Ja-Wort geben. Da steige ich doch nicht mit einem anderen ins Bett.«

»Und warum lügt Sven Ole mich dann an?«

»Woher soll ich das wissen? Wäre es dir angeneh-mer gewesen, wenn ich es ebenfalls getan hätte, um den Schein zu wahren? Es reicht schon, dass Henning ausgeflippt ist. Nun ist er wortlos verschwunden, kei-ne Ahnung, wohin.«

»Wofür ich volles Verständnis habe«, murrte Susanne. »Mach's erst mal gut. Ich knöpfe mir jetzt Sven Ole vor.«

Bevor Rike dazu kam, etwas zu erwidern, war die Leitung tot.

Super, absolut super! durchfuhr es Rike. Hätte sie lieber lügen sollen?

Nein, auf keinen Fall! Sanne kriegt sich schon wieder ein und wird schließlich erkennen, dass du die Wahrheit sagst. Immerhin kennt sie dich dafür zu gut.

Henning fuhr zu seinem Bruder in die Pension Meerblick an der Stoltera. Er traf ihn auf dem Zimmer an. Von Marie fehlte jede Spur.

»Hey, Henning! Wie komm ich denn zu der Ehre? Hast du es ohne mich nicht mehr ausgehalten?«

»Lass mich bloß in Ruhe!«, brummte er.

»Was ist los. Bist du nicht gut nach Haus in dein Bett gekommen?«

»Nach Hause schon, ins Bett eher nicht. Das war bereits belegt.«

Verständnislos hoben sich Johannes' Brauen. »Du sprichst in Rätseln, Henning.«

»Das habe ich heute schon mal gehört«, erinnerte er sich.« Henning ließ sich in den Sessel fallen, der zur Sitzecke gehörte, die aus einem weiteren Polstermöbel und einem Tisch bestand.

»Was ist denn nun geschehen?«

In knappen Worten erzählte Henning von Frederike und Sven Ole, und Johannes entgleisten kurzzeitig die Gesichtszüge, bis er sich gefasst hatte und zu schmunzeln begann.

»Und du glaubst nun, sie hat dich betrogen?«

»Keine Ahnung. Ich musste mich allerdings beherrschen, um Sven Ole keine reinzuhauen. Hoffentlich läuft er mir hier nicht über den Weg.«

Johannes stand mit dem Rücken zum Fenster, das zum Wald rausging. »Ich kann nicht glauben, dass Rike mit ihm geschlafen hat?« Der Zweifel in seiner Stimme war kaum zu überhören.

»Wenn sie nur in Bluse und Schlüpfer im Bett liegt und er splitternackt, liegt die Vermutung nahe«, erwiderte Henning stur.

»Wie hat Sven Ole denn seine Nacktheit begründet?«, forschte Johannes nach. »Immerhin hatte Rike noch was an. Auch ich verzichte gelegentlich auf den Pyjama.«

»Ja und? Sie kann sich den Slip wieder angezogen haben. Er sagt, dass er immer nackt schläft.« Henning schnaubte. »Praktisch, oder etwa nicht.«

Johannes stieß sich von der Heizung ab, an der er lehnte, und setzte sich in den anderen Sessel. »Es kann doch möglich sein, was er sagt. Immerhin war er auch nicht nüchtern und hat den Tag über gearbeitet.«

»Tja, möglich kann vieles sein, Jo. Ich erinnere dich aber gerne daran, dass nach den Worten deiner Frau mir Rike wegen Vroni auch mal die kalte Schulter zeigen wollte. Vielleicht war das die Revanche.«

Johannes lachte schallend. »Eine Retourkutsche, indem sie mit einem anderen schläft?« Er schüttelte den Kopf. »Das traue ich deiner Rike nicht zu. Ich fürchte eher, dich plagt dein verletzter Stolz.«

»Mein verletzter Stolz?« Henning sah seinen Bruder verständnislos an. »Würdest du es kommentarlos akzeptieren, wenn du Marie mit einem anderen im Bett erwischst?«

»Es würde mich natürlich erstaunen. Ich kenne und

vertraue meiner Frau aber gut genug, um zu wissen, dass sie mich niemals betrügen würde. Kennst du deine Frederike etwa so wenig, dass du ihr das zutraust?«

Beschämt senkte Henning den Blick. »Und wenn Sven Ole sie so lange belatschert hat, bis sie mit ihm ins Bett gestiegen ist? Immerhin war sie blau.«

»Traust du ihm das zu?« Johannes war ehrlich erstaunt, dass sein Bruder so wenig Vertrauen in ihm lieb gewordene Menschen setzte.

»Eigentlich nicht. Wir sind inzwischen gut miteinander befreundet.«

»Dann ist es müßig, es überhaupt zu erwägen. Er hat Rike nach Hause gebracht, weil sie dazu allein nicht mehr imstande war, und ist dann erschöpft eingeschlafen.«

»Neben meiner Frau in meinem Bett?«

Johannes zuckte mit den Schultern. »Das wird ihm selbst ein Rätsel sein.« Er musterte Henning. »Erinnerst du dich noch daran, was dir einmal passiert ist, als du verwundert nach dem nächtlichen Toilettengang feststellen musstest, dass du noch gar nicht im Bett gewesen warst, obwohl du deine Hand dafür ins Feuer gelegt hättest?«

Um Hennings Mundwinkel zuckte es.

Er war nachts wachgeworden und zur Toilette gegangen. Als er zurück ins Schlafzimmer kam, war sein Bett unbenutzt gewesen, obwohl er hätte schwören können, schon in ihm geschlafen zu haben. Seinen Pyjama hatte er jedenfalls an. Erst dann war ihm der helle Schein aus dem Wohnzimmer aufgefallen. Die Couch war vom abendlichen Fernsehen noch zerwühlt, der Fernseher aber aus, da er eine Abschaltautomatik besaß, wenn er nicht bedient wurde. Und er hatte bequem den Abend im Pyjama verbracht.

Letztlich konnte sich Henning es nur so zusammenreimen, dass er wohl beim Fernsehen auf der Couch eingeschlafen und im Halbschlaf zur Toilette gegangen war. Erst im Bad war ihm mit Blick auf die Uhr suggeriert worden, dass er aus dem Bett gekommen sein musste. Bis heute war es die plausibelste Erklärung und das, obwohl er stocknüchtern gewesen war.

»Deiner Miene sehe ich an, dass du dich daran entsinnst.«

Henning bejahte.

»Und genauso kann es Sven Ole ergangen sein. Er wird nachts wach, zieht sich aus und legt sich neben seine vermeintliche Freundin ins Bett. Immerhin war es dunkel im Zimmer.« Johannes sah seinen Bruder eindringlich an. »Frederike Müller ist eine treue Seele. Sie liebt dich, und du hast dich in der letzten Zeit auch nicht gerade sehr um sie bemüht. Jetzt kannst du vielleicht nachempfinden, wie sie sich seit Vronis Auftauchen gefühlt haben muss.«

»Ich war aber nicht mit Vroni im Bett.«

Erneut lachte Johannes. »Sie auch nicht wirklich mit Sven Ole, wie wir eben festgestellt haben.«

»Du hast es festgestellt, nicht ich.«

»Wirst du jetzt etwa bockig, Brüderchen?«

Henning antwortete ihm nicht. »Es war ein Fehler, herzukommen«, sagte er nur und erhob sich aus seinem Sessel. »Ich hau wieder ab.«

»Nichts da!« Johannes sprang auf und packte ihn am Arm. »Was ist los mit dir? Willst du jetzt etwa die Hochzeit absagen?« Er schüttelte ihn.

»Nein, ich bin nur gekränkt, verletzt und sauer.«

»Na, endlich sprichst du Klartext. Dein Stolz wurde verletzt. Verstehe ich, und deshalb bleibst du jetzt hier. Wir unternehmen einen kleinen Spaziergang. Eine halbe Stunde entfernt haben Marie und ich ein nettes Gasthaus entdeckt. Dort lässt es sich ausgezeichnet essen. Im Anschluss trinken wir noch ein paar Bier, und die Welt sieht wieder fröhlich aus.«

»Und dann lasse ich das Auto stehen und laufe zu Fuß nach Haus?«

Johannes grinste. »Nee. Du lässt dein Auto stehen und nimmst dir ein Taxi.«

»Und Marie? Wo steckt sie eigentlich?«

»In Warnemünde. Sie hat dort einen Schönheitstermin und kommt auch mal einen Abend ohne mich klar.«

Henning gab sich geschlagen. »Okay, dann lass uns gehen.«

Als sie die Treppe ins Foyer hinuntergingen, hörten sie Susannes Stimme.

»Komm schon her, du oller Schwerenöter. Ich glaube dir doch, dass du nicht mit meiner Freundin geschlafen hast. Warum hast du nicht gleich die Wahrheit gesagt?«

Henning blieb stehen und spitzte die Ohren.

»Weil ich Angst hatte, dass du eifersüchtig wirst und die verkehrten Schlüsse ziehst. Mir hat's schon gereicht, wie sich Henning aufgeführt hat.«

Johannes grinste seinem Bruder über die Schulter zu und ging weiter. Betreten folgte Henning ihm.

Sanne und Sven Ole lagen sich an der Rezeption küssend in den Armen.

»Ich entschuldige mich«, machte Henning auf sich und Johannes aufmerksam und trat auf Sven Ole zu. »Ich scheine wie meine Rike so kurz vor der Vermählung etwas dünnhäutig zu sein und Gespenster zu sehen.«

»Vergeben und vergessen!« Sven Ole reichte Henning die Hand.

*N*achdem Rike und Sanne ihr Telefonat beendet hatten, überlegte Rike, was sie tun könne. Zu putzen gab es nichts im Haus. Zum Lesen verspürte sie keine Lust. Zudem hatte sie ihren Roman ausgelesen. Sollte sie bei Opa Willi und Ruth vorbeischauen oder einfach nur spazieren gehen?

Sie entschied sich fürs Spazierengehen. Das war unverfänglicher. Opa und Ruth würden sie nur über den Vorabend ausquetschen wollen, und sie verspürte keine Lust zu erzählen, was alles vorgefallen war oder sich eine geschönte Version aus den Fingern saugen zu müssen.

Entsprechend der Witterung zog sie sich Jeans, Pullover und eine winddichte Jacke an, nahm Schlüssel, Geld und Smartphone und verließ das Haus.

Als sie vor der Haustür stand, überlegte sie, welchen Weg sie einschlagen sollte, und entschied sich für einen Spaziergang am Alten Strom.

Es war Feierabendzeit und somit voller als gewöhnlich Anfang Mai. Die einen flanierten in wetterfester Kleidung händchenhaltend gemächlich an der Pier entlang und ließen sich die frische Brise um die Nase wehen. Andere hatten wohl keinen Blick aus dem Fenster gewagt und fröstelten nun in der kühlen Seeluft, die von der Ostsee den Strom hinaufblies. Es gab aber auch jene, die eilends die Flaniermeile passierten. Sie kamen von der Arbeit und strebten ihrem Zuhause zu.

Und es gab sie, Frederike Müller, die im Ostseebad Warnemünde nur zwei Tage vor ihrer Hochzeit allein durch die Gegend lief.

»Hey, ist das nicht meine Angebetete von gestern Abend?«, hörte sie plötzlich eine Stimme und hob den Blick.

»Wie hieß sie noch mal, Frederike?«, ertönte eine zweite, leicht lispelnde Stimme, die Rike sofort wiedererkannte. Es waren die Berliner Jungs, denen sie im Restaurant hier am Alten Strom begegnet war.

»Natürlich ist sie das!«, lachte nun der mit den Sommersprossen. Sein Gesicht war gerötet. Er musste den sonnigen Vormittag genutzt haben, um etwas Farbe zu bekommen. Leider passte sich diese eher seinen Haaren an, als dass es ein sommerliches Braun gewesen wäre.

»Wohin so allein, schöne Frau?«, hob sofort der Untersetzte an, der tags zuvor Shakespeare rezitiert hatte, um sie zum Bleiben zu bewegen. »Den Abend gut überstanden?«

»Sieht man doch, oder?«, lachte Rike und blieb vor ihnen stehen. »Wo wollt ihr denn schon wieder hin, ist wieder ein netter Umtrunk geplant?«

»Wieso, möchtest du mitkommen?«, lispelte der ein Meter fünfundneunzig Typ mit breitem Grinsen.

Rike winkte ab. »Last mal gut sein, Jungs. Gestern war lang und feucht. Mir reicht es vorerst mit dem Alkohol.«

Die Berliner johlten.

»Hat's dich etwa aus den Latschen gehauen?«, wollte der Shakespeare-Fan wissen.

»Dazu gehört nicht viel«, gab Rike zurück. »Zugegeben vertrage ich fast nichts.«

»Dafür siehst du heute aber top aus«, befand der Rotschopf und begutachtete sie von Kopf bis Fuß. »Du wirst eine fesche Braut sein. Dein Zukünftiger hat richtig Schwein, dass er dich heiraten darf.«

»Ich richte es ihm aus«, lachte Rike und hob die Hand. »Dann wünsche ich euch noch einen tollen Aufenthalt in Warnemünde. Vielleicht läuft man sich ja noch einmal über den Weg.«

»Sie will schon wieder gehen«, stellte der Untersetzte betrübt fest.

»Lässt sich wohl nicht ändern«, meinte sein schlaksiger Kumpel. »Dann hau mal rein!«

Er nickte Rike zu und machte Anstalten, den Weg zum Lokal einzuschlagen. Enttäuscht folgten ihm seine Freunde, und auch Rike setzte ihren Spaziergang fort. Das Zusammentreffen mit den Berlinern hatte ihre Stimmung gehoben.

Der von der Ostsee den Strom hoch wehende Wind schob sie an und verwuschelte ihr das Haar. Im Hintergrund schimmerte die Fassade der Fischmarinadenfirma durch die Wipfel der Bäume. Seit Onkel Paul dort nicht mehr das Zepter schwang, war sie nicht mehr dagewesen. Auch Opa Willi ging nicht mehr hin, sehr zur Enttäuschung der weiblichen Belegschaft. Rike tat es aus Freundschaft zu Susanne, Opa kam mit Pauls Enkel nicht wirklich zurecht. Vielleicht rührte seine Abneigung auch daher, weil er wusste, wie mies sich Matthias gegenüber Sanne benommen hatte.

Am Juweliergeschäft bog sie ab in die Kirchenstraße und schlenderte einmal um den Kirchenplatz herum. Es war Donnerstag, ein ganz normaler Arbeitstag. Nur noch Freitag, dann stand das Wochenende vor der Tür und damit ihr Hochzeitstag.

Frederike spürte, wie ihre Aufregung von Stunde zu Stunde wuchs. Dass es wegen Sven Ole in Hennings Bett Schwierigkeiten geben könne, schloss sie einfach aus. Sie war jedenfalls zum Heiraten bereit und hoffte, dass es auch ihr Bräutigam war. Immerhin wohnten sie lange genug zusammen, sodass er sie so gut kennen sollte, um zu wissen, dass sie ihm nicht untreu war, nicht einmal mit ihren Blicken. Es gab nur noch ihn in ihrem Leben.

Mit einem glückseligen Grinsen im Gesicht blieb sie vor dem Buchladen stehen. Hier hatte sie sich nach dem romantischen Törn mit Henning auf dessen Motorjacht bis Rügen hoch zwei Bücher über die deutsche Ostseeküste gekauft. Noch heute schaute sie sich gern die Bilder und ihre Fotos an, die sie an diese wundervolle Fahrt erinnerten.

Sie stieg die Stufen hoch und trat in den Laden ein. Es war nicht so voll wie im Hochsommer. Die Verkäuferin grüßte sie freundlich und blickte sie erwartungsvoll an. »Kann ich Ihnen helfen?«

»Ich wollte nur mal ein wenig stöbern, ob ich was finde, was mich interessiert.«

Rike schaute sich die Auslagen an, nahm gelegentlich eines der Bücher in die Hand und las sich den Klappentext durch und in den Anfang der Geschichten hinein, fand aber nichts, was es wert war, von ihr gekauft zu werden. Sie wollte dem Geschäft gerade den Rücken kehren, als ihr Blick auf einen Roman aus der Rubrik *Liebe* fiel.

Auf dem Titelbild war ein Brautpaar zu sehen. Es saß am Strand von Warnemünde, was unschwer am Hintergrund mit Teepott und Leuchtturm zu erkennen war, und über allem spannte sich der endlos blaue Himmel. Warum war ihr dieses Buch nicht schon zuvor aufgefallen? Es war genau das, wonach ihr gerade der Sinn stand und spielte sogar vor Ort. Sie griff nach dem Roman und las sich die Inhaltsangabe durch.

»Der soll es sein!«, rief sie begeistert und reichte der Angestellten das Buch.

»Etwas zum Träumen, ein guter Griff«, befand diese. »Es ist leichte Lektüre, aber auch das muss sein, um die Seele gelegentlich auf eine Reise zu schicken und um vom Stress des Alltags abzuschalten. Ich habe das Buch gelesen und mag es.« Ihr Blick fiel auf Rikes rechte Hand. »Es gefällt vor allem all jenen, die noch unverheiratet sind.«

Frederike grinste glücklich von einem Ohr zum anderen. »Nur noch zwei Tage, eher anderthalb. Am Samstagvormittag werde ich es nicht mehr sein.«

»Wirklich?« Die Angestellte strahlte sie an. »Dann wünsche ich schon mal alles Gute!« Sie reichte ihr ein kleines Papiertütchen, in dem sich der Roman befand.

»Stimmt so!«, sagte Rike und gab der Frau einen Zehneuroschein. Dann nahm sie die Tüte und verließ fröhlich das Geschäft.

So wie sich ihre Stimmung nach dem Zusammentreffen mit den Berliner Jungs schlagartig gebessert hatte, so tat es ihr das Wetter nach. Der Himmel klarte auf, und die ersten Sonnenstrahlen lugten durch die graue Wolkendecke hindurch.

Für Samstag war Sonnenschein bei frühlingshaften Temperaturen angesagt. Ihr Hochzeitstag würde also nicht ins Wasser fallen. So sollte es auch sein, wenn sie ihrem Henning das Ja-Wort gab.

Sie musste an ihn denken. Wo er wohl hingegangen war und vor allem, war er noch immer auf sie und Sven Ole sauer? Dann schweiften ihre Gedanken zu Vroni, mit der sie sich gestern ausgesprochen hatte.

Sie mochte die Hamburger Weltenbummlerin mit jedem Tag mehr, an dem sie sie kennenlernen durfte. Auf den ersten Blick war ihr Vroni in der Tat wie eine überdrehte Hippietante vorgekommen, die esoterisch angehaucht war. Dann hatte sie in ihr eine Bedrohung gesehen, obwohl von Vronis Seite nie derartige Signale ausgesendet worden waren, wie Rike ehrlich zugeben musste. Veronika hatte sich Henning gegenüber wie eine alte Bekannte aufgeführt. Sie, Frederike, ging mit Sven Ole nicht anders um. Einzig Henning war ständig um sie bemüht gewesen, und das mit dem Verlobungsring war ebenfalls nicht schön.

Doch egal, ich will nicht nachtragend sein, beschloss Frederike und holte ihr Handy aus der Jackentasche heraus. Sie öffnete den Browser und suchte sich die Telefonnummer vom Hotel Neptun heraus. Dann rief sie die Rezeption an und ließ sich mit der Suite von Finn Lasse Johannsen und Veronika Beese verbinden.

Finn Lasse nahm den Hörer ab. »Ja, bitte?«

»Hi Finn Lasse! Hier ist Rike, Frederike Müller. Ist Veronika da?«

Eine Minute später hatte sie Vroni in der Leitung.

»Hallo Rike! Wie geht es dir? Hat dich Sven Ole sicher nach Hause gebracht?«

Rike zuckte zusammen. Dann sagte sie sich, dass Veronika unmöglich darüber im Bilde sein konnte, was vorgefallen war. »Ja, hat er. Und ihr, habt ihr euch noch gut amüsiert? Ich musste weg. Der letzte Drink hat mir das Genick gebrochen.«

»Hat Henni dir nichts erzählt?«

»Nicht wirklich«, wich Frederike aus.

»Marie und Susanne sind kurz nach dir gegangen. Henni und Jo sind bei uns geblieben, bis die Bar geschlossen hat. War ein toller Abend!«

Interessant, befand Frederike. Henning trieb sich die ganze Nacht in der Bar herum und ihr machte er Vorwürfe!

Sie räusperte sich. »Sag mal, Vroni, hast du noch immer Lust, für uns die Hochzeitstorte zu backen? Es gäbe dann zwar zwei, denn wir können dem Konditor so kurzfristig nicht mehr absagen, aber wenn du noch immer möchtest ...«

»Ist das dein Ernst?«

»Ja, du hast zum Geburtstag bewiesen, dass du es kannst. Ich weiß nur nicht, ob die Zeit jetzt noch reicht, um alle Zutaten zu besorgen? Unsere Küche würde ich dir morgen zur Verfügung stellen, wenn es auch bei dir zeitlich passt.«

Vroni kicherte. »In den Fernsehshows müssen die das in fünf, sechs Stunden rocken. Also keine Panik. Das bekomme ich hin. Ich werde dafür vielleicht nicht mal eure Küche benötigen. Ich frag Finn Lasse, ob ich das im Hotel machen kann.«

»Nur zu. Ich bin gespannt.«

»Henni etwa nicht?«

»Der weiß noch nichts davon. Es wäre schön, wenn es dabei bliebe. Es soll für ihn und die anderen eine Überraschung sein.«

Vroni kicherte am anderen Ende vergnügt. »Versprochen, Rike. Ich schweige wie ein Grab.«

»Sag mal«, fuhr Rike fort, »hat Finn Lasse am Samstagnachmittag und -abend frei? Dann seid ihr beide herzlich eingeladen, und wenn er nicht kann, kommst du eben alleine vorbei. Wo das Meerblick liegt, weißt du ja, und die Taxifahrer ebenfalls.«

Veronika antwortete nicht. Hatte es ihr die Sprache verschlagen?

»Vroni, bist du noch da oder bist du aus den Latschen gekippt?«, lachte Rike.

»Nein, ich stehe noch. Vielen, vielen Dank, Frederike!« Sie schluchzte vor Glück. »Ich freue mich so, du glaubst es kaum. Seit ich weiß, dass Henning heiraten wird, möchte ich ihm auf seinem Weg zur Trauung zur Seite stehen.«

»Daraus wird nichts«, hob Rike an.

»Ich hab's verstanden, Standesamt, nein, Feier, ja.« Geräuschvoll zog Veronika die Nase hoch und kicherte vergnügt.

»Dann bis Samstag um fünfzehn Uhr dreißig an der Stoltera!« Schmunzelnd legte Rike auf.

Es war bereits dunkel, als Henning endlich wieder zu Hause erschien.

Rike lag entspannt auf der Couch und las in ihrem neuen Buch. Es war genau die richtige Lektüre so kurz vor der Hochzeit. Auch in der Geschichte sah die Braut in einer anderen eine Gefahr, die ihrer Eheschließung womöglich im Wege stand.

Fast so wie ich, dachte Rike, als sie hörte, wie sich ein Schlüssel in der Haustür drehte und jemand den Flur betrat.

»Hallo Mausi, ich bin wieder da.« Die Stubentür ging auf, und Henning kam ins Zimmer und brachte eine Wolke Kneipenmief und Bierdunst mit hinein. »Ich war bei Jo.« Grinsend ließ er sich in den Sessel fallen und strahlte sie fröhlich an. »Wir waren essen und haben noch ein paar Bierchen gezischt.«

»Das rieche ich.« Sie warf einen Blick auf die Uhr. Es war halb zehn.

»Ich bin aber nicht betrunken«, verteidigte er sich.

Rike verkniff sich ein Grinsen. »Und dafür liebe ich dich.« Sie klappte das Buch zu und setzte sich auf.

Henning strahlte wie ein Honigkuchenpferd übers ganze Gesicht. Am liebsten hätte er sie wohl geküsst, ließ es aber bleiben, weil er wusste, dass sie es hasste, wenn er nach Alkohol roch. »Weißt du, ich habe Hunger. Du ebenfalls?«

Verwundert sah sie ihn an. »Sagtest du nicht, ihr ward essen?«

Er winkte ab. »Lange, bevor ich zu Fuß nach Hause gewandert bin. Du weißt doch, dass ich vom Alkohol oftmals Appetit oder Hunger bekomme. Und dann dazu noch die frische Meeresbrise. Ich könnte ein halbes Schwein verputzen.« Kichernd stand er auf und sah sie an. »Mir reichen aber auch ein paar Spiegel- oder Rühreier. Möchtest du auch ein oder zwei?«

»Zwei andere wären mir lieber.«

Er hob die Augenbrauen. Dann verstand er die Zweideutigkeit und lachte. »Später. Ich muss mich erst mal stärken.« Grinsend verschwand er aus dem Wohnzimmer und ging in die Küche.

»Und ich muss ein Bier trinken«, murmelte sie, »damit mich seine Fahne nicht stört.« Sie stand auf, legte die Decke zusammen, unter der sie sich auf der Couch eingekuschelt hatte, und folgte ihm.

Als sie in die Küche trat, stand Henning am Herd und schlug ein paar Eier in die Pfanne. Auf einem Teller lagen drei Schwarzbrotscheiben, die er mit Butter beschmiert und mit Schinkenwürfeln belegt hatte. Eine offene Bierflasche stand daneben. Auf ein Glas hatte er verzichtet.

»Wir müssen reden!«, sagte sie.

»Worüber, über Sven Ole und dich?« Er winkte ab. »Müssen wir nicht mehr, Mausi. Mein Bruder hat mir gründlich den Kopf gewaschen und mir die Hörner zurechtgerückt. Ich hab mich sogar schon bei Sven Ole für mein Benehmen heute Morgen entschuldigt. Es war idiotisch von mir zu glauben, dass ihr miteinander geschlafen habt.« Er legte den Holzspatel aus der Hand, mit dem er die Eier vom Pfannenboden gelöst hatte, trat auf sie zu und nahm ihre Hände in seine. »Ich liebe dich, Frederike Müller, und ich möchte mit dir den Rest meines Lebens teilen. Ich will mit dir Kinder bekommen und alt werden. Ich will alles teilen, Glück und Freude, Unglück und Leid, wobei von Letzterem hoffentlich wenig unseren Weg pflastern wird. Es tut mir leid, wie ich mich die letzte Woche benommen habe. Du musst mir glauben, ich hatte aber nie die Absicht, zu Vroni zurückzukehren. Es war das unerwartete Wiedersehen, das mich aus der Bahn geworfen hat. Nach ihrem wortlosen Verschwinden war ich todunglücklich gewesen. Dann steht sie plötzlich in unserem Flur, und alles wird wieder aufgewühlt – Liebe, Trauer, Trennungsschmerz und die Frage, warum sie mich verlassen hat. Das war auch der Grund, warum ich nicht wollte, dass sie so schnell wieder geht. Ich habe nur an mich gedacht und nicht daran, wie du dich fühlen musst. Kannst du mir meine Fehler verzeihen?«

Rike sah zu ihm auf. Die Tränen standen ihr in den Augen. Endlich hatte er ihr sein Herz ausgeschüttet, und sie wusste nun, woran sie war. Anstatt ihm zu antworten, nickte sie nur und schlang die Arme um seinen Hals. »Ich liebe dich, Henning Hansen aus Hamburg!« Dann küssten sie sich. Seine Lippen schmeckten nach Bier und Schinken, vom dem er genascht haben musste. »Vergiss nicht, den Herd abzustellen und die Pfanne von der Platte zu nehmen«, flüsterte sie ihm verliebt ins Ohr und knabberte an seinem Ohrläppchen. »Ich warte im Schlafzimmer auf dich. Die Betten sind frisch bezogen.«

Sie griff nach dem Bier und trank einen Schluck. Dann verließ sie mit wiegendem Schritt die Küche.

Endlich war Samstag.

Rike strahlte mit der Sonne um die Wette. Sie saß neben ihrem Henning vor der Standesbeamtin, die gerade ihre feierliche Rede hielt. Hin und wieder wurde diese vom rührseligen Schniefen einiger Gäste untermalt. Rike erkannte unschwer das ihrer Mutter und jenes von Susanne, die zu Tränen gerührt mit zerknüllten Taschentüchern in der Hand der feierlichen Zeremonie lauschten. Aber auch ihr Vater sowie Opa Willi und Ruth hatten feuchte Augen gehabt, als sie ihnen über die Schulter einen Blick zugeworfen hatte.

Sie schwebte wie auf rosaroten Wölkchen. Ihr Himmel hing voller Geigen, dazwischen die knuddelig kitschigen Putten mit ihren nackten Popos und den süßen flatternden Flügelchen.

Frederike wachte aus ihrem rosaroten Hochzeitstraum auf, als die Standesbeamtin Henning die alles entscheidende Frage stellte, ob er sie, Frederike Müller, heiraten, sie lieben und ehren wolle in guten wie in schlechten Zeiten, bis dass der Tod sie scheiden würde.

Für einen kurzen Moment hielt sie die Luft an und spürte, wie ihr Herzschlag auszusetzen schien. Dann vernahm sie Hennings Ja, und ihr Herz begann vor Freude zu rasen. Schmetterlingsschwärme stoben in ihrem Inneren auf und drehten Runden in ihrem Bauch. Ihre Kehle war mit einem Mal wie zugeschnürt. Sie war sich sicher, keinen Ton herauszubekommen, wenn es an ihr war, die wichtigste Frage ihres Lebens zu beantworten. Stattdessen fürchtete sie, dass einzig ein Krächzen ihre Kehle verlassen könnte und sich ihre Tränendrüsen sturzbachartig über ihr Gesicht ergössen, und dabei fiel ihr die Antwort so leicht.

Ja, sie wollte ihren Henning Hansen heiraten.

Sie wollte ihn lieben und ehren, sowohl in guten als auch in schlechten Zeiten.

Sie wollte mit ihm zusammenbleiben, bis dass der Tod sie scheiden würde, was hoffentlich Jahrzehnte auf sich warten ließe.

Sie war der glücklichste Mensch der Welt!

Sie spürte Hennings erwartungsvollen Blick auf sich ruhen, holte Luft und krächzte ihr Ja hinaus.

Ein Tränchen kullerte die Wange hinab. Der Mund war trocken. Das Herz raste und wollte vor Glück fast zerspringen.

Dann steckte ihr Henning, ihr frisch gebackener Ehemann, den Ring auf den rechten Ringfinger und sie den seinen auf seine rechte Hand.

Jetzt nur noch der Kuss und die Unterschriften. Dann war es vollbracht. Dann war sie offiziell seine Frau.

»Sie dürfen die Braut jetzt küssen!«, hörte sie die lächelnde Stimme der Standesbeamtin und fiel ihrem Schatz um den Hals.

Hennings Lippen waren warm und weich und zitterten vor Rührung und Glück wie ihre. Ihr Kuss war hingegen sicher feucht und schmeckte nach Salz, weil ihr die Tränen ungehemmt über die Wangen liefen. Trotz allem war es der schönste Kuss, den sie einander jemals gegeben hatten.

Es war geschafft. Nun war sie Frederike Hansen und Henning ihr Mann!

Nach  wort

Wie bereits in den drei Vorgängerbänden erwähnt, sind sowohl alle Personen als auch die Handlung frei erfunden. Sollte sich dennoch irgendjemand namentlich oder charakterlich wiedererkennen, bitte ich das zu entschuldigen. Es war nicht beabsichtigt.

Die »Warnemünder Jahreszeiten« finden mit dem »Warnemünder Frühling« nun ihren Abschluss. Ursprünglich war nicht geplant, dass es eine fortlaufende Geschichte wird, wenn auch jedes Buch in sich abgeschlossen ist und eine eigene Handlung besitzt. Trotzdem greifen die Ereignisse in die Nachfolgebücher ein, und ihre Figuren tauchen wieder auf und führen ihr Romanleben fort.

Ich hoffe, ich konnte Sie mit meinen vier Teilen auf eine kleine Urlaubsreise ins Ostseebad Warnemünde und an die wunderschöne Ostseeküste entführen und Ihnen ein wenig Ablenkung vom Alltag mit ihrer allgegenwärtigen Pandemie schenken.
Als ich Anfang 2020 mit dem Schreiben von Teil 1 begann, war noch nicht abzusehen, wohin uns Corona führen würde, und selbst wenn, in meinen Büchern wollte ich den Leser davon nichts spüren lassen. Stattdessen habe ich mich meiner künstlerischen Freiheit bedient und das Wetter meist heiter bis sonnig gestaltet oder es zu Weihnachten sogar schneien lassen, so-

dass Warnemünde und die Stoltera zum weißen Wintermärchen wurden.

Die »Warnemünder Jahreszeiten« sind nun beendet, eine Nachfolgereihe bereits geplant. Wann genau diese erscheinen wird, steht noch nicht fest, da es sich aufgrund der derzeitigen Lage etwas schwierig gestaltet, für eine Recherche zu verreisen. Sie wird aber noch in diesem Jahr das Licht der Welt erblicken. Als Handlungsort ist erneut die deutsche Ostseeküste geplant, und in den Geschichten werden sicher auch hin und wieder bekannte Figuren aus Warnemünde zu erleben sein.

Bis es so weit ist, wünsche ich Ihnen alles Gute und bleiben Sie gesund. Haben Sie Hinweise oder Anregungen für mich, gerne auch Lob oder Kritik, schreiben Sie mir über nele_jantzen@yahoo.com. Sie können mir ihre Meinung auch in Form einer Rezension hinterlassen. Vielen Dank!

Ach, was ich fast vergessen hätte.
Auch wenn Vroni vom Wuchs her kleiner ist als Susanne. Sie hat sich gereckt, ist in die Luft gesprungen und hat Susanne den Brautstrauß vor der Nase weggeschnappt. Ob es helfen wird, dass Finn Lasse um ihre Hand anhält, wird die Zukunft zeigen. Oder treten zuvor Susanne und Sven Ole vor den Traualtar?
Ich weiß es nicht. Auch Romanfiguren haben ihren Willen und führen ein eigenes Leben.

Ihre Nele Jantzen